华北抗日根据地及解放区文艺大系

陈晋 郑恩兵 主编

《晋察冀日报》文艺文献全编

文艺史料

第二卷

向回 梁晓晓 编

河北出版传媒集团

河北教育出版社

图书在版编目（CIP）数据

《晋察冀日报》文艺文献全编．文艺史料．第二卷／向回，梁晓晓编．－－石家庄：河北教育出版社，2023.12

（华北抗日根据地及解放区文艺大系／陈晋，郑恩兵主编）

ISBN 978-7-5545-7651-9

Ⅰ．①晋… Ⅱ．①向… ②梁… Ⅲ．①文艺－作品综合集－世界－现代②晋察冀抗日根据地－文学史－史料③晋察冀抗日根据地－艺术史－史料 Ⅳ．① I11 ② I209.92

中国国家版本馆 CIP 数据核字（2023）第 064045 号

书　　名	《晋察冀日报》文艺文献全编·文艺史料·第二卷
	JINCHAJI RIBAO WENYI WENXIAN QUANBIAN WENYI SHILIAO DI-ER JUAN
编　　者	向　回　梁晓晓
责任编辑	马海霞
装帧设计	郝　旭
出　　版	河北出版传媒集团
	河北教育出版社　http://www.hbep.com
	（石家庄市联盟路705号，050061）
印　　制	石家庄众旺彩印有限公司
开　　本	787毫米×1092毫米　1/16
印　　张	17.75
字　　数	230千字
版　　次	2023年12月第1版
印　　次	2023年12月第1次印刷
书　　号	ISBN 978-7-5545-7651-9
定　　价	98.00元

版权所有，侵权必究

丛书编委会

顾　问
陈平原　刘跃进　王长华　李　扬

编委会主任
吕新斌

编委会副主任
彭建强　孟庆凯　刘　月

主　编
陈　晋　郑恩兵

副主编
董素山　向　回　汪雅瑛

编　委（按姓氏笔画排序）
马春香　王少军　田浩军　包来军　吉　喆　刘书芳　刘贵廷
关小彬　杨　程　杨春生　宋少净　张　辉　张川平　赵　华
高露洋　郭义强　阎晓宏　梁晓晓

编纂说明

在中国共产党百年发展历程中，文艺始终是党领导人民开展进步事业的有机组成部分，是党在各个历史时期的中心工作的实时反映和重要推动力量。"华北抗日根据地及解放区文艺大系"，是一部全面展示抗日战争和解放战争时期华北地区党的历史创造、奋斗风采和形象建构的大型革命历史文艺文献丛书，对于深入研究华北地区革命文艺史、红色新闻史，弘扬伟大建党精神、梳理中国共产党人精神谱系，是必不可少的第一手资料，是我们在新时代坚定树立文化自信的重要思想资源。

一、编纂缘起

抗日战争及解放战争时期，华北地处各方政治与文化力量激烈博弈的前沿，这种特殊政治、军事、文化、地理环境中产生的革命文艺，具有鲜明的地域性特征，是五四新文化运动以来的革命文艺发展史上的突出标识。

但一直以来，由于史料文献整理不足，对华北抗日根据地及解放区文艺的研究，始终未能深入，其独特的地域性实践价值和蕴含的文化创新意义被严重遮蔽。这些史料文献主要以党报党刊的形式呈现，梳理汇编这些党报党刊中的革命文艺史料，借之以探索华北革命文艺的发展路径、发展方向、创造机制和创新经验，是深入贯彻习近平总书记关于"把红色资源利用好、把红色传统发扬好、把红色基因传承好"，"用好红色资源、赓续红色血脉"等系列重要讲话精神的有力举措，也是新时代文艺研究者不可推卸的责任。

2017年6月左右，我们去中国社科院文学所拜访时任所长刘跃进先生，协商合作研究事宜，寻求中国社科院文学所的帮助。请教过程中，刘先生建议我们结合地方特色，做好地方红色文艺文献的搜集整理与编纂出版工作。经过一段时间筹备，2017年底，我们以"河北红色经典系列丛书"为名，正式申报"2018年度河北省省级宣传文化发展专项资金"项目并成功立项，旨在通过选定刊行河北红色经典作品、梳理汇编河北红色经典研究资料、系统阐述河北红色经典发展历史等基础性工作，打造一个集大成式的河北红色经典文献资料库。

项目最初设计共二十四卷，包括六大板块：《河北红色经典史》一卷、《河北红色文艺作品选》六卷、《河北红色经典作家作品索引》三卷、《河北红色经典研究资料汇编》四卷、《〈晋察冀日报〉副刊文学作品全编》六卷、《晋冀鲁豫抗日根据地文艺作品及〈新华日报〉太行版文艺作品汇编》四卷。但在项目实施过程中，我们充分吸收专家意见，认为网络时代和大数据背景下的科研活动有了很大变化，《河北红色经典作家作品索引》与《河北红色经典研究资料汇编》的编纂工作，在当前学术生态中价值不大，并予以取消。同时，在项目实施过程中我们发现，《晋察冀日报》《人民日报》等党报除刊发大量文艺作品外，还有大量记录边区文艺工作者行迹，反映边区戏剧、音乐、文学、美术、舞蹈、曲艺活动与报刊书籍出版发行等各方面情况的文艺史料，以及体现我党文艺方向、方针变化的政策文件与重要领导讲话，是华北地域党和人民对敌作战的重要宣传武器，更是飘扬在华北地区军民心中一面旗帜。这些史料是华北地域革命文艺发生、发展与壮大的真实记录，对我们正确认识革命文艺的特点与历史地位有重要的决定性作用。

为此，我们精心整理了《〈晋察冀日报〉文艺文献全编》《晋冀鲁豫〈人民日报〉文艺文献全编》《〈晋察冀画报〉文艺文献全编》《晋察冀日报社人物志》（共五十一卷），同时收入全国抗战时期和解放战争时期与河北地域相关且被广大群众所喜爱并广泛传唱的红色文艺作品，结集为《河北红色文艺作品选》（共六卷），至此形成丛书目前的五大板块，而且将名称由"河北红色经典系列丛书"改为"华北抗日根据地及解放区文艺大系"，方便以后在此基础上做进一步拓展。

二、地域范围及文艺特质

华北抗日根据地包括当时山东、河北、山西、察哈尔、绥远、热河全部及豫北、苏北、皖北部分地区，分晋绥、晋察冀、晋冀豫、冀鲁豫、山东五大块。1941年，冀鲁豫合并到晋冀豫，称晋冀鲁豫。其中晋察冀抗日根据地作为开辟最早、地域最大、人口最众的模范抗日根据地，是华北抗日根据地的坚强堡垒，牵制和抗击了三分之一以上的华北日军和二分之一的伪军。

在河北及其邻省周边地区开辟与创建华北抗日根据地，是红军长征到达陕北之后党中央迅速做出的重大战略决策。这些根据地地处对日武装斗争最前线，不仅打开了抗战的新局面，成为华北敌后抗战的主战场，而且进行了新民主主义社会的实践探索，对解放战争的历史进程产生了巨大影响，成为我党开辟东北解放区的前进基地和逐鹿中原的战略后方。随着抗日根据地的开辟，延安文艺工作团、西北战地服务团、东北促进纵队干部队、八路军总政治部前线记者团等大批文艺工作者，随同党政干部一道陆续抵达华北，东北、平津的青年学生也纷纷冒着生命危险来到边区。他们一手拿枪，一手拿笔，深入农村与抗战前线，切身体会工农兵的生活，深刻了解工农兵的需求，从而根本上克服了艺术至上主义思想倾向。所以，华北抗日根据地及解放区文艺，既响应了伟大的民族抗战对文学艺术提出的时代要求，亦充分兼顾到广大人民群众的接受习惯和欣赏水平，真实地反映了华北人民火热的战斗与生产生活。很多作者本身就是农民、战士或基层工作者，他们把自己的经历和熟悉的人和事，通过小说、戏剧、诗歌、报告文学、歌曲、绘画、舞蹈等文艺样式记录下来，语言通俗平实，富有生活气息。由于产生于特定时代、特定区域而又适应特定需要，故而无论是题材、语言还是风格，在体现革命大众文艺共性的同时，又具有强烈的华北地域特性。

华北抗日根据地及解放区文艺的繁荣发展，是专业文艺工作者与工农兵群众共同创造的结果。人民群众不仅是革命文艺运动的主导主体、推进主体、受益主体，还是一切成败得失的评判主体。华北抗日根据地及解放区文艺，归根结底，是"以人民为中心"的文艺。

三、学术价值

今天的河北在抗日战争、解放战争时期是晋察冀、晋冀鲁豫两大根据地的中心区域，有着悠久的革命历史传统和丰厚的红色文化底蕴。据不完全统计，抗日战争和解放战争期间，仅晋察冀边区专区以上就办有报刊四百余种,编印图书五百余万册。如果将这种统计扩大到环绕河北的整个华北抗日根据地及解放区,时间扩展至从中国共产党成立到中华人民共和国成立,数据更为可观。这些红色图书、报刊的出版发行,团结了一大批来自全国各地的著名革命文艺家和专业文艺工作者,其中有大量文艺相关信息,是研究近现代中国革命文艺的重要史料。但因受当时物质条件及复杂局势影响,它们传播范围有限,保存困难,如今已普遍出现老化或损毁现象,面临着消失、断层的危险。

长期以来,由于对抢救、整理和利用红色文艺文献的意义认识不足,现行的科研评价、出版机制亦难以有效刺激科研工作者积极从事老旧报刊等红色文艺文献的系统整理,大量有待整理的红色文艺文献尚未进入学界的视野。特别是华北抗日根据地及解放区的文艺文献,有很多甚至还是学术盲区。如《冀中导报》《救国报》《边政导报》《冀南日报》《团结报》《前进报》《新察哈尔报》《冀热察导报》等各类党报,以及《冀热辽画报》《冀中画报》《北方文化》《五十年代》《新长城》《新群众》《诗建设》《诗战线》等期刊,虽有部分学者对其办报(刊)历程、思想以及传播等方面予以研究,但均无系统的文艺文献整理本。"华北抗日根据地及解放区文艺大系"整理的《晋察冀日报》、晋冀鲁豫《人民日报》、《晋察冀画报》,是当时华北抗日根据地及解放区党报党刊的典型代表,是党的理论和实践同文艺结合的主要媒介和载体,是华北革命文艺重要的传播平台。这些报刊,既客观记录了华北革命文艺的传播与发展,也完整展现了华北革命文艺的特殊使命与风格特征,具有极其重要的史料价值。在此基础上,我们还会将视角延伸到《晋绥日报》《新华日报·太行版》《新华日报·太岳版》等党报,不断地充实这套大型文献史料丛书,以此来系统建构华北抗日根据地及解放区的"文艺史料学"。

四、丛书特色

这套丛书的编纂，主要以抗日战争及解放战争期间华北境内各根据地、解放区出版、发行、制作之图书、期刊、报纸等红色文献中的文艺资料为内容。编纂特色主要包括：

（一）抢救珍贵历史文献，弘扬伟大建党精神。

华北抗日根据地及解放区的红色文献发行于条件艰苦的战争年代，数量少，印制质量粗糙，历经岁月的洗礼，留存下来的品相完好者已经很少，有些到今天已成孤本。这些文献作为特定历史时期和区域的产物，见证了中国共产党领导华北人民争取民族独立和人民解放的伟大历程，反映了华北近代社会的巨大变化，蕴含着珍贵的史料价值和鉴往知来的现实意义，是中国共产党领导的文艺事业、新闻出版事业与意识形态建设发展的历史见证。它们诠释了党的初心和使命，蕴含着坚定的理想信念与崇高的革命精神，到今天仍然具有强大的感染力与说服力，是陶冶情操、磨炼意志、走好新时代长征路的有效精神资源。抢救性搜集、整理与研究这些珍贵历史文献，有利于增强党政干部政治信仰，弘扬伟大建党精神和践行社会主义核心价值观。

（二）文艺与党史密切融合，拓展革命文艺与党史研究的新视野。

革命文艺作品的创作、发表和传播，和党的历史任务和奋斗实践是分不开的。在艰苦卓绝的革命岁月，奋斗前行的中国共产党始终强调，既要拿"枪杆子"，也要拿"笔杆子"。革命的文艺工作者，一手拿枪，一手拿笔，深入农村与抗战前线，以人民大众易于接受和欣赏的形式，宣传党的政策，推行党的方针，为中国共产党顺利完成不同历史阶段的中心任务和伟大使命发挥了独特而重要的作用。本套丛书收入的文献史料，主要是抗日战争与解放战争时期党报党刊中的文艺作品与文艺史料，它们鲜明生动地体现了党的历史，党领导人民争取民族独立、人民解放的奋斗历程和精神面貌，从而为学界从文艺角度研究党史和从党史角度研究文艺提供了有力支撑。

（三）作品汇编与史料梳理并行，还原革命文艺的历史场域。

"华北抗日根据地及解放区文艺大系"的编纂，全面辑录华北抗日根据地及解放区党报党刊上刊登的诗歌、小说、戏剧、报告文学、散文、歌曲、版画等文艺作品，并系统梳理当时文艺发生、发展、传播以及社会各界文艺活动的各类消息和报导，同时选编了大量的河北红色文艺作品作为补充。这种文艺史料与文艺作品的配合整理，还原了革命文艺的历史场域，有利于构建对革命文艺的科学认识。

五、丛书内容

（一）《〈晋察冀日报〉文艺文献全编》共三十八卷：

诗歌三卷

戏剧一卷

小说二卷

文艺评论三卷

文艺史料九卷

外国文艺二卷

散文报告文学十七卷

歌曲版画一卷

（二）《晋冀鲁豫〈人民日报〉文艺文献全编》共十一卷：

诗歌一卷

戏剧、小说、文艺评论一卷

散文报告文学五卷

文艺史料四卷

（三）《〈晋察冀画报〉文艺文献全编》一卷

（四）《晋察冀日报社人物志》一卷

（五）《河北红色文艺作品选》共六卷：

诗歌一卷

戏剧一卷

散文一卷

小说三卷

六、编纂体例

（一）整套丛书题材丰富、门类众多，在体裁上不做强行统一。

（二）丛书中所录作品均为当年报刊发表的原文。为确保丛书的文献性、学术性、专业性和资料性，丛书编辑加工的总原则为保持文献原貌，内容上不做改动。

（三）文字的使用

1. 丛书中文字的使用以2013年教育部、国家语言文字工作委员会公布的《通用规范汉字表》为准。

2. 丛书中的古体字、通假字、俗体字，以及所涉及姓名字号、职官地理等专用字，均予保留。

3. 丛书原文字迹模糊残损，但仍可辨认或可依上下文校正，以字外加方框"囗"表示；原文缺字或无法辨识，且无法校补，每字以一个方框"□"表示；如无法统计所缺字数，则以"☒"表示。

4. 丛书中数字的使用，保持原貌。

（四）标点符号及其他符号的使用

1. 丛书在不改变原文意义的情况下，将旧式标点改作现行标点符号。

2. 丛书原文中出现代表文字的符号，如"×""△""○""▲"等，保持原貌。

3. 丛书原文中的着重号、专名号等不再保留。

（五）其他

1. 丛书原文中的注释，保持原貌；编者亦出部分注释，供读者参考。

2. 因为原始文献本身产生于战争年代，保存不易，漫漶不清处较多，丛书疏误之处在所难免，希望专家读者批评指正。

七、鸣谢

本套丛书得以顺利面世，要特别感谢中共河北省委宣传部、河北省社会科学院、河北教育出版社的资金支持，以及北京大学陈平原教授、中国社科院文学所刘跃进研究员、南开大学文学院李扬教授、河北师范大学文学院王长华教授等，为丛书编纂提供了多方面的学术支撑；晋察冀日报社老报人及报史研究会诸位老师，中国社科院文学所现代室、中国丁玲研究会、中国现代文学馆各位专家，也在丛书编纂过程中提出了许多建设性意见；院内外的数十位年轻科研工作者，在原文录入和校对方面付出了艰辛劳动，确保了项目的顺利进行。在此并致谢。

把艺术交给大众（代序）
——祝贺"华北抗日根据地及解放区文艺大系"结集问世

中国社会科学院　刘跃进

由河北省社会科学院文学研究所编纂、河北教育出版社出版的"华北抗日根据地及解放区文艺大系"结集问世，值得庆贺。

文艺是时代前进的号角。1937年7月7日，卢沟桥事变爆发，全面抗战由此而起。广大的爱国知识分子和青年学生，表现出同仇敌忾的民族气节，走出书斋，走出校园，用知识，用智慧，用不屈的精神力量唤醒民众，用实际行动担负起抗日救亡的历史重任。在此后的岁月里，延安文艺和华北抗日根据地及解放区文艺，是中国共产党领导下的两大主体，双峰并峙，展示着那个时代的风貌，引领了那个时代的风气。

随着抗日根据地的开辟，延安文艺工作团、西北战地服务团、东北促进纵队干部队、八路军总政治部前线记者团等大批文艺工作者，随同党政干部一道陆续抵达华北，东北、平津的青年学生也纷纷冒着生命危险来到边区。他们一方面积极创作大量街头剧、活报剧、街头诗、墙头小说、木刻版画、歌曲、舞蹈等革命文艺，开展抗日救亡宣传运动；一方面也通过开办文艺干训班，开展各行业、各阶层甚至全民的文艺创作与评选活动，吸引工农兵群众加入文艺队伍，掀起了"晋察冀一周""冀中一日"等具有深化性质的群众写作运动，以及"创造模范村剧团""穷人乐"等群众戏剧运动，为晋察冀文艺史添上了浓墨重彩的一笔。

说到这里，我想起2009年参加《北平学生移动剧团团体日记》捐赠仪式的一段往事。从1937年到1938年，在中国抗战史上唯一以大学生组成的"北平学生移动剧团"在长达一年半的时间里，历尽艰难，转辗于国民党第五战区的各个战场，演出话剧，创办报纸，宣传抗日，鼓舞斗志，谱写出响彻云霄的时代赞歌。移动剧团的成员每人一周轮流记述，用日记形式记录了那段不平凡的岁月，《北平学生移动剧团团体日记》就是这部历史的记录。它不是写给个人看的私密记录，也不是为将来面世扬名。作者完全出于一种历史责任，真实客观地记录了那段鲜为人知的历史，体现出强烈的史家意识。日记封面上有这样一段题记，"北平学生移动剧团·愿我永恒·中华民国二十七年二月二十三日始·璧华"。孤立地看这部日记，也许没有什么轰轰烈烈的战斗业绩，也没有什么感人肺腑的情感纠结。客观、平实是它的本色，正是这种本色，为那个历史年代留下一段真实。"北平学生移动剧团"的抗日活动，是文艺工作者投身抗日洪流中的一个历史缩影。

随着抗战的胜利，察哈尔省会张家口解放，晋察冀文协、晋察冀剧协、晋察冀音协、晋察冀美协、晋察冀通讯社、晋察冀边区剧社、晋察冀日报社、晋察冀画报社等文化团体随中共晋察冀中央局和军区领导先后开赴华北根据地，一大批文艺工作者也随之来到华北，开展丰富多彩的文艺活动。他们坚持毛泽东《在延安文艺座谈会上的讲话》中指出的方向，一手拿枪，一手拿笔，深入农村与抗战前线，既为切身体会工农兵的生活，也为深刻了解工农兵的需求，从而在根本上克服了自身相当普遍和严重的艺术至上主义思想倾向，为工农兵而创作，为工农兵所利用，以人民大众易于接受和欣赏的形式，普遍写人民大众的生产战斗故事。譬如左翼作家邵子南，于1938年10月随西战团到晋察冀，主持战地社日常工作，主编《诗建设》；1943年整风运动后，他到阜平任小学教员，在反"扫荡"中与群众、民兵一起转移、战斗，还直接在五丈湾跟随李勇的游击组对日寇展开地雷战；1944年5月随团回延安，在鲁艺任教，后调陕甘宁文协搞专业创作，开始大量创作反映晋察冀边区生活的小说。他以亲身体验为基础创作的短篇小说《李勇大摆地雷阵》（后改为《地雷阵》），运用阜平农民群众的语言，以口语化方式讲述了爆炸英雄李勇的抗日故事，明显吸取了民间说唱文学的优点，特别是在白话叙述中还插入不少快板式的韵白，更适合群众的喜好，因而在当时广为流传，家喻户晓，起到了很大的宣传鼓动作用。其他作品，如《荷花淀》《太阳照在桑干河上》《漳河水》《赶车传》《王九诉苦》《孟祥英翻身》《新儿女英雄传》《白求恩大夫》《我的两家房东》《穷人乐》《李殿冰》《戎冠秀》《没有共产党就没有中国》《团结就是力量》《没有土地的人们》《白毛女》等，都是成功的文艺典范，在现代中国文学史上占据比较重要的位置。

在华北抗日根据地及解放区的文艺创作成果中，还有数以万计的文艺作品和极具研究价值的文艺史料刊发在根据地及解放区所办的报刊上。很多作者，本身就是农民、战士或基层工作者。他们把自己的经历和熟悉的人和事，通过小说、戏剧、诗歌、报告文学、歌曲、绘画、舞蹈等文艺样式记录下来，语言通俗，富有生活气息。人民既是历史的创造者，也是历史的见证者；既是历史的"剧中人"，也是历史的"剧作者"。让故事中的人物自己编词、自己表演的创作方式，很好地反映出人民的心声，并让人民群众从生动活泼的艺术作品中得到教育,这确实是一个成功的尝试。

配合党的中心工作,"把艺术交给大众",通过文艺唤醒大众,这已成为华北文艺工作者的自觉意识。他们积极响应伟大的民族抗战对文学艺术提出的时代要求,充分兼顾到广大人民群众的接受习惯和欣赏水平,创作了大量的作品,真实地反映了燕赵儿女火热的战斗与生产生活,起到了良好的宣传教育与鼓动激励效果。刘萧无编排新闻报道剧《李殿冰》,编剧与演员一起住到李殿冰家里,以便于熟悉主人公的生活,搜集真实生动的群众语言,还模仿他们的动作,理解他们的心理,甚至还让主人公李殿冰等直接参与剧本的修改和编排。描写群众的生活,邀请群众参与创作,这是当时文艺工作者走群众路线的生动体现。该剧演出后获得当地老百姓的极大赞赏,鲁中实验剧团还专门学习该剧的创作方法,创编了三幕五场话剧《过关》。艾思奇《前方文艺运动的新范例》更是誉其开创了前方文艺的新范例。抗敌剧社的《王老三减租小唱》、冀中火线剧社的话剧《我们的母亲》,也都具有这种特色。

这些文艺作品,可能略显仓促,有的甚至急就于战火中,所以在素材提炼、人物形象塑造以及语言的使用、细节的刻画等方面还有很多不足。但是,这不是一般意义上的创作,而是燕赵大地为争取民族独立、人民解放的集体记忆和行动号角,是中国革命事业的重要组成部分。华北抗日根据地及解放区的文艺,有很多这样未经沉淀的纪实作品,不管其艺术性如何,但在发动群众、组织群众、铸就抗击日寇和国民党反动派铜墙铁壁方面,发挥了无可替代的作用。20世纪五六十年代,河北地区涌现出大量的红色经典,便是华北抗日根据地及解放区文艺的传承和发展。

2017年6月,河北省社科院文学所郑恩兵所长来京与我们协商合作研究事宜。我根据所了解的信息,建议他们结合地方特色,做好地方红色文艺文献的搜集整理与编纂出版工作。"华北抗日根据地及解放区文艺大系"就是那次商讨的成果。全书由五个部分组成：第一部分为《晋察冀日报》文艺文献全编，第二部分为晋冀鲁豫《人民日报》文艺文献全编，第三部分为《晋察冀画报》文艺文献全编，第四部分为晋察冀日报社人物志，第五部分为河北红色文艺作品选。全书收录各种文体的作品六千余种，包括小说、诗歌、文艺评论、戏剧、报告文学、散文、文艺通讯、美术、书法和音乐、文艺史料，还有文艺信息、文艺广告，基本涵盖了华北抗日根据地及解放区的文艺创作情况，具有很高的研究价值。

时值中华人民共和国成立七十五周年之际，我们有机会阅读这部皇皇五十余册的"华北抗日根据地及解放区文艺大系"，更加深切地感受到新中国的建立真是来之不易，她是无数条战线的可歌可泣的人们不懈奋斗的结果。在这样一个特殊的日子里，我们感念当年那些有名无名的作者，感谢参与整理工作的学者，当然，更要感激我们这个伟大的时代。

目录

华北新闻界呼吁团结抗战通电 · 1
华北联合大学为制止内战、制止投降通电 · 3
一个愉快的欢迎会 · 4
晋冀豫各文化团体为抗议日寇暴行 号召同胞起来参战参军宣言 · 6
华北联合大学为抗议停发八路军经费 告海内外同胞书 · 9
剧协致函村剧团 号召开展新年戏剧工作 · 11
完县冬学普遍进行 · 12
新年戏剧工作大纲 · 12
苏《科学杂志》论中国艺术 · 18
创造模范村剧团 · 19
中苏两大民族歌声相连 · 29
中苏文化协会举行儿童对苏音乐广播 · 30
记本报三周年纪念大会 · 31
中共晋察冀边区党委贺函 · 34
《晋察冀日报》万岁 · 35
边工团通俗文艺股制定春联数十副 · 36
贺《晋察冀日报》三周年 · 38
农救号召各级农会干部广泛开展新年文化娱乐 · 39
缅甸记者访华团抵渝 · 40
边区群众团体号召热烈庆祝新年广泛开展文化娱乐 · 41
初面 · 42
联大文学院、文工团出演《警惕》《婚事》 · 43
抗敌剧社亦出演名剧《日出》 · 43

苏联将出版《中国艺术史》《中国诗专辑》	44
陕甘宁边区新文字协会成立缘起	44
怎样开展新文字的实际工作	47
"创造模范村剧团"竞赛标准中的几个问题	49
一周艺术活动	51
延安鲁迅研究会成立	52
平西各文化团体决议成立文救会	53
向高尔基学习	53
迎接困难和克服困难	54
编后（《晋察冀艺术》副刊第3期）	57
边美协成立美术工作队	57
新文字在五专区	58
一九四〇年晋察冀边区文艺活动琐记	61
边区剧协召开座谈会	65
又见面了	65
边区文、音、美、剧协会发起组织文化俱乐部	66
鲁迅研究会即将成立	67
边区剧界纷纷出动帮助开展春季娱乐	67
晋察冀艺术工作者总动员起来	67
边区各艺术团体通电拥护中共主张	69
边学联号召会员努力学习新文字	71
边区文救会关于推行新文字运动的决定	72
一专区青救热烈号召春节举行文化娱乐月	74
准备纪念成立二周年　边文救发出指示	75
二专区即将成立文救	76
国际新闻社晋东南通讯站成立	76
为新的一代而歌	77

"少年高尔基"们	78
专区成立前卫出版社	80
五台举行文娱大检阅　村剧团均往参加	80
《文化思想》的任务	81
二专区各县县文救成立	81
名戏剧家洪深全家自杀	82
剧协召开座谈会	82
边区文化俱乐部正式成立	83
三专区军政民各界开宣传联席会	84
边区印刷总局热烈纪念"三八"节	84
文化简讯	85
边区艺术界各协会通电抗议当局摧残文化	85
蒙古文化工作团返抵延安	86
边区文艺工作者讨论"民族形式"问题	87
《五十年代》月刊在积极筹备中	88
本刊四五申明	88
专区文救会召开文化教育会议	90
见面	91
晋冀豫文化界开座谈会	91
延安鲁迅研究会发出重要通启　广泛征求材料与意见	92
晋东南文化界电请洪深先生来华北开展剧运	93
苏联文化界优秀代表获斯大林奖金	95
新义字运动在冀中	95
晋东南文联开座谈会讨论纪念"五四"事宜	99
鲁迅文艺奖金会成立	100
晋东南《胜利报》记者陈宗平壮烈殉国	101
苏联筹备纪念莎士比亚	101

边区文化艺术界筹备成立文联 …………………………………………… 102

发刊词（《子弟兵》副刊创刊号） ………………………………………… 102

五专区乡艺干训班毕业 …………………………………………………… 103

延安文化界纪念苏联大诗人马雅可夫斯基逝世十一周年 ………… 104

《新山东报》纪念创刊周年 ………………………………………………… 104

北岳区文救会布置具体工作 ……………………………………………… 105

抗大文工团来专区开办歌剧美术短训班 ……………………………… 106

延安蒙古文艺考察团开蒙古文物展览会 ……………………………… 107

北岳区文救会布置三大工作 ……………………………………………… 107

边区各协会将召开民族形式座谈会 …………………………………… 108

本报职工会热烈纪念"五一"节 ………………………………………… 108

抗议非法摧残重庆《新华日报》的罪行 ………………………………… 109

苏联出版《世界史》 ………………………………………………………… 112

响应编辑《冀中一日》号召　各团体掀起写作运动 ………………… 113

于江的文化学习 …………………………………………………………… 114

战士文化生活 ……………………………………………………………… 115

边区文化教育界举行五月运动大会 …………………………………… 116

文艺工作者成立文学创作会 ……………………………………………… 118

剧协成立研究会 …………………………………………………………… 119

《解放日报》发刊词 ………………………………………………………… 119

全国人民指针延安《解放日报》出版 …………………………………… 121

边区文救蓬勃发展　成立四大学会 …………………………………… 121

国民党摧残进步舆论　《星岛日报》大受限制 ………………………… 121

边区新文化建设的壮举 …………………………………………………… 122

边区新哲学会成立缘起 …………………………………………………… 124

自然科学研究会成立缘起 ………………………………………………… 125

为大众的科学的拉丁化的新文字而斗争！ …………………………… 127

新教育研究会成立缘起	129
陕甘宁的文化教育	130
法律研究会缘起	132
灵寿文救二代大会闭幕	133
响应编辑《冀中一日》 九专区成立写作委员会	133
陕甘宁边区新文字协会暨吴玉章同志致函晋察冀边区新文字工作者	134
灵寿青救号召：儿童岗哨速送本报	140
军区政治部增设文艺工作科	141
边区艺术界加倍紧张 筹备庆祝艺术节	142
庆祝边区文联成立	142
高尔基逝世五周年 延安文协举行纪念会	144
边区文联正式成立	145
高尔基逝世五周年 全苏举行隆重纪念	146
边区文化界首代大会闭幕	147
冀中土货展览会纪实	148
"治安强化"舞台的台上和台下	150
晋察冀边区第二届艺术节宣传大纲	157
"艺术创作运动"发起书	161
苏联怎样纪念玛雅可夫斯基	162
晋察冀边区文联成立大会重要提案择刊	163
用我们的血和肉与反动势力战斗到底！	164
欢迎新文化战友到晋察冀边区来（通电）	165
贺电择刊	167
晋察冀边区文化界抗日救国联合会工作纲领	168
准备举行农产品展览会	169
新华书店晋察冀分店启事	171

新华书店晋察冀分店紧急启事 …… 171
新华书店冀中支店成立启事 …… 172
新华书店晋察冀分店启事 …… 172
庆祝华北联合大学建校两周年 …… 172
两年间，壮大起来了！ …… 175
关于文艺小组的杂谈 …… 176
《五十年代》（介绍） …… 179
边区艺术界举行第二届艺术节 …… 181
华北联大师生热烈庆祝七月节 …… 183
陕甘宁边区文协直属边区中央局及边府 …… 185
我们的献词 …… 185
冀中文建会主办文艺干训班 …… 186
军区政治部召开部队文艺座谈会 …… 187
跟着聂司令员前进！ …… 188
完县群众的文化生活 …… 190
艺术节和我们 …… 191
本刊告白（《农村经济》副刊第1期） …… 194
边区艺展印象记 …… 195
军区政治部号召：展开部队创作运动 …… 198
完县文救会召开县区扩干会 …… 199
边区美术运动新的展开 …… 199
编后（《晋察冀艺术》副刊第21期） …… 201
本刊告白（《农村经济》副刊第2期） …… 201
三个模范文救会员 …… 202
欢迎科学、艺术人才 …… 203
八路军各兵团开展文艺运动 …… 206
印度诗人泰戈尔逝世 …… 206

文抗延安分会举行五届会员大会	206
蔚县新文字运动	207
西玉女村剧团两月来工作进展迅速	208
边区文协、剧协成立后艺术运动猛烈进展	209
边区诗会号召加强街头诗运动	211
延安艾青等筹出《诗刊》	212
肩负重大任务 《解放日报》扩充篇幅	212
延安《解放日报》召开文艺界座谈会	213
本报启事	213
一二九师出版《先锋报》	213
加强民族文化教育 陕甘宁开办民族学院	214
延安大学筹备就绪 日前举行开学典礼	214
冀鲁豫文联正式成立	214
鲁迅先生逝世五周年 晋冀豫文化界沉痛纪念	215
延安戏剧界召开二代大会	215
太岳区文化运动展开 沂河文艺社正式成立	216
告全边区文化界书	216
冀鲁豫成立剧救	219
文化线上	219
八专署布置冬学运动	224
边区美协流动展览在冀中	225
晋西北各界召开运动大会	226
"治安强化"丑剧第三场在晋东北	227
北岳区文救会布置新工作	229
郭沫若先生五十寿 延安文化界召开庆祝会	230
边区文联开扩干会	231
各协及俱乐部主任举行联席会	232

晋深极抗联会与文建会合组文化服务团 ………………………………… 232
向全边区文化界的号召 …………………………………………………… 233
边区新文字协会即将成立 ………………………………………………… 235
响应文联号召　西战团加紧创作 ………………………………………… 235
晋西北文联召开文化界联席会 …………………………………………… 236
过去、现在和将来 ………………………………………………………… 236
反"扫荡"中能不能坚持歌咏工作？ …………………………………… 237
消息 ………………………………………………………………………… 239
《冀中一日》问世 ………………………………………………………… 240
专区文化人开座谈会 ……………………………………………………… 240
专区文救开县主任联席会 ………………………………………………… 242
冀热察新闻事业简述 ……………………………………………………… 242
文、音、美、剧四协会积极开展创作运动 ……………………………… 246
在华北朝鲜青联会边区支会上：访问蔡野火先生 ……………………… 248
边区文化俱乐部决定 ……………………………………………………… 250
一个文救小组在反"扫荡"中 …………………………………………… 250
《新华日报》（华北版）定于明年元旦改日刊 ………………………… 252
《诗》（介绍） …………………………………………………………… 253
晋冀鲁豫将出刊《华北文化》 …………………………………………… 254
前卫出版社一年出书十余万册 …………………………………………… 254
日寇摧残我国文化　沪各大书局遭封闭 ………………………………… 255

华北新闻界呼吁团结抗战通电

响应朱、彭、叶、项致何、白总长电

重庆《大公报》《中央日报》《新华日报》转国民政府林主席、蒋委员长、各部院长官、各省政府主席、各军事长官、各界先进各机关、各法团、各文化团体、各报馆、书店、杂志社、全国同胞钧鉴：

倾读十八集团军朱、彭总副司令，新四军叶、项正副军长致何、白总长电，词意恳切，谋国忠诚，实照辉日月。切念抗战三载，敌我形势，已有转变：在我则愈战愈强，在敌则愈战愈弱；而帝国主义大战日益扩大，日寇在太平洋上正遇难局，我民族抗战现正待赓续，建国事业，已达九仞，举国上下，方期坚持到底。逐彼倭寇，还我河山，为地下祖宗一洗数十年来之奇耻大辱，为未来子孙奠定光辉灿烂独立自由之根基，使我伟大中华民族永远赓续绵长于世界之上。不意时至今日，危机又复猝起，形势严重，空前未有。

日寇于军事进攻之外，且复勾结德意加紧政治诱降，揣其用心，不外企图分裂我国，而亡我国家，灭我种族，更复驱我广大之人力、物力，供其驱使于世界战场之上；联合德意，而与英美争霸。人为刀俎，我为鱼肉，其计至险，其心至毒，而我国内少数亲日狂徒，在日寇嗾使下，居然大肆跳梁，制造谣言，分化抗日军队与人民，挑拨离间，破坏团结抗战之国策，以种种卑鄙龌龊之手段，包围与压迫政府当局，企图实现反共内战与对敌投降之阴谋野心，不惜陷国家于万劫不复之境，以售其无耻卖国卖民的罪行，投降于残暴之日寇。

夫"防共即是亡华"，此蒋委员长所昭告于国人者也，至理名言，举国共遵。今亲日派、阴谋家竟敢重弹"剿共"旧调，其丧心病狂，别有居心，固无待吾人之揭发也。今日苟有人昧于帝国主义的性质与企图，幻想借英美之助力以解决中国之问题固不可。倘更有无耻之徒，认贼作父，效法于贝当之故技，匍匐于日寇指挥刀之前，供其驱策，而饰之曰"防共"。是则汉奸国贼，人人得而诛之。盖反共之极必致内战，必致投降，投降必使中国四分五裂，投降必使抗日军队土崩瓦解。彼时我民族国家将陷于极端悲惨之境，我抗战统帅将被置于烹炉之上，最终必身败名裂，为天下笑，是诚亡党亡国之祸也。日寇、汪逆之所日夜祈求者在此，亲日派、阴谋家、内战挑拨者之所蝇蝇钻营者亦在此。法兰西以防共、反共而遭亡国之祸，可为殷鉴。

同人等坚持敌后抗战，三年于兹，深爱民族抗战统帅，勇敢大声疾呼：为今之计，舍团结无以言抗战，舍国共合作无以言团结。而确实执行总理"联苏、联共、扶助农工"之三大政策，本独立自主之外交方针，行自力更生之抗战国策，力行民主，唤起民众，实乃团结抗战之基础。勇敢吁请政府，明示抗日救国根本大计，拒绝德意劝降，取缔反共行动，制止内战危机，消除投降阴谋。有功必赏，有过必罚，号召全国军民，一致团结，不做枪口对内、亲痛仇快之妄行。集中火力，予一切亲日派、阴谋家与内战挑拨者以彻底打击，防止其活动，肃清其根本。团结到底，抗战到底，国家幸甚，民族幸甚！临电陈词，不胜迫切待命之至。中国青年记者学会北方办事处、中国青年记者学会太行山区分会、《华北新华日报》、《晋察冀日报》（《抗敌报》）、《山东大众日报》、《冀南日报》、《冀中导报》、《晋东南胜利报》、《人民报》、《太岳日报》同叩。

（《晋察冀日报》1940年12月2日）

华北联合大学为制止内战、制止投降通电

重庆国民政府林主席、军事执员会蒋委员长,中国国民党中央执行委员会钩鉴,全国各抗日党派、各抗日军队、各报馆、各大中小学、各界同胞公鉴:

我们伟大的中华民族正处在空前紧迫的严重危机面前,这就是日本帝国主义正在加紧诱降阴谋和唆使德意劝和的活动,而我国内部亲日派阴谋分子在日寇指使下正在积极发动反共内战,造成不能抗战而直接投降的形势。在这种严重局面下,我们华北联合大学的两万多个同学和在校的全体教职学员像全国同胞一样想到自己的严重责任!

我们认为只有抗战到底、团结到底的道路才是中华民族唯一的出路,而全国人民都愿为抗战建国事业努力奋斗!我们认为:反共内战必会闹到投降,而投降必使中国四分五裂,投降必使抗日军队瓦解,投降必使抗战统帅身败名裂,亡党亡国,中国人民陷入奴隶牛马的境地。

每一个中国人都是不愿意做奴隶的!每一个中国人和抗日将士都不愿自己三年多英勇抗战,几百万人民将士流血牺牲的抗战建国的伟绩葬送在亲日派奸徒和内战挑拨者手里!我们诚恳地要求国民政府、国民党和蒋委员长,坚决地把亲日派阴谋分子、内战挑拨者从抗战营垒里驱逐出去!我们要求国民政府、国民党和蒋委员长坚持团结抗战到底!更重要的是,我们全国各党各派各军各界要亲密团结起来,英勇坚决地起来制止内战!制止投降!誓死团结到底、抗战到底!把我们中华民族和后代子孙从奴隶的危运中挽救出来!

我们希望:国民政府、国民党和蒋委员长定能采纳我们的呼声和要求,在全民团结下使一触即发的内战与投降危险克服下去,走向抗

战最后胜利!

华北联合大学

(《晋察冀日报》1940年12月10日)

一个愉快的欢迎会

——记中共北分局召开之欢迎东干训练队大会

晋察冀社稿

本月十一日黄昏后，中共北分局在××村召开欢迎从延安远道而来的东北干部训练队大会，到会者有彭真同志、聂司令员及分局全体同志。会场充满强烈愉快的歌声与融洽空气，他们胜利与骄傲的姿态，似乎是对敌寇"囚笼政策"与"毁灭扫荡"以嘲笑。

大会开始后，首由主席致欢迎辞，次由东干队同志报告大家怀念的革命摇篮——延安的动态。

首先，谈到学习。在中共中央直接正确领导下，已进入高潮。三民主义与共产主义，党与群众的关系，少数民族与大汉族主义的批判已为一般人所注意；新文字，在吴玉章同志与文协积极领导与推动下已广泛开展；世界语运动在延安也极热闹。此外延安尚有文化俱乐部，每星期六至文化俱乐部研究者，颇不乏其人。延安对少数民族及其文化，均极关怀，那里有蒙古文化促进会、回民训练班，专门从事研究少数民族文化和教育少数民族同胞的工作；而对敌伪军工作的研究亦很注意，并成立敌训班（出版《敌国汇报》《敌□情形研究》）。自毛主席、洛甫同志在文协二次大会作了关于新文化的报告后，陕甘宁文化运动更显飞跃进步，各地有文协的文艺小组、新华社的通讯网，戏剧方面亦有惊人成就。总之，今日之延安已成为全国文化、学术、理论研究之中心，无论在哲学、艺术、文学及其他的科学方面，延安均居领导地位。国内任何理论问题遇有争论或未能解决时，则均有赖延安方面之解决。由此可知，延安不仅在政治上有不可压倒的权威，且在文化上亦具有领导的权威。

其次，谈到宪政运动。延安各界为争取全国实行民主宪政，不仅研究正确进步的正面理论，而且研究顽固倒退的反面理论。抗大、女大、马列学院等最高学府均深刻研究讨论，王明同志更亲自领导。延安青年曾召开假象的国民大会，参加代表化装各色人物，有西装者，有素衣者，有少数民族，有进步人士，有顽固分子。大会亦颁布《选举法》与各种规定，发言时有主张真正实行民主宪政者，有反对者，有因发荒谬言论而被嘶嘶者。当时延安街头，代表络绎，实为宪政运动史上奇特之一页。

至于生产，延安各机关、学校、农民均卷入生产热潮。男女互相帮忙，劳动时男助女，娱乐时女帮男。体育卫生自六中全会后，已为各界注意，现□有体育会，新式球场，其他如集体爬山、游泳、溜冰亦甚流行。青年运动较前更加开展，妇运自去年五月女大成立活跃空前。

最后，谈到中共各领袖均健康，毛主席更健壮，演讲也不咳嗽。

至此，稍息，歌声再起。似乎是这群青年男女又回到延安的怀抱，注视那古老的塔影和汹涌的延水而狂欢。

息毕，彭真同志以明晰响亮的声调指出：国际上，帝国主义大战带有继续扩大持久准备决战的性质，站在大战之外的苏联对世界革命基本方针是始终不变的。此外并着重地指出目前中国国内的投降与内战的危险。最后则又对东干队提出的关于"双十纲领"及边区的几个问题作了详细的解释。

随后刘澜涛同志致辞，略谓：边区一九四〇年冬季反"扫荡"

虽已基本胜利，但敌人目前正在修建公路据点，企图分割边区，实行分区"扫荡"，我们的任务是要把敌人赶出去，把敌人消灭在边区！

东训队全体同志来此，也正是迎接这一新的战斗任务。

散会时，兴奋愉快的歌声响彻了寂静的山庄，全体同志的血交流起来。他们今天已把胜利的革命的旗帜高悬晋察冀，明天定要这鲜明的旗帜插在辽吉黑，叫它在空中飞舞，有力地招展。

(《晋察冀日报》1940年12月15日)

晋冀豫各文化团体为抗议日寇暴行号召同胞起来参战参军宣言

【新华社华北分社晋东南十二日电】晋冀豫各文化团体为抗议日寇暴行，号召同胞起来参战参军。发表宣言谓：

日寇十年来的旧账未清，三年来的血债未还，最近又新添了一笔新的暴行。这一旧账中的新仇实在是旧账中的新账，血债中的血债。日寇这次对各抗日根据地进行残暴的"扫荡"，公开提出"大烧、大杀、大抢"的强盗口号，在华北各个抗日根据地里面大肆烧杀，任意抢掠。遭烧杀的不止一家一户，而是多数的村庄闾里；所杀死的不仅壮丁青年，而是普及老弱妇孺；所抢掠的不唯细软贵重，而且包括破铜烂铁。仅我晋冀豫一区，敌寇以数万之众，历时月余，接连三次大烧大杀。所遭受的惨重灾祸，实非笔墨所能形容。敌人的残酷是空前的，敌人的残暴同样是空前的，抢掠也是空前的。今举证个显明的例子：

武乡的一个八十高龄的老太太，怀里抱着小孙子，被敌人发觉。敌兵先以马刀将幼孙割成零碎的肉片，然后就在这幼小的尸体边，对此年迈的老祖母轮奸至死！

同样的惨事也在××村发生：一群敌兵围□着一个年轻的母亲在轮奸，她身边的铁锅里却在烹煮着她三岁的娃娃，这叫作"肉体的苦刑"。

除此之外，再加上"精神的膺惩"，这便是日寇"武士道"精神的真谛所在。如：涉县井店村民众受汉奸之害，不知逃避，反结队欢迎，敌寇突以机枪扫射，全村八百余人，除冲围逃出者外，胥孱弱妇女及儿童，被射杀者五百五十余人。

但这还只不过是几个例子而已。除有个别害□集体屠杀之外，敌寇的残暴更及于猪狗。如耕牛、羊群，敌寇见到便杀得满山满谷，尸骸狼藉，残酷之象简直超出古今中外的一切黑暗史实。

敌寇这一切残暴行为，就是日本帝国主义强盗的本相。它不但是和平的公敌，文化的公敌，而且是全人类的公敌。日寇这些残恶暴行，正是表示着它对伟大中华民族的恐惧，正是表示着它对抗日根据地的恐惧，同时也是□□□悲观失望心理的表征。"血债必须用血来还"，这是我国文化巨人鲁迅先生留给我全民族的至理名言。我们对于敌寇这些无耻残暴的事实，我们绝对不应该视若无睹。相反的，我们要利用各种机会，想尽各种办法，去揭穿这些事实，去向全世界上正义的人士呼吁，予暴恶无道的杀人刽子手——日本帝国主义者提出严正而无情的抗议。同时，我们不仅把我们的抗议限制在口头宣传和文字广播的范围内，更重要的，我们要以更加实际有力的行动来抗议，我们要以刺刀和枪炮来制止侵略者。敌寇自发动这次"扫荡"战以来，即提出"毁灭的扫荡"这一口号，可见他的企图是彻底毁灭我抗日根据地。它那亡我国家、灭我种族的野心，始终是不变的。我中华民族要生存、要发展，就要一致团结起来与敌人奋斗。我华北各抗日根据地的广大同胞，要想避免日寇的"东亚新和平与新秩序"

的疯狂"扫荡",就要人人参战,普遍参军,集合大家的声音为一个声音,组织众人的力量为一个力量,保证每个成员都投身到抗日自卫战争的浪潮里去。只有我华北一万万同胞彻底动员起来,普遍地掀起响亮而热烈的参战参军的巨潮,一面准备不断地保证正规兵团的补充和扩大,一面建立并发展广大健壮的民兵组织,更广泛普遍地展开群众的抗日游击战争,真正做到地方武装有充分自卫的能力,正规兵团有充分补充和扩大的可能,才能谈得到抗日根据地的日益巩固与扩大。抗战则生,屈辱必死;战斗才有胜利,退让必遭损失。这是争取反"扫荡"胜利的保证。事实告诉我们:哪里有我们殉国将士、死难同胞用自己的殷殷鲜血所写给我们的宝贵遗言,哪里有壮大的八路军,哪里才能取得伟大的胜利;哪里的民众武装英勇作战,哪里的村庄和人民就获得安全。百团大战第一阶段轰动全中国、全世界的伟大的胜利,第二阶段(电码不明约一百字)青抗先的英勇战绩,都是辉煌的例子。

英勇的同胞们!你们要为祖国的将士,要为惨死在日寇烧杀之中的弟兄、姊妹、父老、叔伯,一雪血海深仇。要保卫自己的妻子、田园、财产,要保卫自己的家乡吗?!那我们就得要加紧武装起来,母亲送儿子,妻子劝郎君,人人做战士,个个做英雄,大家如潮水一般地参加到地方武装,参加到抗战军队中去!

中苏文化协会晋东南分会、中国青年记者学会□□办事处、中国青年记者学会太行山区分会、中华文艺界抗①敌协会晋东南分会、中华戏剧协会太北区分会、《新华日报》华北会馆、晋东南文化教育界教育总会、民族革命通讯社上党分社、《晋东南胜利报》、《太岳日

---

① 按,"抗"字原文印作两道横杠。中华全国文艺界抗敌协会是抗日战争时期为广泛团结抗日力量而建立的全国性文艺团体,简称"文协",1938年3月27日成立于武汉。发起人包括文艺界各方面代表97人。

报》、《太南人民报》、《冀西公报》、太行抗战建国学院同启。

二十九年十二月七日

（《晋察冀日报》1940年12月15日）

华北联合大学为抗议停发八路军经费告海内外同胞书

《大公报》《中国日报》《新华日报》《晋察冀日报》转海内外一切抗日爱国、主持正义的同胞们！

报载：军政部长何应钦密令军需局自十一月□起停止发给八路军经费，就是十月份欠发的二十万元也停发了。

我们都知道，八路军、新四军是国民革命军的一部分，是抗日出力最大、建功最多的模范革命军队。三年半以来，在敌后方艰苦支持下作战达一万数千次，牵制全国百分之五十的敌人，收回广大国土，实行了三民主义与抗战建国纲领，建立了许多抗日根据地，为全国同胞及国外人士所共见，也是政府及蒋委员长屡次嘉奖的。按理说，他应受到充分的接济，给予扩编□级的，但是所受待遇却是全国军队最菲薄的了。从去年九月到现在，没有领到一粒子弹和一片药物。因此，我们亲眼看到，八路军将士在战场上只得和敌人肉搏，受伤后也只得听其自然。而每月的经费更是极少，明明是五十万人，却只领四万五千人的饷，平均每人不过□□，物价高涨，更难以维持，早陷于半饿半寒的境地。现在连这一点也不发了。

我们认为，这是想把八路军、新四军饿死冻死的惨无人道的毒辣办法，□□团结抗战国策的办法，是每一个有人心的中国人所不齿采用的办法。更毒辣的是亲日派奸徒除动员大军向八路军、新四军进逼外,更采取这种办法,企图在政治上、经济上压迫八路军、新四军,企图挑起内战反共,造成不能抗战而直接对日投降的形势。

一切抗日爱国、主持正义的同胞们!

我们绝不容许亲日派奸徒和内战挑拨者这样胡作乱为,我们绝不忍心让八路军挨饿受冻!

要求国民政府和蒋委员长立即下令撤销这一惨无人道之乱令,给八路军、新四军以充分的接济。全国军队待遇平等,明令八路军、新四军扩编□级,给乱发命令克扣军饷的分子以严厉的惩罚!

在各个地方给八路军、新四军募集捐款和寒衣,动员中国人民优秀的儿女到八路军、新四军中去,到处展开拥护八路军、新四军的运动。

在各个地方开展反对亲日派奸徒、内战挑拨者的群众运动,揭穿他们作日寇诱逼中国投降的秘密内应的阴谋,把他们孤立起来,驱逐出去!

只要我们能够这样做,只要我们更加团结起来,□□蒋委员长坚决抗战到底,内战和投降的危机是能克服的,抗战是一定能最后胜利的。中华民族命运的决定力量在我们手里,在钢铁样团结一致的四万万五千万同胞和抗日军队的手里!

中华民族的伟大团结万岁!

从晋察冀边区发
二十九年十二月十二日

(《晋察冀日报》1940 年 12 月 21 日)

剧协致函村剧团　号召开展新年戏剧工作

全边区一千个村剧团的同志们：

一九四一年新年快到了！大家的工作又要忙起来了！

一九四〇年的新年，在咱们晋察冀的乡村里，戏剧工作是非常活跃的。从那时候起，同志们都很兴奋，于是大家都要求组织剧团，在陈庄、陈南庄、平山、阜平、唐县……开始掀起了一个伟大的乡村戏剧运动。

这一运动，在边区的戏剧发展史上是永远不会忘记的。这一运动使得我们的戏剧更向大众化是进了一步，使得我们的戏剧开始成为老百姓自己的东西了。

村剧团的同志们！一年来在数量上达到一千个；在质量上，从不断地进步上得到了提高，一年来在抗战建国事业上起了非常大的作用。在边区文化工作上，也成为一支坚强的力量。

但是这一收获还是不行得很，大部分的村剧团还没有固定和健全的组织，没有经常工作，大部分村剧团的质量还是很幼稚。这说明在乡村戏剧运动上还要最大地努力。

一九四一年的新年，将要给大家这样一个最重任务："来打下村剧运的巩固基础。"

这个巩固基础，除了一千个村剧团同志自己的努力是不能得到的！

因此我们渴望着的新年里，不但希望着全边区所有的村剧团作戏剧演出，多多演出不论话剧、秧歌、旧形式新内容……的东西；同时，我们更希望在这一新年戏剧热潮里来提高自己、巩固自己（建立固定组织和经常工作），作为自己当前的重要工作。

村剧团的同志们！努力啊！

十二月十八日

（《晋察冀日报》1940年12月22日）

完县冬学普遍进行

朴君

【晋察冀社廿一日讯】完县冬学运动工作在反"扫荡"前已经布置就绪。在反"扫荡"期间，各级干部仍积极坚持工作，冬学运动未受任何影响。现一、二、三、四各区已完全开学，其他已开学者计有：五区二十三村，六区十村，七区九村，八区十村。目前冬学运动已在全县普遍展开，全县冬学不日即可全部开学。

（《晋察冀日报》1940年12月24日）

新年戏剧工作大纲

中华全国戏剧界抗敌协会晋察冀边区分会拟

一、新年戏剧工作的重要性和意义

戏剧是为政治服务的。

为了密切配合着今天反投降、反内战，争取反"扫荡"彻底胜利和实现"双十纲领"的政治任务，中华全国戏剧界抗敌协会晋察冀边区分会号召全边区大剧团、村剧团、学校剧团、连队剧团、工厂剧团和所有戏剧工作者，拿实际行动有计划、有组织地来进行这一工作的宣传和动员。因此，边区剧协号召并准备在行将来到的阳历新年和农历新年里展开一个群众的戏剧运动热潮，这是首要的意义。

同时，我们都知道一九四〇年的旧新年文化娱乐工作，是村剧运的开始。这一开始使戏剧更进一步普遍深入群众里边去。这一年里，村剧团数量上达一千个，质量上也求得些提高。一年来的开展是非常惊人的！

但是，并不是说，村剧运已经很巩固、很健全了。事实上，一千个村剧团中百分之九十以上是没有固定组织的，没有经常工作的，技术上还是非常非常落后的。同时村剧运的发展也是忽涨忽落的，在不同的地域、不同的时期里，也是不平衡的。这些原因在出于自发自流的情形多，出于有计划领导组织的还非常不够。

因此，放在一九四一年新年工作里，可能获得一个戏剧工作高涨的时期，来建设一个乡村剧运的巩固基础是亟须的。今天说来，建立巩固组织，经常工作，求得质的进一步发展是□□基础的□□。

配合着村剧运的开展，一九四一年的新年将成为连队和学校不脱离生产剧团建立的时机。当然，组织连队剧团、学校剧团的具体条件和村剧团是不同的，但同一九四〇年新年村剧运的开展一样，这将是一个有利的机会。

今年留下了不多的脱离生产的大剧团，西战团、抗敌、联大文工团、抗大文工团、联大儿童剧团、战线、七月、冲锋、火线、突击、大众、铁血等，在质量上，大部分是顶好的。一九四一年新年，也将给予他们许多重要的任务，"帮助村剧团健全巩固起来""帮助连队剧运学校剧运蓬勃生长起来"，也将使他们本身不仅成为一个表演者，一个艺术的创造者，而且成为一个艺术的组织者，使他们更加接近群众，向群众学习，领导群众为新艺术而奋斗。

归纳起来，一九四一年的新年，将在这些意义上企求着这样一些收获：

（一）使戏剧更加密切配合政治任务，广泛和深入掀起一个剧运热潮。

（二）村剧团建立固定组织，经常工作，求得质的提高，打下村剧运的巩固基础。

（三）连队和学校不脱离生产剧团的普遍建立。

（四）全边区大剧团更进一步深入群众里去！（乡村里去！连队里去！学校里去！）

一九四一年新年将是戏剧运动上一个伟大纪念日。

二、工作准备和动员

（一）材料（供给所有群众剧团的）。

1. 剧本（话剧的，旧形式新内容的，其他）。

（1）剧协供给（"双十纲领"的宣传剧一二三集）。

（2）各大剧团供给（根据目前政治任务，反投降、反内战、反"扫荡"的胜利，"双十纲领"等配合着新年工作，每剧团至少创作两个剧本）。

（3）各县文救产生（根据各县情形，文救要多多产生一些）。

（4）村剧团自己创作（根据当地情形和需要及时地产生）。

2. 理论技术材料（戏剧基本知识的，剧团组织的等）。

（1）剧协供给（出版《大众戏剧》第二辑等）。

（2）各大剧团供给（有计划出版一些刊物、小册子等）。

（二）宣传和解释动员。对于新年戏剧工作，在创造模范村剧团，要把它造成一热潮，就需要深入地宣传和动员，在剧协、各大剧团、各县文救都要很好进行的。

1. 口头的，会议的（口头地解释宣传鼓动、个别谈话、集体讨论和动员会议等）。

2. 文字的（号召□宣传品、动员信、出刊物、出报纸等）。

（三）组织晚会和比赛。预先地发动和组织，决定他们新年工作一般的好坏。各县各区文救是这一主要组织者，各大剧团学校所在地应由大剧团和学校救亡室同时进行组织，连队剧团要和所在村剧团取得密切配合□共同进行。

（四）干部配备。各级宣传组织动员工作里，需要一些必要的干部配备，帮助工作和总的检查督促，在模范村剧团进行和总结过程中更加重要。

1. 边区文救和剧协应有计划地组织干部来帮助各专区文救和部分县文救的工作。

2. 部分大剧团在总的配合下，下乡、下连队，有计划地分散帮助工作。

3. 各专区、县文救有计划地配备专门干部突击这项工作。

三、工作进行

村的

（一）组织和动员所有村剧团在新年里演出。

（二）组织比赛。

1. 区文救组织全区村剧团比赛，联合公演。

2. 县——县优秀村剧团（一区一个）比赛，联合公演。

3. 比赛内容。

（1）政治测验。

（2）演出。

（3）平时工作。

（4）平时生活和学习。

（三）由边区或县召集村剧团团长或干部会议。会议内容：

1. 讨论健全村剧团的工作。

（1）经常工作。

（2）固定组织。

（3）会议汇报制度以及整个时间的分配。

（4）集体学习。

2. 讨论村剧运里的困难、解决办法和其他意见。

（四）中心工作——创造模范村剧团。

1. 标准和条件。

（1）组织工作。

①有固定组织和健全机构，干部领导方式好。

②能根据县区文救指示进行工作。

③能有工作自动性、创造性、计划性。

④能有工作经常性。

⑤能有创作经常性，每个创作都能密切配合政治任务，反映现实。

⑥在不妨害本村其他工作如支差、冬学、一切集体活动之原则下，能够争取和抓紧时间进行经常工作和活动。

（2）学习。

①提高文化水准，热烈参加冬学。

②注重政治及技术学习（讨论会和研究会），经常进行。

（3）生活。

有固定会议汇报生活，经常进行。

2. 创造期间——两个月。一九四一年二月一日——一九四一年三月三一日。

3. 深入动员，检查、督促。各县文救传达各区，各区传达各村剧团，用会议形式、个别谈话形式多加监督。

4. 根据上述条件，由各县文救提出具体任务、具体条件。

5. 组织竞赛委员会（区级、县级、专区级、边区级）。

6. 以区为单位总结。

7. 奖励。

连队的、学校的

（一）组织演出。

（二）发展组织不脱离生产剧团的讨论。

四、工作注意

（一）所有准备材料，一律要在旧新年前一个月发出，保证各村剧团、连队、学校，在新年前半个月接到。

（二）所有发出材料，应检查其深入程度、反映意见。

（三）把新年文化娱乐工作的中心一环——戏剧工作抓紧，要把它造成一个热潮。

（四）对于旧形式的利用要特别注意，各县文救要多供给这方面材料，发扬新内容的演出。

（五）干部的配备以及有计划地组织，是决定一切的因素。

（六）村剧团和小学校剧团宣传队的工作领导和推动，重心放在县文救；连队剧运的工作领导和推动，重心放在各分区剧社和各团宣传队；大中学校剧运（除联大、抗大）的工作领导和推动，重心放在各学校救亡室。

（七）各大剧团要起极大的帮助组织和推动作用。

（八）连队和学校的工作着重在阳历新年，乡村着重在农历新年，工作的收效会较多的。

五、口号

（一）创造模范村剧团，要建立固定组织，经常工作，要在工作里求得不断进步!

(二)创造模范村剧团,要巩固和健全村剧团。

(三)创造模范村剧团,要发扬戏剧的创造性,提高技术水准。

(四)开展建立连队和学校不脱离生产剧团运动。

(五)发扬旧形式新内容的演出。

(六)大剧团要更进一步深入乡村里去、连队里去、学校里去!

(七)广泛开展新年戏剧工作。

(八)与敌人展开戏剧战线上的斗争!

(九)为建立大众的、民族的、民主的、科学的新民主主义戏剧而奋斗。

(十)中华民族新戏剧万岁!

(十一)中华民族解放万岁!

(《晋察冀日报》1940 年 12 月 24 日)

苏《科学杂志》论中国艺术

【莫斯科二十一日专电】苏联科学学院出版之《科学杂志》上载专文论中国美术称:中国美术在世界各国美术中占有重要地位,不仅影响东方其他民族之文化,欧洲各民族亦受其影响。现中国美术家更创造新的美术作品,中华民族英勇之奋斗,亦渗透中国美术家之心灵,乃有新美术作品出现。无论何家何派在此次独立战争中,均成为增强国力之重要武器,充分证明中国之美术必将发扬光大云云。

(《晋察冀日报》1940 年 12 月 27 日)

创造模范村剧团

罗东

一、提起

晋察冀的乡村戏剧运动是一支伟大的力量。一千个村剧团在生产运动中、选举运动中起了很大宣传和组织的作用，配合了各个时期的总的政治任务；在戏剧运动本身发展上，建立了老百姓自己的新艺术。这些功绩将永远不能磨灭的！

一年来，村剧运动是进步的、发展的。一年来，所有村剧团的同志，所尽的努力是很大的。但我们应该看到，这些行程里是不平衡发展的。新年一开始，平山、唐县一带的文化娱乐工作很好，阜平方面秧歌全演出了，但没有一个充实新内容。以后灵寿的陈庄和阜平的陈南庄先后成立了村剧团，普遍地组织村剧团的要求才展开，普遍的热潮才造成。有阜平、平山、灵寿、唐县、完县、定北、满城、易县……从南到北，从三专区到五专区，村剧团的工作是前进的。可是一专区、二专区，到今天还没有什么开展。个别如平山在新年后一个时期曾呈现着暂时的低落，曲阳的开展同样迟缓和不够。

各个时期里，春天比较活跃，村选、乡选、县选时比较活跃；夏秋农忙比较差些，一到冬季又该是村剧运动高涨的时候了。同时在反"扫荡"过程里，每一场战斗与战斗之隙，反"扫荡"告一段落和胜利之后，这就是我们村剧团活跃的时候了。多少斗争着的故事，是从戏剧的演出来告诉全村子老乡；多少血的经验教训，可以拿来教育全村子的老乡。但是我们的村剧团大多没有这样做。

除开客观原因不说，这些事实正好说明了一桩事，说明在村剧运动的发展上还有很多缺点，村剧运动基本上巩固是没有做到的。村剧运动的工作，大多是自流的、自发的，在有计划地领导组织上都非常不够（当然这个事实也并没有抹杀个别的有组织的剧团还有工作，还进行着各种活动）。因此，摆在村剧运动工作面前，头一件迫切任务是"如何来巩固和健全村剧团"。

巩固和健全村剧团具备了充分的可能条件：

（一）有文救会的直接组织剧协的总的领导，各种文化组织在全边区军、政、民团体直接间接地赞成和帮助。

（二）有边区十几个大剧团，千百个坚强的剧团工作战士。

（三）有一年来村剧运动发展的经验教训，一千个村剧团的同志自己的努力和相互的帮助。

一切这些条件，鼓励了我们胜利的信心。

在这里，要巩固和健全村剧团，"创造模范村剧团"的口号是有着极重大意义的。这是用竞赛和突击的精神有计划地来达到巩固和提高的第一步。这一步骤，在村剧运动的发展上将是不可少的。

同志们，假如说一九四〇年是边区村剧运动开始动的一年的话，那从这一个新的年头的开始，一九四一年将是村剧运动的巩固年！提高年！

这里不会有半句空的口号，一切我们的口号都伴随着很多具体任务和具体工作。

二、固定组织和分工

（一）组织是村剧团的基本

1. 不求多，只求精，不求复杂，但求简练。

从村剧团的组成分子起一直到组织具体分工止，都是这样。村剧团并不是村民大会，是一个村的宣传队，在质量上并没有把一切落后的老乡们包括在内；相反的他正是来教育和帮助落后分子的一群。因此吸收的分子应该属于村里进步的、积极的、活跃的和自愿参加的人。这样的组织才能起到一剧团应有的作用，使每一个组成分子对剧团的工作负责和积极参加。只是追求剧团团员数目字的增加，而不注意质的组成是不好的。

组织的分工也是这样，分工应该具体，但不能零碎；工作复杂繁多的时候，分工更应该具体，更不应该零碎。拿今天村剧团的条件来说，一个分工非常细密和复杂的组织对他们将没有什么帮助，在干部质量上说、在工作需要上说都是这样。好像是×村的剧团，有一个非常复杂的组织，有社长、社副、指导员、大队长、戏剧队、音乐队、漫画队、歌舞队，生活上还有妇女队、儿童队、青年队，戏剧队下面还有编剧、导演和剧务，演出上还有一套复杂的组织。除此之外，还有时事研究会、话剧研究会、旧剧研究会。这套组织是从大剧团那里抄下来的。当然一部分是必要的，但一部分如生活上的组织、技术上具体的研究会组织、演出上的组织也不必像大剧团那样精细。因为不论在村剧团主观和客观上，有些是互相重复和混淆的，有些是能力上还达不到的，有些是在工作里和现有工作条件下还达不到的。一个详细、具体、完整和细密的分工是好的，是我们奋斗的目标，但拿今天村剧团来说，老老实实简练一些是好的。

这里简练也不是简单化，什么也不要。剩团长光杆儿一个，于是村剧团的团长包办一切，没有组织，没有分工，工作也就进行不通。即使让你暂时可以进一进，但要求得发展是不容易的。

2. 组织原则——民主集中制。

同一切进步组织一样，村剧团的组织原则是民主的同时又是集中的。村剧团的民主程度应该大，剧团负责干部全由团员来选举，即一切工作也需要大家在原则上的讨论和确定后，交给干部去执行。但这一方式并不能影响到另一方面——组织的集中方面。少数服从多数，团员服从各级干部、服从团长最高的负责……村剧团在执行这一原则时应该注意到两方面：一方面，反对保守的、个人主义的、无原则的民主；另一方面反对太集中的家长统治主义，这在村剧团团长或干部包办工作时很容易有这一点。

总起来说，组织是村剧团的基本，没有组织，也没有村剧团。

（二）固定组织是巩固村剧团的基本

在整个说来，村剧团的工作只是乡村里的集体活动之一。也正因为村子里同时还有其他很多活动，常常会影响到村剧团组织只是有名无实，或者只是一种临时性的东西。今天有指导员，明天负责这一工作的干部他调了，这一工作就会无形取消。因为干部的移动而影响到组织的变动和取消，甚至剧团无形解散都是常有的，平山洪子店就是这一个例。当然这里还有干部本身的问题，但组织的固定性不强是一个主要原因。

一个不固定的组织，就是使组织成为一种空的东西，剧员对于组织也就会认为可有可无，与他毫无关系，以为只要临时能够演出就好，而并不知道没有这一组织，久而久之剧团是会取消的。有的人说："他妈的，垮了好，再来一个新的。"其实有了新的还不一样要垮。工作里没有进步，那就只有退步，退到后来，演出也就成为不可能了，落在所有村剧团后面了！

所以，村剧团的工作，不仅是要有组织的问题了，而且是把这个组织如何固定起来的问题。不使他经常游离和变动，不使他经常有名无实。同时，认清我们的固定组织就是力量，是推动一切工作和使得工作进步和发展的唯一前提。当然，固定组织并不否定必需的发展和变动；相反的，在工作不断进步里组织的改组和发展正是非常必要的。

(三) 村剧团的组织形式

固定的组织离不开一个固定的形式。在组织机构健全和简练的原则下，根据剧协二次代表大会决议的是较好的组织形式和分工：

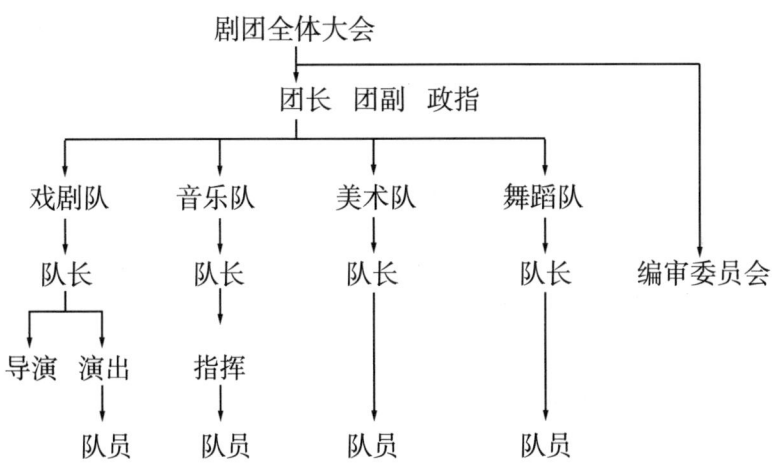

这个组织是比较统一的，是完整而简练的，行政工作和技术工作也比较统一，可以作为一种参考。

三、经常工作

(一) 经常工作和固定组织是一个问题的两方面

在巩固健全村剧团工作里除了建立固定组织，同时要建立依靠这一组织进行的经常工作，没有固定组织是不可能有经常工作的；相同的，没有经常工作，固定组织也就只是一个空的形式。因此，固定组织和经常工作这两个东西分不开，只有从这两方面着手，互相反应、互相推动着去进行。

(二) 经常工作要从挤时间、抓时间里来做

建立村剧团的经常工作，不是一句空话，同时也不是一件很容易的事。今天乡村里的群体活动很多，每个人还有自己的生产工作，在

农忙的时候,整天的时间都会被耕种、收割占去。所以村剧团除了在冬天、春天比较能够得到工作时间以外,一般只有从挤时间、抓时间来建立工作。

村剧团的工作是为了抗战建国的,同时也是为了帮助一切抗日工作进行的。因此像抗战勤务、冬学、一切集体活动,村剧团团员不仅要做一个宣传者、鼓动者,而且要做一个模范的积极参加者。我们的剧团应该从这些工作时间以外来抓时间、抢时间。过去常常有村剧团团员借口剧团工作而妨害这些工作,和借口"既然一样要做勤务、出差,那我不参加剧团了",都是没有懂得整个工作的目的和一个剧团团员的作用而生出来的观点,这都是不好的。

从这些时间中要找出很多时间来是不可能的,事实上每天要能挤出两个钟头来已经是非常好的了。

问题只在要"经常",那么一天两小时,十天二十小时,一个月六十小时,就可以做不少工作了。

工作的时间顶好是规定的,有一定时候,譬如晚上或者清早;但也不能是呆板的、机械的,可以灵活地找时间,问题也只在要"经常"。

农忙与农闲的时间,也可以不相同的。农闲的时候不妨长一些,每天挤三小时、四小时,早上、晚上都来做剧团活动;农忙时候像春耕夏收,夏耕秋收,不妨减短一些,挤出一小时、两小时来也可以。原则是:每天要有一定的时间,哪怕短到半小时都应该作为剧团活动时间,而且保证着经常地进行。积少成多,一切工作才能有基础,才能有进步。

一个模范的村剧团要善于挤时间、抓时间,而且能够每天这样做,这样计划。

(三)为建立经常工作而斗争

工作的建立和进步是一个斗争过程。特别在我们的村剧团里,像

这些不同成分和阶级阶层的人，佃农、贫农、中农、乡村知识分子、青年学生、小商人、店伙计、妇女、儿童……组织在一起，而他们同时都还有自己不同的工作和勤务，工作的散漫性是很可能发生的。但这个散漫性也正只有在工作里才能克服，在工作里才能锻炼。在工作里，组织观念才能加强，也就影响了他们参加剧团工作积极心、责任心的提高。

因此，村剧团在今天应该不是有没有工作的问题了，而是怎样建立起经常工作来的问题了。

一切从这里出发，村剧团才能谈得上巩固和健全，才能看得出工作里的缺点、优点，才能求得进步、求得发展。所以，经常工作的建立应该是村剧团的奋斗目标。

（四）有些什么经常工作

1. 排戏；2. 唱歌、写标语、画画；3. 抗日剧本；4. 演出准备和演出；5. 工作检讨；6. 学习和会议汇报。

四、干部领导和剧团管理

（一）集体领导、个人负责，相对分工，互相帮助

一般在村子里，找戏剧上专门人才是不容易的。因此一切工作需要大家来讨论，大家来研究。"三个臭皮匠凑成一个诸葛亮。"村剧团的诸葛亮是从这里来的：一般建立分工，互相在工作里多批评帮助；同时要很有计划地领导，提高每一个干部的责任心；领导工作的方式要好。因为这种集合着不同阶层阶级不脱离生产的团员，需要正确运用组织原则，进行一切工作。

村剧团里的领导工作应该注意全面的一些问题，本身行政工作、技术工作、生活、学习、集体活动、会议汇报、村剧团在村里的影响、村剧团和其他团体的关系……

干部领导是一种艺术,这里不多说了,只着重指出这一点,要我们村剧团的干部克服个别包办一切的现象。同时也提起,一个村剧团的领导并不像很多人想象的那样简单,或者只是演演戏而已,而是包括着整个系统的工作。建立一个模范的村剧团,就得向这一系统的每一个方向去着眼、去做、去解决一切问题;而这些工作的完成,又除了模范的干部是不能做到的。"干部决定一切",不容许谁一刻忘掉这句话。

(二)工作的自动性、创造性、计划性

一个模范村剧团,需要的不仅是能动的干部,更要每一个能动的团员。一方面干部不包办,给团员能动的地位;而团员都能自动地找工作、学习、研究,工作才能好,才能活跃,进步才能快。

一个村剧团演员□导演和戏剧工作者,没有自动学习和研究的精神,就不容易完成很好的演出,也不容易使自己在技术上得到什么心得,求得发展。

村剧团的创造性也是重要的。在戏剧上的创造、工作方式上的创造……村剧团的运动本身就是一个创造,在戏剧发展上也是一个创造。一个艺术工作者离开了创造,是不能的。

这个创造是不断的。

在另一方面,村剧团与大剧团不同。一个大剧团的全部工作方式就不一定而且一定不适用于村剧团,这里创造的精神更是非常重要的。

村剧团工作的计划性还要提起严重的注意。没有计划性,一切组织工作都搞不好。尤其在工作要抓时间、挤时间的这个条件下,什么时候排戏,什么时候唱歌,写什么剧本,怎样进行学习、讨论……假如一天只有两个钟头时间的话,缺乏计划性,将使什么工作一无所得。

工作里一天的计划，一个星期的计划，一个月的计划，都要注意的。配合着工作的经常性，我们才能顺利地进行工作，完成工作任务。

一个模范的村剧团一定有工作的计划性、自动性、创造性。

（三）会议汇报、学习生活

至少要这几种会议：

1. 剧团工作会议（干部的）——半月一次，计划布置和检讨工作。

2. 团员大会——一月一次工作检讨。

3. 演出检讨会——每次演出后。

至少要这几种学习：

1. 政治学习——积极参加冬学民校等，剧团本身不需要单独的政治课。

2. 技术上、理论上的讨论和研究——半月或一月一次（一次一小时）。

在生活上、工作上，建立行政上的团员的个别汇报制度。一方面使团员对村剧团的组织观念加强，一方面可以反映、了解到一些问题。但要简单明了，五天或一星期一次，一次不超过十分钟。

村剧团里的生活严肃性也要提到的。这里说的主要在男女问题上，要保持一定的正确关系，乱搞或轻浮、随便、流氓意识都是绝对不允许的。因为这是打击顽固分子的诬蔑造谣、巩固村剧团的基本之一。

严肃，同时是要活泼的。我们的生活，应该永远把这八个字记在心头：团结、紧张、活泼、严肃。

（四）演出管理

村剧团的演出管理可以比较简单些，一般分工也不需要太细密，因为在舞台工作各方面,村剧团比较简单,但是毫无分工、毫无组织也是不对的。

这样就可以,选一个人为前后台负责的(舞台管理),或者兼前台管理,主要是布景、节目的管理,也可以兼做喊口号的人。后台有后台管理,后台还可以分出道具(借东西和管理一切东西的人)、服装(借和保管服装)、化装(化妆品的保管和帮人化装),其余如每一个剧里需要的效果(做音乐的等)、提示(提台词的人)。至于灯光,一般可以省去这个人,假如有汽灯,那就是点汽灯的人。

画一张有系统的表,这样:

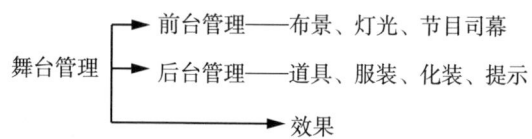

(五)经费和材料

经费和材料都要自力更生的。经费的不正当、不合理的来源或者摊派都是不好的。

经费要非常节省的。大搞布景幕布,并不是今天所需要的村剧团。

创作的产生,要密切配合政治任务,要反映当地的现实。一个模范的村剧团善于把自己村里的故事拿来编剧,这对于教育老乡更有效力。同时地方旧形式和民间的东西,会拿来改编新的内容就更好。

所以,模范的村剧团应该是地方化的。当然,我们在这里并不要求,要怎样的好,怎样的完整,今天村剧团还做不到,只要能在不断创作里不断得到进步,就是好的。

(六)对外联系

村剧团不要把自己和人家隔绝起来,或者不愿和人家接触;模范的村剧团是善于和别的村剧团或者大剧团取得联系的。这样才能向人家学习，才促进自己的向上，也使得人家能够得到你的帮助，得到进步！

五、简短的结语

总起来说，一个模范的村剧团，一个健全和巩固的村剧团，必须具备这三个主要条件：（一）固定组织；（二）经常工作；（三）能够进步，能够不断求得质的提高。

我们的村剧运动将在这一基础上求得发展，但这样的村剧团还需要我们拿出晋察冀勇敢积极的精神来创造。

"创造模范村剧团"是我们的口号。全边区所有村剧团要为争取这一模范的胜利而斗争。

（《晋察冀日报》1940年12月27日、12月28日连载）

中苏两大民族歌声相连

苏联作曲家协会寄来歌曲数十种

【"中央社"重庆二十七日电】中华××乐团近努力音乐大众化工作，明年度已由渝市府择定市内六戏院，每月拨出一场，由该团举行公开演奏，不收观票，欢迎参加。定一月二日举行。又，该团接苏联作曲家协会寄来歌谱数十种，内有凡尔作曲、×××歌词×之《中国友人歌》，其歌词译录如下：

（一）

我们浴着春天的和暖的太阳，
向着我们的朋友致敬，
在辽远的中华，
在英勇的中华，

是我们的朋友的家；

在他们的头上有敌人的枪弹，

在他们的脚下是炸后的废墟。

他们遥远在崇山峻岭的那边，

我们的心和歌声却与他们相连。

(二)

在辽远的中华，

在英勇的中华，

有坚强的民族战士，

用满怀的热望迎着春天的太阳，

他们持着枪向敌人；

我们的歌声飞越过森林和田野，

和中国的朋友的歌声相和谐。

他们遥远在崇山峻岭的那边，

他们的心和歌声却与我们相连。

(《晋察冀日报》1940年12月29日)

中苏文化协会举行儿童对苏音乐广播

【"中央社"重庆二十七日电】中苏文化协会妇女委员会，为宣扬我国儿童的爱国精神及启发学习歌咏艺术，特邀请政治部孩子剧团、育才学校、市立小学儿童，定于本月二十九日晚七时廿分至八时十分，在国际广播电台举行儿童对苏音乐广播，并定于二十八日晚七时在中国电影制片厂举行儿童音乐晚会，邀请党政文化妇女

各界人士参加云。

(《晋察冀日报》1940年12月29日)

记本报三周年纪念大会

将要下雪的天气,被群峰环抱着的山村愈显得阴暗与寒冷了。

山谷是寂静的——山鸟早已不见了,曲径上也绝了足迹,但是这时候在悬崖下的广场上却传出了一片兴奋的热烈的海涛一样的欢腾——这是我们的三周年纪念大会。

会场上的人群,每一张脸上都绽露着抑制不住的欢笑,每一只嘴巴都流泻着抑制不住的歌声……大家太快乐了,连成年人都欢跃得像天真的孩子一样。然而这并不值得奇怪,辛勤了一季的园丁,看到自己培育起来的硕大的花朵时,谁能抑制住他的愉快呢!……

会场的装潢点缀,都是大家一齐下手布置的,用摇机器的手和执笔杆的手,用改造机器的头脑和修改文章的智慧。会场的正面高耸着一幅八九尺长的巨画,两旁陈列着美丽的贺旗,那些旗词都充满着对《晋察冀日报》的期望与评价。如中共边区党委称之为"真理之路",抗大二分校孙校长说它是"晋察冀人民的喉舌,报道着晋察冀人民的声音,晋察冀人民永远跟着你前进!"二分校政治部和四分区政治部司令部等各机关也都誉之为"大众喉舌""一千五百万人民的眼睛、号角、指针"等等。

天已昏暗了,贺旗上的白字清楚地映在暗黑的天幕上。

汽灯放出强烈的白光时,大会开幕了。这是富有战斗的胜利的热情的场面,因为正如军区司令部贺函中所说的,这大会是在"反

'扫荡'战役获得初步胜利正准备迎接和粉碎敌寇可能继续分区'扫荡'之时"召开的。主席刘平同志首先以简炼的语句讲述了《晋察冀日报》三年来生长的历史，与三年来坚持敌后边区抗战，坚持新民主主义文化的斗争过程。在主席讲话的当中，热烈的掌声、高亢的口号，不断地在山谷中震荡着。因为会场上洋溢着高度的兴奋和愉悦，使每一位首长与来宾都情不自禁地跳上讲台去说话了。中共边区党委代表胡锡奎同志首先高声地称誉《晋察冀日报》是党在思想战线上的有力武器，是文化战线上一支不可摧毁的党军。常青同志，他以清晰洪亮的喉音，恰要地指出了《晋察冀日报》的特点。彭真同志讲话了，他在震撼山岳的欢呼中站起来了，带着永远是那么和蔼的笑容立在台前，"拥护彭真同志！""拥护中国共产党！"台下万众一声地高呼着，掌声更急骤地响起来。他像一支光芒四射的火炬，灼热地、鲜明地指出了下列的五点：

一、《晋察冀日报》是中国共产党北方分局的机关报，是代表最进步的阶级说话的报纸，因此它是最光荣的报纸。

二、它不仅代表最进步的阶级说话，而且是代表全边区一千五百万人民说话的。

三、它是全边区人民走向新民主主义共和国的向导、灯塔。

四、它是全边区人民的照妖镜。

五、它是在艰苦的战斗中壮大起来的，今天它已有充分的力量战胜一切的困难，向前迈进。

继彭真同志之后，姚依林同志对于今后报社的工作也给予了许多宝贵的指示，此外救国报社代表、《抗敌三日刊》代表亦都有极其动人的演说。

当大会正在进行的时候，各团体各机关的贺函继续地来了。他们说："你们在中共中央北方分局直接领导下，三年以来给了敌寇、汉奸、反共分子、亲日投降派以无情打击,给了边区广大群众在政治上、思想上以充分的教育与锻炼,对巩固与扩大边区统一战线与抗日根据地、坚持华北抗战、反对妥协投降上起了而且还在起着重大的作用。"他们说:"《晋察冀日报》是晋察冀的号筒,是晋察冀的喉舌、吼声、呼喊。"他们说:"经过《晋察冀日报》,晋察冀一千五百万人民坚持团结、抗战、进步正义的呼声,传播到全华北、全中国去,也冲过敌寇重重封锁,传播给敌占区的人民,向着敌寇、汉奸、投降派作有力的示威,向着那些粉脂满面的汉奸报纸和一切谰言作猛烈的'扫荡'。尤其在今天,《晋察冀日报》正以一千五百万人民的资格,坚强地掌握着正义的号角,为克服内战与投降危机而向全华北、全中国大声疾呼!"

在各个来宾演讲完毕之后,《晋察冀日报》的领导者邓拓同志致答词了。他首先严正地指出,《晋察冀日报》三年来的成就是在党及彭真同志正确领导下得到的,是在全边区军政民全体同志的热烈爱护与援助下得到的,是在全体同志始终不懈、顽强不屈的工作中得到的……接着他的声调转高了,更热情坚定地宣示:

"我们要站在彭真同志及北方分局的面前,同时面向着遥远的晋东南和延安,向北方局及中央负责同志们说:我们一定要为党报事业奋斗到底。

"我们要向全边区人民说:我们有最高的政治责任心,以最大的努力来满足人民的要求,回答人民对我们的爱护。

"我们要站在聂司令及全边区铁的子弟兵面前,向他们说:我们将永远和你们一起为坚持边区及华北抗战,坚持边区根据地而奋斗到底。

"最后,我们还要向我们最凶恶的敌人日本帝国主义说:无论你的'扫荡'怎样残酷,进攻怎样凶狠,我们一定要把它彻底粉碎!"

邓拓同志的话高度地鼓荡起了全场的热情,掌声与口号以排山倒海之势响动了很久。

夜深了，大会也进行到最末一项——游艺。我们全体同志演出了前一日才突击出来的活报《〈晋察冀日报〉万岁》。每一个演员，过去都曾用实际力量把《晋察冀日报》的伟大作用投种在大众的心里，今天我们更要用艺术的身手，把《晋察冀日报》的伟大作用表演在大众的面前。

(《晋察冀日报》1940年12月29日)

中共晋察冀边区党委贺函

《晋察冀日报》全体同志：

你们在中共中央北方分局直接领导之下，在异常艰苦的环境中，坚持敌后思想战、宣传战，三年以来给了敌寇汉奸、反共分子、亲日投降派以无情打击，给了边区广大群众政治上、思想上以充分的教育与锻炼。对巩固与扩大边区统一战线与抗日根据地、坚持华北抗战、反对妥协投降上起了而且还在继续起着重大作用。

我们除了对你们表示无限敬意之外，并愿领导边区全体党员同志坚决拥护我们的《晋察冀日报》，并帮助你们解决一切人力、物力的困难。当你们三周年纪念之日，特赠锦旗一面，以资纪念，并奉礼物数事，以表慰劳之意！

致以

崇高的革命敬礼

中共晋察冀边区党委

一九四〇年一二月一五日

(《晋察冀日报》1940年12月29日)

《晋察冀日报》万岁

我们晋察冀英勇地挺进着,无比强大,不可战胜了!看晋察冀站得比太行、五台的高峰还稳固,任何"毁灭""扫荡"都只会使我们更坚强。就是晋察冀的一声呼喊,也会把敌人震动得更快一步走上死灭,更进一步走上坟场。

而晋察冀正是在时刻呼喊着的。晋察冀的人民、土地、一切,时刻都是齐一着步伐,朝着新民主主义的方向,战斗、歌唱、呼喊着。这呼喊,通过《晋察冀日报》,这样做了,这样叫出了!《晋察冀日报》是晋察冀的号筒,是晋察冀的喉舌、吼声、呼喊!

当敌人、汉奸、投降派,一切反动家伙阴谋着行动时,它呼喊着,代替晋察冀呼喊着,坚持了抗战、团结、进步,反对了投降、分裂、倒退。而且,还要呼喊下去,坚持团结抗战。

当晋察冀要民主时,它就从开头直到民主胜利呼喊着,而且还要向全中国继续呼喊。

当晋察冀要增加生产时,它也从加紧春耕一直到消灭了数不完的荒山废地的行动,呼喊着,而且震撼了全世界。

晋察冀要扩充子弟兵,要粉碎敌人的"扫荡",要……它没有疲倦,没有休息,呼喊着,呼喊着!

这呼喊,时刻不断地响彻晋察冀,响彻全中国、全世界,震动一切我们的敌人。这呼喊,紧跟着晋察冀挺进,也号召和告诉如何挺进;宣传着晋察冀的时刻成长,也号召和影响全中国、全世界向前进;而且,更顽强地打击了敌人,粉碎了诡谲阴谋。

这是力量,不断强大,到今天,成为不可战胜的力量。这是和晋察冀不可分开的,一同战斗过来的力量!

从遥远的以前，从《抗敌报》的油印时代起，经过石印、铅印，直到今天雄壮的《晋察冀日报》，经过数不完的山沟、河水、泥土、枪炮、"扫荡"，直到今天我们足以粉碎敌人任何残酷进攻的时期，直到有伟大历史意义的今年十二月十一日，是三年。《晋察冀日报》战斗了三年，呼喊了三年，热爱地与晋察冀结合着。

我们，晋察冀的工人、农民、妇女、青年……晋察冀的人民，是同《晋察冀日报》一起行动、战斗过来的。看它整整三周年生日了，看它的雄姿，我们不得不高兴，不得不骄傲。它是作为我们晋察冀，我们人民的喉舌，呼喊呵！我们谨致以无限的敬意，热烈欢呼、庆祝！同时，我们，晋察冀，《晋察冀日报》，今天以后，仍旧是要永远结合着，战斗、壮大下去，团结抗战，取得最后胜利。我们已经无比强大了，不可战胜了！我们还要强大、壮大，一定的，坚决的。《晋察冀日报》，辛劳地呼喊呵！雄伟的前途，更壮大坚强的力量，就是最后的胜利！在三年生日的日子里，我们再一次地谨致无限崇高的敬意！祝《晋察冀日报》的胜利、前途。我们高呼《晋察冀日报》万岁！

晋察冀边区工、农、妇、青、文、武、抗援同启
十二月十一日

（《晋察冀日报》1940年12月29日）

边工团通俗文艺股制定春联数十副

【晋察冀社二十六日讯】边区工作团通俗文艺股为迎接即将来临的新年，制定春联多副，兹将原联录后，以供各界同胞采用。

（一）拥护国共两党长期合作；反对内外寇奸破坏阴谋。

（二）好男儿踊跃从军，扩大革命武装，坚持抗战到底；全边区广泛游击，消耗暴敌力量，争取反攻来临。

（三）实行"双十纲领"；巩固边区团结。

（四）亲密国共合作，坚决保卫与发展晋察冀边区；坚持内部团结，彻底打击和驱逐日派内奸。

（五）争取伪军反正；优待日军俘虏。

（六）踊跃交纳公粮，保障军队给养；实行合理负担，停征民间田赋。

（七）实行全民武装自卫；开展群众游击战争。

（八）彻底实行民主政治；切实健全民意机关。

（九）保障人民财产所有权；征收国家统一累进税。

（十）反对汉奸亲日派；打倒内战挑拨者。

（十一）发展农工商业，力求自给自足；打破囚笼政策，粉碎以战养战。

（十二）拥护边区人民子弟兵；瓦解敌寇、汉奸、伪政权。

（十三）实行政权"三三制"；征收统一累进税。

（十四）抗日集会、结社、言论、出版有自由；违法逮捕、禁闭、游街、罚款须禁止。

（十五）契约缔结、解除须自愿；租佃互助互让，应公平。

（十六）肃清贪污、浪费现象；建立严格经济制度。

（十七）巩固边币、法币；肃清杂钞、伪钞。

（十八）真正安定民生；切实救灾治水。

（十九）严格统制外汇；活跃边区金融。

（二十）增加生产，改良种子、肥料；发展农业，扩大耕地面积。

（廿一）合作贸易，发展经济；凿井、开渠、改良土壤。

（廿二）预防疾病灾害；切实救灾治水。

（廿三）提倡清洁运动；改良公共卫生。

（廿四）建立大众储蓄救灾组织；发展民族互助友爱精神。

（廿五）一律按照一分行息；普遍实行"二五减租"。

（廿六）提高劳动纪律；改善工人生活。

（廿七）组织人民武装保卫家乡；反对敌寇绑架、奸淫、烧杀。

（廿八）被迫同胞准其自新；汉奸坚决严予惩处。

（廿九）切实抚恤遗族；认真优待抗属。

（三十）提高大众民族政治觉悟；开展边区文化教育事业。

（三一）健全学校组织；实行义务教育。

（三二）定期扫除文盲；开展识字运动。

（《晋察冀日报》1940年12月29日）

贺《晋察冀日报》三周年

《晋察冀日报》，在敌后方以冲锋陷阵的精神，领导着晋察冀的一千五百万人民与敌寇坚持了三年的生死斗争。在斗争中，同晋察冀这块土地同样地发展与巩固着！今天，它已成为华北广大人民的喉舌和指针了。

经过《晋察冀日报》，晋察冀一千五百万人民坚持抗战、团结、进步正义的呼声，传播到全华北、全中国去，也冲过敌寇重重封锁，传播给敌占区的人民，向着敌寇、汉奸、投降派作有力的示威，向着那些粉脂满面的汉奸报纸的一切谰言作猛烈的扫荡，使一切危害抗战建国、危害民族解放的阴谋挑拨与无耻谰调，在它的威力面前粉身碎骨。尤其在今天，《晋察冀日报》正以边区一千五百万人民的资格坚强地屹立于太行之巅，掌握着正义的号角与克服内战、与投降危险而向全华北全中国大声疾呼。它给予了那些亲日派与内战挑拨者以无情的痛击，而兴奋和激励着全国抗战军民更加坚决地斗争。

《晋察冀日报》，三年来为捍卫一千五百万人民的生命财产和土地而号召千百万边区的优秀子弟兵英勇武装上前线，为保卫家乡而坚决不挠地斗争着。三年来，以胜利的号角鼓舞了一千五百万人民的抗战热忱，奠定了华北人民抗战胜利的坚强信心，启发与组织着华北广大人民的斗争力量，成为今天坚持敌后抗战的稳固基石。三年来促进了边区的民主政治建设，成为边区人民伟大的革命向导！

晋察冀人民爱戴《晋察冀日报》，像爱护自己的生命和土地。一千五百万人民从《晋察冀日报》提高着自己的政治文化水平，锻炼着斗争的力量，用以保卫着自己的一切，保卫着自己民族的生存和幸福。

敌寇畏惧《晋察冀日报》，正像它畏惧晋察冀的人民一样，它无耻地用种种伎俩向它进攻，以前惨败了，以后更要惨败。《晋察冀日报》是永远向着胜利迈进的。

在今天，我们抗大二分校全体教职学员谨向正为反投降、反内战、反"扫荡"而奋斗着的《晋察冀日报》致敬，并祝它更加飞跃地发展和壮大。

抗大二分校全体教职学员

（《晋察冀日报》1940 年 12 月 29 日）

农救号召各级农会干部广泛开展新年文化娱乐

【晋察冀社二十九日讯】边区农救会在新年即将到来之际，为在群众中广泛开展宣传教育与文化娱乐工作，以提高群众对抗战的认识和情绪，特号召各级干部积极努力并提出各种具体办法如下：

一、文化娱乐工作应配合当前的政治形势和任务,以反投降、反内战、拥护"双十纲领",宣传反"扫荡"的胜利,拥护八路军为中心内容,通过各种的形式,使群众深刻地了解。二、各县应根据以上内容,配合各团体,特别是文救、青救、妇救,编成剧本、歌曲、小调、秧歌等,发到各村,作为开展文化娱乐工作之用。三、文化娱乐工作的主要形式是歌咏、戏剧、秧歌、跳舞等。各地农会应当积极帮助推动和配合这些工作,动员自己的会员参加剧团、歌咏队等一切文化娱乐的活动。四、开展正当文化娱乐工作,反对和避免不正当消遣,如赌博之类。五、各地农会除开展文化娱乐工作外,还应当编订些适合当前政治形势的对联,发到各村,并帮助群众写春联。同时各地有些不太适合的标语,也应当趁这个机会,改造并刷新一次。

(《晋察冀日报》1940年12月31日)

缅甸记者访华团抵渝

该团长宇巴格里称,此来系进一步了解中国抗战情形

【新华社昆明二十四日"中央社"电】缅甸记者访华团八人,由团长宇巴格里率领,于今晨抵此。各机关长官及各界代表百余人,齐集机场欢迎。据团长宇巴格里对记者谈,该团此次来华访问之目的,在求进一步了解中国伟大抗战之实际情形,并愿以全缅新闻界之力量,促进中缅文化与邦交。全缅报纸多数对中国谋自由解放之战争深表同情,今后希望中缅新闻界负起沟通文化之责,共同努力中缅文化之发展云。

(《晋察冀日报》1940年12月31日)

边区群众团体号召热烈庆祝新年广泛开展文化娱乐

全边区同胞们：

新年快到了！

我们边区在党政军各界英明领导及一千五百万人民的艰苦奋斗下，坚持抗战三年半的日子，今胜利地度过了！

新年将是全边区人民最活跃的时期，将是我们尽情欢快的节日。我们相信，在庆祝二十九年胜利地度过，迎接三十年的来到，迎接更多新的胜利来到的新年，全边区将会无比的活跃，空前热闹的。

因此，今年年节的文化娱乐工作应当很好地计划与组织起来。通过村救亡室、村剧团，通过各团体，积极地进行高尚正当的文化娱乐，使新年文娱工作成为群众自觉的运动，深入边区每个角落里去，尤其是在敌寇此次残酷"扫荡"而遭受灾难的地区，更要加紧地突击，求平衡的活跃。

不过今天是处在战争与革命的新时代，是处在直接投降与内战的严重危机，日寇更加紧对我们频繁地"扫荡"的形势下，因此，今年新年的文化娱乐，应密切配合政治任务，掀起一个文化娱乐战线上普遍深入群众的，反内战、反投降，争取反"扫荡"彻底胜利的运动，掀起热烈地拥护"双十纲领"的运动。在今天不需要无意义的娱乐了，赌博早被我们一脚踢开，我们要□用一切的文化娱乐形式，如秧歌、快板、小唱、民谣、年画、对联等旧形式贯注新的内容、新的灵魂，要创造一些简短新颖的新形式，如活报短剧、歌曲、漫画、街头诗创故事等，创造成全体抗日人民高尚的文化娱乐热潮。

边区同胞们！让我们鼓舞在新年欢腾里，让我们发挥新年文化娱乐的惊人效力,打倒日本强盗,打到亲日派、阴谋家头上去!

晋察冀边区工、农、妇、青、文、武、学联、抗援会

十二月二十五日

(《晋察冀日报》1941年1月1日)

初　　面

当新年代的风吹到这土地上,这土地又已经粉碎了日本帝国主义的一九四〇年冬季的残酷"扫荡"。一九四一和新的胜利站到我们面前。

虽然冬天还没有过去,但太阳照着我们战斗的灵魂;麦子也从雪片里面往上长着;人民在敌人烧烂了的房屋旁边唱着勇敢和坚定的歌——晋察冀永远要前进呵!小小的麦,还能从雪地上长起,我们也要长起。

《晋察冀艺术》第一次和大家见面,他像个婴孩,这是艺术的婴孩,他能不能成为一个艺术的大人(真正有用的艺术的大人),全靠大家以战斗的乳汁哺育他、教养他;为了晋察冀,为了人类不断地获取新的胜利、光明与自由,而哺育他、教养他。我们代表《晋察冀艺术》向大家宣告:"这是大家自己的东西,大家不要放弃他!"

一九四一年一月七日

(《晋察冀日报》1941年1月9日,《晋察冀艺术》副刊第1期)

庆祝新的年代

联大文学院、文工团出演《警惕》《婚事》

闻文工团将继续公演

【晋察冀社文协九日讯】一九四一年元旦，联大文艺学院、文工团于××地公演苏联近代独幕剧《警惕》及古典名著《婚事》。崔嵬导演，胡海珠、林青、丁里、牧虹、崔嵬、郭维、韩塞、许连音、郑岩等演出。近又在××地公演一次。出演两次，演员的努力，布景、化装、服装相当完备，为各界赞美。闻将继续在各纪念大会中公演，使更多的人能够想到今日之自由苏联是从怎样的腐败社会中生长起来的。

按，《婚事》是俄国伟人作家果戈理以喜剧形式暴露和刺射帝制时代的贵族阶级的丑恶疯狂生活。那简明、尖锐、讽刺的语言使《婚事》成为戏剧的古典。联大为晋察冀献出了这古典。

（《晋察冀日报》1941年1月11日）

抗敌剧社亦出演名剧《日出》

【又讯】抗敌剧社于一月四日晚公演曹禺的四幕大剧《日出》。《日出》揭露了中国旧社会的一部生活，作者暗示未来的光明是不属于那些懦弱、无耻和不敢斗争的人的。这是关于中国命运的大戏剧，在边区出演有很大的意义。

（《晋察冀日报》1941年1月11日）

苏联将出版《中国艺术史》《中国诗专辑》

【新华社莫斯科塔斯社五日电】一年前在莫斯科开幕之中国艺术陈列所，最近又补充中国政府所赠送之新陈列品数百件——图画、雕刻、对联及各种艺术品。在新陈列品中有中国当代第一名流艺术家沈礼沄（译音）、梁又铭（译音）的作品。陈列所极受欢迎，去年曾有十万人前往参观。苏联东方文化博物院准备根据陈列所材料出版《中国艺术史》。

【莫斯科十一日专电】苏联诗人目前正准备将中国诗人之作品编成专辑，于五月一日劳动节发刊。其中有丁玲等诗人之作品，专辑内并有照片、画片等。

（《晋察冀日报》1941年1月14日）

陕甘宁边区新文字协会成立缘起

伟大的"五四"新文化运动开始以来，已经二十多年了。这二十多年当中，中国新文化的发展，在质量上超过了欧洲的启蒙运动，在社会科学上一直达到了人类文化较高的水平。然而最可惜的是这个发展只限于极少数的一部分先进人士，而极广大的民众则仍然落后于新时代不知有若干世纪。这个原因与中国经济、政治方面的落后有关，而中国方块汉字之难于学习确是最大原因之一。中国号称四万万五千万人民，但不识字的文盲却是百分之八十以上，这就把广大的民众和新文化之间建立起一道万里长城，使他们无法接触；也正因为这个缘故，以致科学技术与文化不能得到应有的普遍发展，而使国家民族更容易受到帝国主义的侵略；也正因为这个缘故，所以数十年来改革汉字之呼声，传遍了全中国。

改革汉字的方案先后继起，已由研究试行进到实施。从官话字母、简易识字、注音字母、罗马字拼音，一直到拉丁化新文字出现，积历史改革文字的丰富经验，才开辟了中国文化改革的实施道路。拉丁化的新文字，无论它有许多优点和缺点，目前我们所采取的只在它的大众化，只在它消灭文盲上认为它有绝对的有效意义。

我们的战争，不是争城夺地帝国主义性的战争，而是从帝国主义铁蹄下谋全民族永远独立解放的战争；不是一时性的和局部性的抗战和建国，而是军事、政治、经济、文化全面的战争和全民族的战争。假使我们停止在过去文化教育的畸形发展阶段上，最后的解放将成为问题，所以民众迫待教育是无疑义的。另一方面，在敌后的斗争广大群众一日不能脱离生产，也一日不能放下武器。在大后方，大批壮丁到前线作战，后方工作也极迫切，在百忙之中用旧文字、旧方法进行教育，几乎成为不可能。在需要教育而教育缺少可能的条件之下，采取新文字作教育工具，是最实际而不待踌躇的问题。

我们并不企图目前即刻用新文字代替汉字，也不停止进一步关于新文字的改造。我们拥护文字革命，也不妄想一举完成。汉字虽然已经不合时宜，必须采用拼音文字，但汉字有悠久的历史，不是轻易可以废弃的，而必使其逐渐演变，才能完成文字改革。目前我们所要做的，便是利用新文字来教育文盲，使他们最短时间可以用新文字学习政治与科学，也还可利用新文字去学习汉字。但新文字必须学到能写、能拼、能读后，才有可能再经过它来学习汉字，而同时新文字又能单独自由应用。

我们深感于时势之要求，有迅速推行新文字于广大群众之必要，特发起陕甘宁边区新文字协会的组织。凡是热心新文字运动的同志，不问他过去是否学过新文字,也不问他现在的工作属于什么部门,我们都热烈地欢迎他来参加我们的队伍,共同前进!在我们的旗帜上面写着:

为彻底扫除文盲而斗争!

为创造真正大众化的新民主主义文化而斗争!

为推广大众的、科学的、拉丁化的中国新文字而斗争!

发起人:

林伯渠、吴玉章、董必武、徐特立、谢觉哉、罗迈、艾思奇、茅盾、周扬、萧三、丁玲、田军、吴亮平、杨松、高自立、张仲实、乔木、李卓然、周文、张成功、吕骥、胡蛮、庄栋、丁浩川、苏华、曹若茗、王志匀、张悟真、徐敬五、廖今天、马小云、辛安亭、吕良、余森、余光生、白浪、杨绍宣、叶方、正义、景林、王禹夫、郝一真、赵文藻、唐博新、阴一刚、贾玉洁、吴玉萧、王林、默涵、师田生、李又然、张继祖、赵安博、郑文奎、刘宪曾、黄克、王遇侠、安波、司轮、张跃东、马彬、杨柳、鲁舫、孙惠畴、陈琳、李予昂、易明、金照、□坦、熔炉、季斌、张松、胡松、杨石人、孙山、林平、李复、李昌、亚孙、赵世兰、李光□、王里、刘□郓、傅承铭、王动、董行、张树生、邓文春、高登元、王若望、诸友仁、银章、记钧、赴锋、王玉

赞助人:

毛泽东、朱德、洛甫、王稼祥、邓发、陈云、任弼时、李富春、高岗、萧劲光、王震、王维周、冯文彬、孟庆树、许光达、谭政、王若飞、李初梨、王守道、南汉辰、柯庆旋、赵毅敏、徐一新、尚仲华、肖向荣、李六如、曹菊如、张鼎丞、王学文、范文澜、何思敬、张庚、陈光远、黄华、渠伯传、刘咸一、傅连璋、饶正锡、梁金生、董运才、高长久、赵志萱、赵通儒、曹轶欧、张启龙、刘芝明、刘

卸、刘昇云

(《晋察冀日报》1941年1月14日)

怎样开展新文字的实际工作

吴玉章

关于新文字运动发展的历史和它理论上的一些问题,我曾在《中国文化》第一、二、三、四期上发表了两篇文章。关于现在我们必须在广大群众中推行新文字的种种理由及其必要性,也已经在我们发起陕甘宁边区新文字协会缘起(登载于本报本期)中大略谈到了。因此,我这里不谈这些问题,而只谈现在我们在边区应当怎样来开展新文字工作的一些实际问题。

一、培养新文字干部。无论什么事情,没有干部,不但做不好,而且根本就不能实现。所以干部是决定一切的。因此,今年我们边区政府决定要在延安附近乡村,用新文字试办扫除文盲工作,首先就注意到培养干部问题。现在教育厅已经开办了一个月的新文字训练班,训练一大批干部专为今年冬学作乡村中扫除文盲工作的教师。此外,想要新文字广大发达起来,还必须设立经常的新文字干部训练班,以备作各地方师范、中学、小学等之教员之用。至于加深新文字的研究,除设有专门研究班外,还要在各地方、各学校、各机关广泛地发展起来,使新文字的工作干部源源而来,使新文字的改造日益完善。这是我们应该努力的第一个工作。

二、编辑教材与书报。新文字的字母只有二十八个,拼音的方法也很简单,学起来是很容易的。但是,只是学会字母与拼音,如果不把它来应用,则它的好处也不容易发挥出来。所以不仅教的时候要编辑好的教材，而且要有经常地读的看的东西供给识新文字的人，使他常常能练习，渐渐深入他的生活中去，这样才不至于生疏以至于忘记。因此，我们必须编辑新文字本身的及各种科学的教材，尤其要编各种应用的字典，如由汉字翻新文字和由新文字翻汉字的字典，各地方言对照的字典，及各种词类的字典。文法也是不可少的东西。此外，还要经常出刊物。以上这些工作都在新文字委员会计划中，正在逐渐进行。《新文字报》在今年十二月就可出版，这是供给各地工作人员及新学新文字的人用的，不但在这报上可以得到新文字的练习，而且也可以得到学习新文字的方法，它可以做广大群众教师。至于《边区群众报》，不久后，每期也将有新文字一栏，以便民众学习与练习新文字。

三、有计划地进行工作。从我们的经验看来，不识汉字或者识字少的人，对于新文字有更高的兴趣，因为他们需要它做求得知识的工具；至于识得汉字多的人，除了热心于推行新文字者外，则对于新文字兴趣不高，因为他们已经有了求知的工具。然而我们过去往往是要一般知识分子或各学校都一律学习新文字，这自然有时会遇到阻碍，因为这不是他生活中所必须的东西。现在我们应当改变从前工作的方法，主要的注意力要转到广大不识字的群众方面去。在边区我想要分几个方面来进行：第一，是用新文字扫除文盲。从前我们每年都在乡村办冬学识字班，用汉字来教，很少成绩，今后我们用新文字来教不识字的人，有计划地来进行，先从乡村工作人员，一直到广大群众，五年八年一定可以一般地消除文盲。第二，在国民教育中把新文字做成一主要科目。择适合的时期把新文字学会后，即应用到生活中去。因此，必须在小学、中学、师范等学校中，好好地配合教授新文字的时间，并应用新文字的各种科学课本，使学会新文字就能求得各种科学。第三，政府必须制定法令，规定新文字的合法地位。这就是说，政府要明令规定，一切法令、文告新文字与汉字并载，一切报告、呈文、契约、状纸单用新文字、用汉字一样有同等的效力。

用以上这些步骤来推行新文字，才能使新文字活跃起来，成为人民生活中必需的东西。

四、用组织力量来推行新文字的实行。中国有百分之八九十不识字的文盲，谁都感觉到必须设法使文盲消灭，然而这一广大而困难的任务，绝不是少数人提倡空谈就能做到，必须依靠广大群众组织，有一班坚忍勤毅的人，百折不挠地勇往向前工作，才能有成功之希望。现在我们陕甘宁边区正发起了一个新文字协会的组织，得到了党政军民学各界的热烈赞助，从此新文字得到群策群力的推动，必定有飞跃的发展。希望各方面的同志多多加入这个协会来共同奋斗。

凡事不在多说，重在切实执行。今年冬学是我们实验的第一步，希望我们工作的同志特别努力，希望各方面的人士多方赞助。

(《晋察冀日报》1941年1月14日)

"创造模范村剧团"竞赛标准中的几个问题

苏醒

这里我想具体地指出在"创造模范村剧团"竞赛标准中，应该注意的几个问题，提供各村剧团研讨和参考。

一、质量提高方面。首先是创作。应该尽量学创作剧本，即使还没有能力用文字写出全个剧本，先写出剧本的故事也好，只要有完整的故事和固定的台词（□话）。创作的内容必须反映目前的政治中心任务——反对投降、反对内战、拥护"双十纲领"，庆祝反"扫荡"的彻底胜利。这中间包括很多具体问题，我们只消抓紧其一具体问题，作为剧本的主题。故事的材料最好采取已经发生过的事实，或为群众都知道的事实,这样剧本在当下演出,将更有感染力,更能使群众接受和教育群众。自然没有这样恰巧的事实,同样可以写剧本。形式上应该是以短小精悍的具有高度感染力的话剧、活报、街头剧为主,其次对各种民间的形式如秧歌、皮黄、梆子、秧歌舞之类亦应适当地运用。

其次是应该着重地提出或纠正将戏剧文明戏化的倾向。这就是在演出时不依据□话而由演员在演出时随便发展,一个人的话还没有说完,第二个人即抢着说话,或几个人同时对话,使场面混乱;再如表演时男女演员互相戏弄,向台下说话,类似这样的事实还很多,是应该极力防止或予以纠正的。总之,一个剧本的演出,需要严肃认真。

对于舞台的装置,亦有两种不正确的认识:一种是不去设法利用一切布景、灯光,一种是在缺乏大剧场那样的布景或灯光时即感觉不能演戏的观点。这两种观点同样是不了解村剧团的性质、特点以及其发展方向的(关于这点将另文论述)。我们要求的是应尽量地设法利用一切可能利用的布景、道具、灯光等,务使剧本演出有力,生动逼真,增强其对观众的感染力。但同样我们亦应克服一切从物质方面来的困难,去创造一些新颖的、朴素的布景或灯光等。

二、在建立经常的工作方面。一个模范村剧团不仅自己能有创造的精神,去发展壮大和提高自己,同样亦要"帮助"别人。要尽量□□村剧团同样能发展壮大,能提高自己的技术。这里如在各村剧团成立研究技术、交流经验教训和材料以及解决各种困难的会议,以便互相帮助、互相发展。

二、学习的问题。戏剧的学习我想到的有下面三种方式可供参考。(一)观摩。经常地看大剧团或其他村剧团的演出,对于其布景、灯光,演出时演员的动作、对话、情感等诸问题详加讨论和研究,学习他们一切的优点。(二)经常的技术练习,例如"做""看"

"摸""听""闻"各种感觉的想象练习,和其他的技术训练,等等。因不久有专书(《大众戏剧》,剧协出版)可供参考,并且可以请求附近的大剧团进行讲授,兹不赘言。

四、有定时的戏剧艺术研讨会,朗读并讨论剧协不久出版的《大众戏剧》。

最后,特别在此提出一个问题来谈,即一种好高骛远的观念,羡慕大剧团,也想脱离生产。这说明他们对村剧团是业余剧团这个特点,必须不脱离生产才能有发展的前途了解得还不够。

创造模范村剧团是一个艰苦的奋斗过程,只有在竞赛的三大标准下,从这些具体问题做起,才能取得胜利,才能创造模范的村剧团!(完)

(《晋察冀日报》1941年1月15日,《晋察冀艺术》副刊第2期)

一周艺术活动

一、美协主编之《美协画报》已出至第四期。

二、战地社的《歌创造》出至十九期,内有李劼夫等歌曲。

三、该社的《诗建设》五十九期为一特大号。

四、文协正在编辑《村的文学小双书》,包括传说、传记、童话等。(小童)

五、抗敌剧社出版《在聂司令员的指挥下》。侯曙作曲,郑红羽、汪洋等作词。气魄较大,歌词亦较新颖。

(《晋察冀日报》1941年1月15日,《晋察冀艺术》副刊第2期)

延安鲁迅研究会成立

萧军报告成立目的与经过　通过规约及今后研究纲领

【新华社延安十七日电】延安鲁迅研究会于本月十五日上午十时在文化俱乐部正式成立。到会者计有艾思奇、周扬、丁玲、萧军、周文、张仲宾、舒群、立波等三十余人。首由萧军报告该会成立目的和经过及今后研究纲领等。略谓该会目的在于加深、加宽和加强对于鲁迅学术思想各方面的研究，发扬鲁迅精神，增加革命动力。这不仅在延安非常需要，同时对于国内和国际都有着伟大的意义，使阅读者、研究者有所标准，真正地理解和学习这个民族的和国际的巨人。该会成立系根据去年春边区文协第一次代表大会决议，鲁迅逝世四周年纪念宣言以及一般人士的热烈要求。至于研究纲领，略分思想（包括哲学、政治、文艺理论等）、行传（生平事迹等）、创作（包括小说、诗、散文、杂文等）、翻译（包括鲁迅对于翻译的发展和主张见解以及技术特点等）、学术（包括文学史、一般历史、木刻、绘画、出版、文字学等）等五个方面。报告毕，自由发言讨论，大家都感觉到因为鲁迅是代表最进步的力量，故延安成为真正尊崇和学习鲁迅的地方。今后在研究鲁迅方面也应真正做出一些成绩，成为模范，去推动全国。会议进行达四小时。最后，通过规约，选举艾思奇、萧军、周文三人组成干事会；周扬、范文澜、丁玲、萧三、胡峦、张仲宾等十人（干事会三人参加在内）组成编委会。决定将研究结果写成文章每年出丛刊一册，并随时举行公开报告。为了充实研究内容，特广泛向各方征求与鲁迅有关的各种材料，如报纸、杂志、实物、手迹、书信、生活轶事、个人专门著作等。近年来，国内文化界已开始研究鲁迅，这是很好的现象，但还有个别的人曲解鲁迅的思想和为人，这是亟应纠正的。这个责任，就将落在今后延安鲁迅研究会的肩上。

(《晋察冀日报》1941年1月19日)

平西各文化团体决议成立文救会

【晋察冀社十六日讯】平西各文化团体为求统一领导，积极地开展平西文化工作，特于去年十二月二十五日，召开平西文化界联席会。到会有平西美协、文协、挺进剧社、挺进报社、挺进军宣传部等各机关团体代表三十余人。会上就开展平西社会教育、团结文化工作者等项，展开详细热烈的讨论，当场并决议成立平西文救会，推定□向之等同志为筹备委员。近闻该会即将于春节中迅速成立。

(《晋察冀日报》1941年1月20日)

向高尔基学习
——祝《母亲》二次公演

沙可夫

苏联无产阶级最伟大的文豪、世界新文化的巨人——高尔基的杰作《母亲》由小说改编成为剧本，并于去年十月革命二十三周年与军区成立三周年纪念节日作第一次公演，现在为了庆祝边区政府成立三周年再作第二次公演，这不仅在晋察冀边区，就在全中国说起来也是一件在抗日文化运动的开展上空前的有莫大意义的事件。

为了广泛而深入地开展边区文化运动，为要普及同时要提高边区文化，向中国外国古典作家，特别是向现代的革命大作家学习是一个必要的步骤。苏联的高尔基，中国的鲁迅，这都是新文化的方向与旗帜。我们每个中国文化人、文艺作家，都应不断地努力向他们学习：学习他们的伟大的革命思想，学习他们的现实主义的创作方法……

《母亲》的改编与演出，可以说是我们实际向高尔基学习的有力的一步。是的，我们只能说，这只是开始。因为过去我们真正切实地向高尔基学习是太少了，同时从高尔基那里可以给我们学习的也真是太多、太丰富了。向高尔基学习是一件长期的需要我们继续不断努力的工作。

从《母亲》里面我们看到了，也可以说是学到了：俄国沙皇时代专制黑暗的社会如何可憎可恨而必然趋于崩溃；俄国无产阶级与一切被压迫人民如何觉悟起来斗争——这对于边区的广大观众是一件很大的革命的教育。

我们要向高尔基学习，学习，再学习！因此我们希望《母亲》公演，公演，再公演。这确是值得祝颂的一件事。

（《晋察冀日报》1941年1月22日，《晋察冀艺术》副刊第3期）

迎接困难和克服困难

崔嵬

把高尔基的《母亲》改编上演，是一件巨大而艰难的工作。尤其是在今日的敌后方，演出这全世界劳动大众热爱的杰作，那困难更是可以想象的。

物质条件的贫乏与不具备，这困难，我们是可以降低了所要求的水准，而把它克服了的。但是演员与导演的创作，环境不能给他帮助与方便——这里是包括了一切参考的材料，与供给动作的模拟的活的形象的。

我们的演员许多是没到过大都市，不曾受过"西洋文明"洗礼的。扮演生活习俗与自身生活有着很大差异的外国人，在他自己是无从想象、无从模拟、无从创造的；而其中即使有一些曾经长时期或短时间地住在上海和北平，但是他们在都市中获得的技术，又仅是从美国电影上得来的——然而俄罗斯人和英国人、美国人又是不相同的。

好莱坞把陀思妥耶夫斯基的《罪与罚》搬上银幕，导演的技巧和彼得·劳埃的演技，是无可非议的，但因为缺少了沙皇时代斯拉夫民族特有的那种雄浑沉郁的气魄和风格，而把原著的精神损害了！

一九三七年，在上海演出奥斯托洛夫斯基的《大雷雨》时，剧中的奇虹，被演员用中国电影明星那种肤浅而惹人发笑的动作糟蹋了——他不曾了解旧俄罗斯的忧郁，以及被旧势力压坏了的拙笨的动作，是有着含着眼泪微笑的意味的……

这是困难，尤其是我们，而特别又是处在敌后方的今天。

而上演《母亲》，困难还不止此。因为《母亲》不仅是描绘了旧俄时代的劳动者，贫穷、压迫给了他们的悲苦的命运，而且也写了在奴隶化、压榨的生活中，怎样转变到劳动者意识的觉醒，及其成长的。从旧的领域跨上一个崭新的境地，摆脱了旧的暴乱阴暗的生活，向着真正的人的世界追求。这些，从一个极端向另一个极端走去，把握这个过程，以及有力地显示给观众，这是更加不容易的。

我们——一些能力非常薄弱的人，来担负这件巨大而艰难的工作，它的成绩是可以想象的。——虽然我们也曾企图尽所有的力量来克服以上的这些困难，但能力扯住了我们，使我们远落在原著的后面。

在这么多困难的情势下，又是仅仅获得了很短排练的时间；而《母亲》的第一次演出，却得到了一些成绩和好评。原因是我们参加这次工作的同志更加积极地发挥了敌后戏剧工作者的创造性和克服困难的勇气；而另一方面，我们的演员同志，虽然不曾具备能够丰富自己创作的条件，但是他们有着许多经验——演剧生活和实际斗争是同一的。因此，他们扮演着那些从贫困、耻辱向自由、解放的道路跃进的人们，经验给了他们很大的帮助，而使他们有了一些成就。

在排练的时候，对于俄国的气氛和情调的把握，我们是特别注意了的。在地位的处理上，在演员的动作上，我们是希望能够把沉重的调子或广阔的情绪表达出来的，但是我们的创造能力是贫乏的，所以能够显示给观众的并不太多。

我们的装置，因为时间的匆促，以及物质条件的限制，是比较潦草和简单的，因此对于气氛的渲染不够。但是在化装方面，我们是相当成功的。我们曾经有计划地、详细地制定了每个角色的面型，而且事先有了一次的练习。

《母亲》在观众的热烈的要求下，现在又一次地上演了。但是遗憾的是，因了时间的关系，我们不能够弥补第一次公演中发现的那些缺陷……

关于第五场《不公平的审判》，许多热心的观众给了我一些宝贵的意见，我自己是决定把这一场重排的，可是时间不能给我方便，第五场也只能"原样"地搬上舞台！

其次，剧本上的缺点也无法来修改了。但是我们希望还能有一次修改和重排的机会。

一月十日匆忙中

（《晋察冀日报》1941年1月22日，《晋察冀艺术》副刊第3期）

编　　后（《晋察冀艺术》副刊第 3 期）

《母亲》由沙可夫同志改编剧作后，由联大文艺学院、联大文工团、西战团、抗敌剧社在艺术节中联合演出，复在边区政府成立三周年纪念大会公演，得到各界好评。本刊为纪念此次含有多方面意义的《母亲》演出起见，曾特约很多同志撰稿。但因篇幅短小，如丁里、韩塞、胡朋诸同志之散文，钟惦棐同志之木刻《高尔基像》，未能刊载，特予声明，并望作者原谅！

(《晋察冀日报》1941 年 1 月 22 日)

边美协成立美术工作队

【晋察冀社一月二十日边区美协讯】边区美协为了活跃美术工作，加强边区美术工作者的团结并推动华北美术运动计，已于上月初成立边区美术工作队，由沃渣、钟惦棐担任正副队长，陈九、辛莽、秦兆阳、丁里、徐灵等分任总务展览、编辑、采访等各股工作。闻该队主要之工作方面有二：一、组织并加强艺术节期间的美术活动。二、将美术作品带往平西、平北、冀中、冀南、山东等地进行流动展览，并推动该地区的美术活动云。

(《晋察冀日报》1941 年 1 月 25 日)

新文字在五专区

冯宿海

自从五专区文救会号召全体干部和会员学习新文字，计划在一九四一年三月以前扫除区以上新文字文盲干部，六月以前扫除村以上新文字文盲干部，年底扫除全体新文字文盲会员，并一律用新文字写指示和报告以来，不到两月，已经得到了热烈的响应，造成了一个高潮。比如灵寿县级干部，在反"扫荡"战争中，敌人虽四度侵犯陈庄，但他们从未间断过一天新文字的学习；平山县也经常在每日早操之后，上半小时的新文字课，特别是工会、农会的同志，学得更起劲。平山县农会主任崔民生同志，经常对人这样说："我再也不学汉字了，从抗战一开始就学它，到现在三年多，连个信都写不好，可是学新文字还不到一个月，我就能够开个简单的便条，这才是咱们老百姓的字呢！"至于行唐、井陉、建屏等县，也都有"新文字学会""新文字研究会""新文字研究班"等组织。单看这样一个数目字，你就可以想到新文字在五专区的动态：在最近两月，从前卫印刷所送到以上各县的新文字传习片就有三百四十五本，其他各县自己编的和翻印的新文字课本，还不算在内。其他如第五中学那更热闹了，现在五中的教职人员和学生，差不多已经能够拼着看书了。现在把五专区新文字学会学习新文字的情形介绍于下，以供热心新文字运动的同志参考。

五专区新文字学会，是五专区工、农、青、妇、文、武各团体热心新文字的同志组成的，现有会员二十六个，本年元旦成立，正式上课已十多天，大家学习情绪很高。在他们的组织章程上第一条就这样写着："本会同人深知汉字拉丁化，是中国文字革命的唯一道路。本会为进一步提高大众文化水平和政治理论水平，把文字交还大家，以完成反帝反封建，在今天特别是反对日寇、汉奸的历史任务，而推广新文字运动，展开中国文字革命的浪潮，是至为必要与重要的。"

在这个大方针下，为了切实地认真学习新文字，他们在成立大会上更具体地讨论并决定了他们的学习计划与学习方法。他们计划在二月底以前，要求每个同志都能用新文字写简单的信；在三月底以前，能读新文字书籍，并用新文字记日记，而且在平常，彼此必须用新文字通信。另外就是要求在二月前帮助所住村成立新文字研究会。他们的学习方式方法，也很周详具体：

第一，文救会员在学习过程中要起模范作用，保证自己学得好并帮助文化程度低的同志也学得好。

第二，编成两个小组，文化程度高、学过英文的同志编成一组，文化程度低的同志编成一组，分开上课，以求各组平衡发展，而不致互相牵制。

第三，要有计划地造成新文字环境和学习新文字的热潮。怎样做到这一点呢？

（一）把自己团体的名字，用新文字拼出，贴在自己住处的门口。

（二）写新文字和汉字对照的标语，贴在自己住处的周围与街头。

（三）创造新文字游戏，如在娱乐晚会上，做点名抽签的游戏时，可将纸签上的人名、物名、地名等用新文字书写。

（四）创造新文字先锋员，发动组与组、个人与个人的竞赛；在会内备有新文字奖品，专门奖励新文字学习先锋员。

（五）每月召开一次新文字晚会，展览个人的新文字用品与课业，宣布新文字学习先锋员名单，当场发奖。

（六）彼此在日常生活中都要用新文字开便条。

第四，具体学习方法：

（一）上课为主，每日晚饭后，利用游戏时间，学习半小时。

（二）每日记熟一到五个词儿，并将词儿写在半寸见方的小卡片上，以备随时检阅，帮助记忆。

（三）每日学习用新文字拼话一句，养成习惯，每日增多。

（四）注意研究文法，以提高自学能力。

为要保证这些计划实现，能够把这些方法具体地应用到学习过程中去，他们还规定了他们的学习制度：

（一）检查制：每人必须准备一个笔记本，将每日作业都记在上面，随时准备组长检查，并须在新文字晚会上展览，以收互相观摩与印证之效。

（二）考试制：每半月考试一次，以帮助和督促学习。

（三）批评制：凡会员都要认真学习，反对那种儿戏的态度，致妨碍他人学习。

（四）转学制：会员外出工作时，学会当介绍在该地新文字会学习，以免一曝十寒。

现在他们正在这样做，你如果有机会走到五专区，首先触进你的眼帘的，是使你会感到异样的红红绿绿但又歪歪斜斜的新文字的门匾，与新文字和汉字对照的标语。倘是在晚饭后，那么你将会看到在一个露天场子里，以墙作黑板，有一群男女在那里起劲儿地发着"啊、波、此、痴……"的声音，在黄昏里，在冷空中，传播开来，散布开去……

（《晋察冀日报》1941年1月25日）

一九四〇年晋察冀边区文艺活动琐记

孙犁

这一年,边区用领导者的意志,人民的力,在国家进程上涂上最触目的几笔。夏天,百团出击全国,秋天,"双十纲领"颁布,全年奔流的各级政府民主机关的民选,冬季的反"扫荡"斗争的□□成□。

在这个气氛里,园地里,边区的文艺工作者战斗着。

七月全国文艺家协会在边区建立了分会。这个组织更汇流了边区的文艺工作的力量。这个分会在村、在工厂、在军队、在政府、在合作社建立了文艺小组,发动了墙头小说、英雄传说的写作,加强了街头诗运动。这里没有数字。因为每个村的墙壁上都有了街头诗。如果要数字,那就是边区整个村庄和整个墙壁的数字。

文艺工作者在一九四〇年竞赛着。

诗人田间在同年完成两部叙事诗——《亲爱的土地》和《铁的子弟兵》,而《百团大战的记事诗集》正在写作。《亲爱的土地》在作者的工作历程中以丰碑的姿态表现着。在形式上来了一个突破。诗人从生活上接近了边区的新人,促使他重新考虑他的形式。《亲爱的土地》的作者企图以史诗的篇幅来记录时代的光耀,再写了《铁的子弟兵》。作者亲身接近着故事的主人,主人的遭遇给诗人以感情,于是像旋风般的韵律,预示着未来的童话形式的作品□生长了。

《亲爱的土地》记载了边区的人民,《铁的子弟兵》叙述了边区的战士。而这是一样的,战士也就是人民,人民从不同的生活参加了保卫家乡祖国的战斗。作者用王桃(《亲爱的土地》女主角),用放羊人,用蝴蝶、水草、小鱼,画着边区人民意志的战斗的行进。

《亲爱的土地》的故事□着村长、王桃和她的丈夫大发的故事，中间还有小孩子二锁子的故事。大发是光荣的战士，作者从他的出身一直写到他光荣地负伤，又成为家乡的铁墙，并给小二锁子以美丽的睡眠和斗志。一个□□的新的光荣的家庭在这诗里。

《铁的子弟兵》的故事是一个牧羊青年和他母亲的故事。作者完全到达了诗意界的最辽阔地带。诗里的动物、植物和山，都奏着夺人耳目的音韵。牧羊青年代表了边区青年一代的放牧者的热爱斗争的圣洁的心肠。而母亲的心呢？更洋溢欲滴着尼洛娜（高尔基《母亲》里的母亲）的感情。

作者在《亲爱的土地》□□□了人民的言语和感情。在《铁的子弟兵》里头运用了安徒生写下的优秀童话作者的精神，旋转着故事和节奏。《亲爱的土地》在□□□□可以说在言语以及情感上，□□□□使作者的努力□□□，□□□□□□□一切，而《铁的子弟兵》□更□证了□□□。

边区的文艺工作者活动于民主凝成的海。这就助长了文艺工作的飞升。方冰同志在"双十纲领"公布□□□□□□□人民诗集，包括着二十七首短诗，□□"双十纲领"的□□，□□□□□。□□□的习惯来说，还是□□□□□□□诗人□短促的时间里□了□个工作。

战斗的边区文艺进步到这个□□。战斗的园地培养、灌溉了文艺，而文艺便反过来协助耕耘了这战斗的园地。政治根据边区的现实、人民的向往，概括成为更进一步的民主政纲，诗人用诗的语言和感情，向人民歌唱了这政纲。

诗集也带来了一些缺点。"双十纲领"虽以条款写出，但用艺术的观点□□，则是最概括化地显现了边区的现实□□□企求。诗集用热情携带着力量，□□□全□用形象□□了力量。因此，这个诗集，不是当作边区文艺的一个工作的结束，它是一个成果，而文艺工作者还要在这个基础上，更□满地反映边区的现实，□高到与□纲领的□□□□的□□。

西北战地服务团编印的诗刊《诗建设》，在这一年，用单张的便利形式出版着。这诗刊团结着邵子南、方冰等大量的诗作者，而试探着诗的多样形式。这是边区最有历史的、最有功绩的诗刊。第五十期出版了充实的特大号。

边区的报告文学是年青的，洋溢着战斗气息。过去曾因战事的强烈，报告者采用了单纯的报告通讯形式。从今年起，随着边区的建设，报告文学注意到了形式美化。边区的报告者□□在抗战的最前线，这任务加强着他们的进步，优秀的报告作品不断出现，在百团大战当中，更造成了"笔阵"的奇伟战线。其中如田间、周而复、韦明、鲁藜、夏风、邓康、林采、康濯、魏巍、周奋、一石、林兆南……都在用战争濯洗着自己的笔。而这一年地方通讯员也提高了质量。

一九四〇年开始有人写作长篇。冀中区王隽闻以二十万言写出了《平原上》，记录从"七七"到敌伪占据县城，□□线斗争开始，这一时期平原上人民斗争的故事。联大文艺部丁克辛写了□文化纵队（联大）长征到华北前线为题材，同样字数的长篇。作者已感到时代及斗争的人民要求详细的丰富瑰丽的作品了。

边区最优秀的石印报纸《抗敌三日刊》（军区政治部出版）五月间附刊了战地文艺，这刊物值得注意，首先是因为它的职务。它推进着连队的文艺运动，作品是专供连队阅读的。因此这刊物展现了活泼、新颖和通俗，而充满战斗的血肉。

前四五期，有一些文艺短论□□了些，但这刊物承袭着报纸的长久优良传统，最近即可做到一切符合于连队的文艺要求吧。

联大的《文化纵队》在编辑上显示了精彩。文艺方面不断刊出了力作，如沙可夫有名的文艺理论的翻译、康濯的报告文学、蔡其矫的诗。该刊物在文艺上代表着联大文艺学院的□□的□□之一□，□□□编辑的精心和印刷的精美著称。

晋察冀通讯社一年中□编印了五期《文艺通讯》，□□□□在边区有它们编文艺通讯工作的特殊□□□，在边区各□人工作之前后，它都发挥了文艺的、新闻□□的作用。相同的，各剧团都编辑□刊着《工作通讯》之类的刊物，间或登载着诗。编辑刊物在剧团，著名的有十种以上。

平西《挺进报》、冀中的《导报》和《导报月刊》，□□□紧张的斗争□□□，在文艺工作上也没有落后，而配合了这种□□。《导报月刊》是边区优秀油印杂志之一。它使人难以相信，在白刃相接的战斗，它们可能做出这样惊人的文化成果。所刊作品，其所反映的是血肉，是不休息的□□，所以它是刺激、尖锐的，闪动着感人的人民斗争的筋肉和呼吸。其中沈蔚的故事，远千里、李英儒的诗，路一、王林、梁斌关于平原文化工作的论文，都值得注意。

这里只概要地报告了一年来的文艺工作，至于边区戏剧、音乐、美术，则各有划时代意义的大事件在，如《母亲》的演出，《日出》《婚事》的上演等，就要等在别的□□里介绍了。

一九四一年一月十五日

(《晋察冀日报》1941 年 1 月 26 日)

边区剧协召开座谈会

检讨三大剧作演出

【晋察冀社三十日讯】边区剧协于本月十八日召开《婚事》《日出》《母亲》三大剧作演出座谈会,检讨三大剧作演出及今后边区戏剧发展方向诸问题。联大文工团、抗大文工团、西战团、抗敌剧社等均派代表出席,计二十余人。会上讨论甚为热烈,此次讨论对边区戏剧发展前途有极大贡献。该会记录现正由胡苏同志整理,不日即可发表。

(《晋察冀日报》1941年2月1日)

又见面了

过去我们报上有个《老百姓》,是专给老百姓看的。老百姓也都爱看它,爱它,认它是一个很好的朋友。忽然有一个时期,它不出了,老百姓都很着急,想它。大家说:《老百姓》快出来吧!《老百姓》听着它的朋友们的呼喊,实在也想出来。今天它就出来了,今儿以后,这《老百姓》和老百姓又可以经常见面了!

今天总算是久别重逢,还是让《老百姓》和老百姓,他们双方热热地握握手吧!

(《晋察冀日报》1941年2月1日,《老百姓》副刊第46期)

边区文、音、美、剧协会发起组织文化俱乐部

文

【晋察冀社一日讯】边区文、音、美、剧各协会已共同发起组织晋察冀边区文化俱乐部，并甚望各方募捐文化俱乐部一部分□和用具。为了使大家明白此种俱乐部的成立意义及其内容起见，记者特将其缘起抄录于后：

文化俱乐部是什么呢？我们想简单解释一下：它应该成为团结、联络全边区或到边区来的文化人，组织、活跃、改善他们的生活，帮助他们的工作的一种特殊的文化机关（类似外国的作家笔会性质，但比笔会要战斗化些、实际些、复杂些）。譬如边区有一个作者要创作一个大的作品的时候，他就可以到这里来安心创作；譬如作家们要开一个大的座谈会，他们就可以到这里来开；譬如外面来的文化考察团，也好集中在这里和边区的文化工作者互相交换见闻，等等。要是特殊，这种特殊只是工作上的特殊。列宁谈到文化工作也说过，它和其他的事业不能一模一样。（大意）

今天，世界上都知道晋察冀边区在全面走向正规化。边区的文化事业、文化生活也正在前进。不过，它还缺乏不少东西，像文化俱乐部便是其中之一。

我们向各界号召：为完成这一文化上的建设而开心，而兴奋，而援助，使它很快实现，使它能够具备着一个在敌后的光荣和完满的文化乐园条件。这样，文化俱乐部将会做许多工作，文化俱乐部将很精神地等候同志们的光临！

一九四　年一月

（《晋察冀日报》1941年2月4日）

鲁迅研究会即将成立

文

【晋察冀社三日讯】沙可夫、何幹之、田间、孙犁、周而复、周巍峙等同志已组织鲁迅研究会筹备会。闻不久将正式成立鲁迅研究会,以便全边区人共同研究鲁迅先生并发扬鲁迅精神,将鲁迅先生的精神生根于广大敌后抗日根据地。

(《晋察冀日报》1941年2月5日)

边区剧界纷纷出动帮助开展春季娱乐

【晋察冀社二日讯】边区剧协为开展新春娱乐工作,创造模范村剧团,特由联大文艺工作团、火线剧社、铁血剧社抽调干部多人分派各县帮助工作。本月十九、二十两日由剧协召开布置会议,会上由文救叶副主任、边剧协罗东同志分别报告关于下层文化运动之简略介绍及关于帮助工作等问题,并进行深入讨论。现各干部已于二十一日前后分途出发。

(《晋察冀日报》1941年2月6日)

晋察冀艺术工作者总动员起来

文、音、美、剧协会

同志!你们已经看得很明白了吧,你们已经听得很清楚了吧。

同志！我们的民族将要被叛徒——亲日派、顽固派、阴谋家们向敌人出卖着呢。皖南事变，这是他们的计谋的第一着。

同志！我们能允许只是几个败类在专横地戏弄我们的民族吗？我们能允许只是几个败类为了自己的利益便把我们的前程羞耻地断送了吗——便把快要到达我们手掌上的光荣与胜利抛弃了吗？

不！同志！事实上，他们的梦想是甜蜜的，他们的丑恶笑声是一时的，他们还没有那种力量。如果他们蠢动的罪行再往前进一步的话，说不定他们自己就马上被击毙了。民族的力量不是像民族的名字那么容易随便给什么家伙签到投降合约上。

但是，我们不起来，我们不行动，民族的力量在哪里？

我们要看轻他们，我们不能"准备应付巨大的突然事变"（彭真先生所说的），我们要没有想到他们的痰涎□□□死心的走狗吸着在这里、在那里吐下来，我们这不是坐待灭亡吗？

灭亡是可怕的。灭亡是最大的痛苦。灭亡比无声的死亡还要坏。

我们，武装吧。我们曾经武装过。现在我们手里还是握着武器。不过，这是要参加新的战斗了——为打倒亲日派、顽固派、阴谋家们而战斗，为援助中华民族最勇敢的子孙——新四军兄弟们而战斗，为实现正义的中共中央的九项主张而战斗……

这是盛大的战斗，因为他们枪口对内，中国的敌人也一定要乘机夹击进步的势力（就是要夹击我们）。亲日派、顽固派、阴谋家们造成了皖南事变，日内华北敌人大举进攻晋东南，这不明显吗？完成这盛大的战斗，应该把我们的血液、整个灵魂完全武装起来。

作为一个民族前进的艺术工作者，有时作为一个民族善良的艺术工作者，他总是和民族的呼号一同奔□的；即使是在最短促的时间，即使是在最艰苦的处境，坚决不能麻木，坚决不会束手，他反而工作得最好，呼吁最深切。法国大作家罗曼·罗兰所说的作家的责任感，他就带着那样的责任感，为自己的民族争生存、争生活。

同志！

晋察冀艺术工作者，勇敢地锻炼我们自己吧。

我们手里的武器，老实说，还不够精锐、宏大和宽阔；而我们所要走的斗争道路又是长期的，即□欲平急欲彻底□的反叛的活动也不是几天的事情，何况我们还要"准备应付巨大的突然事变"呢。

——保卫中华民族！

——保卫新四军、八路军及其他忠实于民族的战斗力！

——保卫晋察冀边区！

——保卫艺术！

让我们的行动更广大起来吧，更有力些，像圣火一样无穷无尽地燃烧吧。我们的民族在拥抱我们。最后我们的民族一定用笑、用胜利的脸吻着我们。

一九四一年二月一日于晋察冀

（《晋察冀日报》1941年2月6日，《晋察冀艺术》副刊第5期）

边区各艺术团体通电拥护中共主张

文协小组抗敌剧社均以行动响应

【本报讯】中华全国文、音、美、剧各边区分会，日前发出通电，号召全国同胞、全国艺术者，坚决维护中共中央发表的讲话与主张，拥护并慰问新四军及在新四军中的艺术工作者。自该通电发出后，文协直属小组、抗敌剧社等艺术团体，都纷纷以实际行动响应，兹将通电发表如下：

晋察冀日报社转全国人民、全国艺术者：我们认为皖南事变是顽固派、亲日派、阴谋家们对新四军最无耻最阴险的谋杀。同时我们认为谋杀新四军就是谋杀中华民族。事情比火还明白：新四军是在中国共产党领导下的军队，因此他们的事业正和共产党一样，已经用血的胜利证实了是为我们的祖国和我们。

因之，我们对于任何掩饰这种谋杀的企图，绝不相信（为罪案而掩饰的人也其实是罪案的同谋者）；我们对于国民政府看轻皖南事变或不去立即查办祸首、释放叶挺将军、归还新四军人马枪等，以拯救危局，万分反对——我们是□□□顽固派、亲日派、阴谋家们站在一起的。试问国民政府要领导□□还是□领导一批暴徒（奸细特务之流）呢？

事情再没有比今天严重的了，民族英雄叶挺将军居然被"俘房"，光荣勇敢的近万战士居然被完全"解决"……全国人民、全国艺术工作者，我们必须大声地呼喊了，我们必须用广大的属于中华民族的公意来裁判祸首，并且必须将此类大小祸首统统从抗战堡垒内刷清，再不能让那些家伙吐一口气，再不能让恶毒的火冒一点气焰。——因为我们要坚持团结，坚持抗战，把祖国救活！

目前我们要做的大事很多。首先要拥护中共中央发表的谈话及其严正的主张，要拥护、要慰问新四军及在新四军中与大江南北人民共同战斗的艺术工作者。我们的艺术一向为人民而服务，为真理而服务，当人民、当真理遇害的时候，我们就要紧急动员起来，披上新的武装，打倒敌人和顽固派、亲日派、阴谋家们。让我们把一切的胜利显示给全世界看，也让我们把一切的罪恶显示给世界看，我们要为正义向世界人民控诉!

全国人民、全国艺术者,我们是在共产党八路军领导抗战的晋察冀边区里,人民得到无数的光荣与权利,我们的艺术在日夜前进,绝不像他们还遭受压迫,甚至杀害。那么,谁是人民真正的保护者,谁是艺术真正的保护者,是明白的,谁是抗战的最忠实者,也是明白的。

所以,如果我们对敌人,对顽固派、亲日派、阴谋家们让一步,那他们加给新四军的谋杀也要加到我们头上了!

所以只要我们团结起来,战斗不歇,光明、胜利、正义都一定属于我们的!

中华全国文、音、美、剧、抗敌协会晋察冀边区分会

一月三十日

(《晋察冀日报》1941年2月7日)

开展新文字运动

边学联号召会员努力学习新文字

【晋察冀社五日讯】边区学联于上月十日号召全体同学,学习新文字。其号召具体内容如下:一、要使每个同学了解学习新文字的重要性;二、健全学生会中新文字研究会组织;三、学习与研究者应加强计划性、突击性,非但要保证全体同学学习,还要保证学会;四、为了配合学习,可以出版新文字墙报,以提高学习情绪。

(《晋察冀日报》1941年2月9日)

边区文救会关于推行新文字运动的决定

边区文救会第一次代表大会上,曾经有过关于推行边区新文字运动的初步讨论,最近边区文救会第二次常委会,根据了那初步讨论的结果,根据了边区今天各方面的情形,和两个月来详细的研究,结论出《关于推行边区新文字运动的决定》。这决定的总的口号,就是在一九四一年一般地扫除文救会员新文字文盲。在这总的口号下,谈到下面几个问题:

为什么要推行新文字?这个总的理论,今天已经没有再啰嗦的必要了。今天我们推行新文字的原则,并不是马上废除汉字。而今天推行新文字的主要对象,我们是放在广大群众身上,使群众能很快地获得这个容易得到的求知工具,使群众在得到这个工具后,能够利用它,学习政治,提高文化程度,且也可以利用它较轻便地学习汉字(当然这一点不是主要的);使群众更聪明活泼些,更能胜任地负起建设新民主主义新中国的责任,而这样对于迫切要求着文化政治水准提高的广大群众,是比学汉字容易千倍而便于做到的。对于已经把握了汉字这工具,而今天繁忙的工作迫要他担任的知识分子,学习新文字的主要对象,不放在他们身上。这在推行边区新文字运动的课题下,应当是没有疑问的,应当不再过分考虑它能否成为事实的了。

可是要推行新文字真正成为群众运动,却正需要推行,真正确实地推行才会成功,而这就给予我们亟待解决几个实际问题:

第一,是干部问题。没有干部谁去推行?谁去教育群众把握这工具?这是不可想象的事实。而干部的训练与培养,干部源泉的供给,却不能不是全边区文化界的责任,这是很明显的。

第二,是材料问题。没有教授新文字的理论与实用的材料,就会无从推行起，无从使群众获得这个工具，而群众获得了这个工具后，没有各方面的书籍、报纸、刊物供给阅读，就更无从达到推行新文字的远大目的。所以，搜集、编著、翻印、出版大量材料，是伴随新文字运动的开展刻不容缓的问题，而这又需要研究、讨论、计划更进一步的工作。陕甘宁边区大后方，以及全国各地的材料在边区很难得到，而纵能得到一点，也是很微少的。因而在这问题上需要全边区文化界花更多的力来共同解决。

第三，是组织问题。要训练干部，要编印研究材料，要实际推行，没有强固的组织，力量将不会集中，因此大规模地成立研究会、学习会等等组织也刻不容缓。

根据上面的实际问题，边文救第二次常委会对于推行新文字运动的具体步骤是这样决定的：

一、今年二月底以前各专区、各县成立新文字学习会、研究会，并尽可能将研究会扩大到成为全专区和全县各部门干部的组织。

二、三月底各区普遍成立学习会、研究会。

三、四月底彻底扫除边区及县文救干部文盲。

四、六月底彻底扫除区文救干部文盲。

五、八月底各村成立学习会、研究会。

六、十月底彻底扫清村文化干部及小学教员文盲。

七、年底一般地扫除全边区文救会员文盲。

八、于一定时期内各级上下通信、通知、指示及短小文件等用新文字代替汉字。

九、今年年底冬学选择地区□试办新文字冬学。

关于边区文救会除百倍保证编印材料与加强研究外，预备在将来出版的《救亡室》上辟新文字栏，适当地开办干部训练班。

同时希望全边区各文化团体机关、学校及一切热心新文字或对新文字有研究的同志们多多协助我们。

这是第二次常委会关于推行边区新文字运动的决定。我们希望这个决定能够成为全边区文化界尤其是各级文救会开始工作的发动机，成为推行边区新文字运动这一长远、伟大、艰苦道路的第一声指引。

新文字运动已经在全国各进步地区正规地展开了，新文字已经被一部分群众把握着，成就了物质力量的威力。新文字运动也已经在全国最进步的模范民主抗日根据地的我们晋察冀边区部分地方展开了和正在展开着，也将渐成为跟随在中华民族伟大革命行动下的一面大旗。我们大家共同努力，执稳这面光耀的旗帜，让它雄浑地飘起吧！

(《晋察冀日报》1941年2月9日)

一专区青救热烈号召春节举行文化娱乐月

全体青年、儿童普遍参加　奠定全面乡村文娱基础

李

一专区青救会为了活跃春节乡村文化娱乐工作，并打下今后进一步全面开展乡村文化娱乐工作的基础，特号召全专区青年、儿童，举行文化娱乐月。其具体决定，择要如下：

一、农历正月初五至二十五日，为全专区青年、儿童广泛举行文化娱乐活动之时间。初十至二十为大比赛时间（比赛以区为单位，分区举行）。

二、内容以反对内战投降、拥护"双十纲领"与宣传反"扫荡"中我们的胜利和敌寇的残暴、拥护边区子弟兵等为中心。

三、娱乐形式以剧团、秧歌舞为主，其他各种新旧形式也都可以。

四、青抗先在这个时期，应特别加强岗哨，并进行扰乱迷惑敌人，以保卫文化娱乐月的胜利举行。

五、文化娱乐月要配合优抗工作，在娱乐当中，特别注意对抗属的尊重。

六、活动力求普遍，要求地区上普遍让全体青年、儿童参加。各地不同的环境，可以用不同的适当形式去进行（如游击区环境特别恶劣的地区，不能演大戏，可以街头剧代之）。广泛开展正当的娱乐，防止不正当的娱乐，如赌博等。

七、应与各团体，特别是文救会、妇救会取得配合，在娱乐中可以动员青年妇女参加的。

（《晋察冀日报》1941年2月11日）

准备纪念成立二周年　边文救发出指示

【晋察冀社十日讯】本月十五日为边区文救会成立二周年纪念日，文救会为回顾过去工作，精密地检查分析已得成绩，加强今后文化工作，特对各级文救会提出下列指示：一、要求各级文救会精密地总结过去工作，并指出今后工作方向，对边区文救会及边区文化运动提出意见。二、要全力地、切实地加强组织。三、要总结新年文化娱乐工作，并突击冬学的最后阶段及调查统计等工作。

（《晋察冀日报》1941年2月12日）

二专区即将成立文救

虹

【晋察冀社十日讯】二专区文化界同人,因感雁北文化教育之开展与团结广大文化工作者之必要,特由专区文化人王恤明、赵凡、孙英磊、田雨等发起筹备成立文化界抗日救国会,不久即将正式成立云。

(《晋察冀日报》1941年2月12日)

国际新闻社晋东南通讯站成立

大后方需要华北稿件甚殷

【晋察冀社十一日讯】国际新闻社特派员乔秋远先生,目前由延安到达晋东南。闻该社为开展华北敌后通讯联络,扩大国际国内宣传,特在晋东南设立通讯站,联系晋东南、河北、豫北、鲁西、鲁北等地之通讯关系。通讯站现已在晋东南辽县成立。其主要任务为:(一)发展业务,介绍特约通信、特约专电、国际新闻之订户;(二)与辖区内各报馆通讯社取得密切联系,共为抗战新闻事业而努力;(三)负责向总社介绍特约通讯员、特约撰述员,在华北敌后方工作所辖区域内,建立通信网;(四)联络辖区内之社员、通讯员、特约撰述员,计划推动撰稿工作,并将收到的稿件寄往桂林总社、香港分社、重庆办事处,转国内外各大报发表;(五)发动辖区内各作战部队、生产部门及政治民运实际工作者,为其写稿;(六)负责搜集各种实际调查统计及偶发事项之参考资料。据乔先生称:大后方需要华北稿件甚殷，望各界踊跃投稿。

（《晋察冀日报》1941年2月15日）

为新的一代而歌
——开展晋察冀边区儿童艺术运动

田间

我们为旧的和侵略的势力的刀所刺伤了；我们还能战斗，让战斗一步一步最后胜利化。我们是勇敢的。

但是，你看吧：我们的小兄弟、小姊妹们，当我们还什么也不知道的那样的年纪，他们写诗了，绘画了，演剧了，歌唱了，上火线了（在百团大战的时候，我亲眼看见一群孩子背着砍刀参战）——他们和战斗的父亲、战斗的母亲，站在战斗的岗位上竞赛！他们也是勇敢的。

他们还要比我们勇敢。他们也应该比我们还要勇敢。

让我们为新的一代而歌吧。

我们要用勇敢的旋律、自由的旋律、新的旋律组织成新的一代的战歌和生活歌，我们要用为花朵、为未来的手挖掘一条路，使新的一代握着新民主主义的旗子成长起来。

真理告诉我们：保卫胜利、养育胜利比争夺胜利更是永远而重大的事业。新的一代、千百万代要有保卫者的能力，要有像列宁或者像孙中山那样的意志。这种能力和意志，一方面要他们自己获取，一方面要我们以同志之爱、以兄弟之爱帮助他们获取！

儿童的节日要来了。晋察冀在一九四一年应该把艺术的血液展开到孩子们的血液里去。

二月十四日

(《晋察冀日报》1941年2月16日,《晋察冀艺术》副刊第6期)

"少年高尔基"们

邵子南

他们是一群儿童演剧队的小鬼,西战团着手成立儿童演剧队的时候,并没企图在他们中间开展文艺工作。后来甄崇德加入了,他是个爱文艺的少年,还能写一点诗。我曾经把它们登了几首在《诗建设》上面,他曾经这样歌颂太行山:

晋察冀的人民
  在用它冲锋,
  在用它战斗,
…………

在用血、泪、仇恨、愤火……
写着人类历史上
  光荣的余页的续文。

他钉了几个小本子,不住地写着诗。他曾经读过《粮食》,很强烈地受了它的影响。

接着,从第一期乡艺训练班里来了宋玉芬、顾品香、王荣祥、唐科、郝汝惠、李建庆,于是在第二期组训工作时,在他们自己的学习上,加强了文艺。为了易于理解,更具体些,就专门讲诗,同时,也给他们组织了"少年高尔基",出版文艺壁报。

他们的文化程度都并不是很高的,却能很好地感受诗。他们听着诗人的故事,学习着希腊古诗,学习彼得斐、休士,学习艾青……在这样的学习中，慢慢接近诗的本质，而发现他们自己创作里的毛病。他们从诗的本质学习着诗。我们看吧，他们写出了这样的诗句：

在嫩芽灿烂的草地上……

　　（自顾品香的《给音乐指挥》）

饿了，

坐下来，抽一袋烟。

　　（自耿金会的《长工》）

这两个，以前一句诗也没有写过。甄崇德突飞猛进地进步着，宋玉芬、王荣祥都写了相当好的诗，唐科、李建庆、郝汝惠也写着诗，到西战团才慢慢认识字的李百□也写过好诗了。

在学习上，我们尽量地给他们伟大的作品，在艺术上很成功的作品，坚决不用形式上去诱惑，同时也让他们坚决丢开口号式、公式、尾巴。

在创作上，他们有着一种新鲜的表现力，如前面曾引过的诗句，快活的勇敢的气息，自由的格调。他们写着他们自己的生活，看见过的有很大的关系的事物。

最近他们已经开始学习散文，读着小说。这么一来，他们的创作范围更宽了。在他们第一篇散文里，便亲切地描写着《亲生之母》《祖母之死》《我打柴火的故事》……有着故事的发展，有着人物的描写。文章长约两三千字。

《少年高尔基》出到第九期了，他们很热烈地坚持着，每周一次。他们很爱慕作家。田间同志到团里来，被他们知道了，自动要求他给他们讲一讲话。

他们最大的年龄十六岁，最小的年龄十三岁。有两个是女的。

（《晋察冀日报》1941年2月16日，《晋察冀艺术》副刊第6期）

展开文化宣传战

专区成立前卫出版社

定期出版《前卫通讯》及《前卫画报》

在时局十分严重、我们斗争形势更加激烈的时期,五专区前卫印刷所全体同人,为了更进一步加强本专区文化宣传工作,以配合军事政治斗争,特将该所组织扩大,改为前卫出版社。今后将本着新民主主义精神,大量翻印对敌伪宣传品、各项重要的政治理论、抗战文艺;更为推动各期中心工作,定期编刊《前卫通讯》及《前卫画报》、新文字丛书等。《前卫画报》已于本月十日出版,颇得各方好评。《前卫通讯》日内即可发刊,主要内容为扩军、冬学、平粜工作。预料该社工作开展后,对专区文化事业□有重大影响云。

(《晋察冀日报》1941年2月19日,《地方版》五专区)

五台举行文娱大检阅　村剧团均往参加

【晋察冀社十八日讯】五台文救会及县政府教育科,于本月十一日联合举行全县文化娱乐检阅大会,全县各地村剧团均前往参加,计万余人。会场充满愉快的气氛,盛况实属空前。

(《晋察冀日报》1941年2月26日)

《文化思想》的任务

编者

《文化思想》，从今天起就和边区大众见面了。

在边区新生、活跃而尚不够壮大的文化大地上，《文化思想》的出刊，不容否认是有着它一定的严重意义的。我们要借着它适当地提高与普及边区大家对文化的各部门的一般的思想理论水平，同时也借着它以抗击与粉碎敌寇、汉奸的卑恶无耻的思想进攻，借着它以批判与克服一切对民族抗战有害的武断的顽固落后与反科学的反动的思想。这也就是要把它作为一个武装边区文化思想战士与大众自己和对敌寇、汉奸与一切反动势力开展有力的思想斗争的统一的武器。

这对于《文化思想》是给予了一项很重大的任务，它能否胜利地担负并完成这一任务，全看边区文化思想界的先进战友们和读者大众对它的帮助与支持爱护的程度如何来决定。《文化思想》正是急切需要着大家对它的培育的，因此，积极参加《文化思想》上的活动，强大发展我们的《文化思想》，也就成为我们对《文化思想》义无旁贷的共同任务了。

(《晋察冀日报》1941年3月2日，《文化思想》副刊创刊号)

二专区各县县文救成立

广灵、浑源、繁峙、灵邱等县文救会，均已先后成立。料今后在专区文救组织领导下，雁北文化工作必有大的开展与进步云。

(《晋察冀日报》1941年3月4日，《地方版》二专区)

在顽固派摧残文化反动高压下

名戏剧家洪深全家自杀

幸遇急救　生命可望无虞

【新华社重庆讯】二月二十一日重庆及西安报载名戏剧家洪深，因受经济压迫，全家服毒自尽，幸得旧友郭沫若率医急救，得免于难。消息传出，田汉等闻之惊心泪下。同日新华报特讯中，更详细登载说□名剧家洪深，受经济压迫，更加女儿肺病沉重，突于二月五日□起厌世之念，在重庆赖家桥乡间，全家（洪深及夫人、女儿）服大量奎宁红药水自杀。事发后，洪深知交即电郭沫若，郭即偕渝名医马医生，赴赖家桥为洪深等急救，幸医术精良，营救之急，可望无生命危险。不过据医生说洪深因服奎宁丸过多，恐将来失去听觉。并悉洪深事前曾有绝命书，兹录其原文如下："一切无办法，政治事业及家庭的食住衣种种都如此。将来不免一死，一切□也管不着这多事。"（按，因电码不明，绝命书原文恐有遗误。）

（《晋察冀日报》1941年3月6日）

总结模范村剧团工作

剧协召开座谈会

西战团连演名著《雷雨》

【晋察冀社六日讯】由剧协号召创造模范村剧团以来，□□联大文工团、四分区火线剧社、冲锋剧社、铁血剧社共同努力，现已初步□□。上月□十五日，特假文化俱乐部召开总结大会，到会有罗东、苏醒、□冠奇、王丁、崔嵬、牧虹、韩塞、丁里、沃渣、田间等同志。首先由各县工作同志轮流报告边区各地工作情形。晚间又召集座谈会，会中对此次工作中之实际材料与各种具体问题均有热情讨论。到会诸同志一致认为此次创造模范村剧团运动，对边区今后戏剧运动，将有很大意义。

【又讯】上月二十一日西战团应战地工作团之请，在××庄第二次演出《雷雨》。但当日忽起大风，满台风沙，舞台亦为大风所摧毁，只得改期。至第二天，又下大雪，但观众坚持看戏，于是即在雪中演出。观众临时搭棚看戏，情绪极为热烈，一直看到演完。又，二十六日在军区政治部第三次演出，讵又雨雪经绵，一天不停，遂又在观众坚持要求下演出。观众雪天看完，虽然淋雨顶雪，衣帽均湿，但所不惧。足证此剧感人之深也。

（《晋察冀日报》1941年3月8日）

边区文化俱乐部正式成立

文记

【晋察冀社三月十二日讯】边区文、音、美、剧四协发起之边区文化俱乐部，已筹备就绪，决于三月十二日开幕。届时军、政、民均有代表参加，实为边区一大盛举。

【又讯】文、音、美、剧四协为推动及领导与反映边区艺术运动，批评与介绍边区艺术界出版之刊物起见，特决定出版油印《文艺报》。每十日发刊一次，内容颇为丰富，所言及之事项亦为各方所关心者云。

【又讯】文、音、美、剧四协联席会上已决定成立鲁迅艺术奖金委员会。详细办法不日公布。

(《晋察冀日报》1941年3月14日)

三专区军政民各界开宣传联席会

成立抗战出版社

抗战

【晋察冀社十三日讯】三专区军政民各机关团体在上月二十二日召开宣传工作联席会议，决定目前宣传方针为反投降、反内战和参加春耕运动，并详细规定各村要在春耕前举行春耕典礼，半月开春耕晚会一次，民校教员分配到每个代耕团、垦荒团里去深入进行时事政治宣传、文化娱乐工作。现正印发各种宣传大纲，各级亦正在进行春耕的宣传动员云。

【又讯】三专区为推进敌后文化教育工作，供给精神食粮之需要，特于上月七日成立抗战出版社，翻印学校教材及出版文摘月刊，以□□干部学习材料并帮助《晋察冀日报》搜集三专区各种工作情形与社会动态。现已开始工作，不日将有大批出品。

(《晋察冀日报》1941年3月15日)

边区印刷总局热烈纪念"三八"节

女工们出演自己的剧作

【晋察冀社十三日讯】边区印刷总局于三月八日召开扩大的

"三八"妇女节纪念大会。除印刷局全体女职工及男同志参加外,并有附近各村庄妇女全体参加。女工同志们历述边区妇女在民主建设下的自由生活与三年来的斗争情形,愿与全边区妇女尤其女工,共同积极提高生产量,热烈参加春耕运动,创造边区妇女斯达哈诺夫。大会又提出团结呻吟在黑暗势力压迫下的大后方女工同胞,共同为妇女解放、民族解放奋斗。最后游艺,女工出演自己创作的话剧《伟大的女性》,大会充溢着快乐活跃的气氛。

(《晋察冀日报》1941年3月15日)

文化简讯

▲二专区文救办事处成立青年诗歌社,拟出版一单行本油印版之《青救诗歌》,每月出一期。

▲重庆作家访问团杨朔等已于最近抵边区,闻于十二日曾参加边区文化俱乐部成立大会。

▲一专区新文化运动正在开展中,各县文救均已先后成立。

(《晋察冀日报》1941年3月19日)

为洪深自杀事件

边区艺术界各协会通电抗议当局摧残文化

要求保障文化工作者生活

【晋察冀社十二日讯】顷边区各协会致电全国文化界,呼吁一致为洪深自杀事件而控诉,其原文如下:

中华全国文艺界抗敌协会、中华全国戏剧界抗敌协会转全国文艺戏剧工作者、文化工作者鉴：据报载戏剧家洪深先生，因受经济压迫、政治压迫愤然全家服毒自杀，边区艺术工作者闻讯不胜悲愤。大后方当局此种在政治上不进步，对文化工作者生活安全之毫无保障，反加残暴摧残屠杀，我们是早已惯闻熟知，难以忍受的了。兹特联合全边区艺术工作者通电全国，一致表示严重抗议，并要求政府当局予文化工作者以彻底有效之保障，反对残暴的摧残屠杀，并严禁奸徒操纵居奇，使人民生活走入正常状态，实现彻底的民主政治，驱逐亲日派、反共顽固派，坚持团结、抗战、进步。临电不胜感盼之至。

中华全国文、音、美、剧界抗敌协会晋察冀边区分会

三月十二日

（《晋察冀日报》1941年3月21日）

蒙古文化工作团返抵延安

将成立蒙古文化研究社

【新华社延安十九日电】本市蒙古文化工作团，于去年十一月十九日出发，在今年"三八"节返抵延安。他们在尹克昭盟，不管政治环境如何恶劣，经济如何困难，顺利地完成了自己的任务，并获得各方的欢迎。这次仅历时三个月有余，获得较大的成就：（一）美术摄影组大小稿件摄□百六十种，其中照片计五十余张。内容有王府及王府生活、喇嘛生活、成吉思汗陵寝及其守护者等，而宗教画、民间美术、绘画、剪贴、佛像、刺绣等，尤为名贵。（二）音乐组一百二十五个歌，喇嘛诵经全部记音及铜镜二个。（三）戏剧文学组了

解蒙古族生活习惯,收集了故事五集,准备创作剧本、小说、通讯等作品。还有服装十九件,书籍二三本。(四)社会调查研究及社会关系、私有财产、人口问题,经济状况、汉化、疾病等问题。为了扩大与阐扬蒙古文化,罗迈同志提议在延安举行展览会、演戏,并成立蒙古文化研究社。

(《晋察冀日报》1941年3月22日)

边区文艺工作者讨论"民族形式"问题

对旧形式的利用问题多所□□

【晋察冀社特讯】本月十二日,边区文化俱乐部成立。边区文艺工作者曾假座召开"民族形式"问题讨论会,到会有沙可夫、田间、何幹之、杨朔等同志。其中牵涉到旧形式的利用问题,对于在利用旧形式和接受"遗产"的问题上的两段论的看法和把利用仅限于接受"遗产"的片面的观点,沙可夫同志提出了不同的意见。沙可夫同志认为:利用旧形式和接受"遗产"是创造民族新形式的重要的一部分;同时,利用旧形式和接受"遗产"的内容一般是没有什么可以分别的,这二者都是经过批判的利用和接受而服务于一定的历史阶段的任务的。所以,郭沫若认为这工作新文艺工作者可以不做,这看法是不甚妥当的。何幹之同志认为:我们对旧形式的态度,与其争论,不如加以研究……在这问题的讨论中间,田间同志认为:接受"遗产"应该和利用旧形式分开来,利用只是否定旧形式的一种手段……其他尚有许多同志发言,讨论热烈,而所获亦甚完满云。

(《晋察冀日报》1941年3月28日)

《五十年代》月刊在积极筹备中

文

五十年代社将出版一文化与艺术的大型综合杂志,月出一次,创刊号正在积极筹备中。其中重要稿件如:成仿吾同志的代发刊词,何幹之同志的论文《鲁迅的方向》,沙可夫同志的翻译长稿《列宁和文学》(沙可夫同志或将有另一翻译中篇小说连载),何洛同志的《易卜生在中国》,田间同志的长篇叙事诗《铁的子弟兵》。其他有邓拓同志的短论,沃渣同志的木刻画及报告、小说、戏剧、书评等等。不久即可出版。《五十年代》一定能为五十年代的文化运动有所贡献。

(《晋察冀日报》1941 年 3 月 28 日,《晋察冀艺术》副刊第 10 期)

本刊四五申明

一

本刊虽出版九期,而过去因各协未在一起,致编委会未能组织健全,在阅稿和编辑方面大半是由田间同志负责。自田间同志的《"民族形式"问题》一文发表后,或有人误会这是代表编委会的意见,其实不是。田间同志在该文后面附记中也自己申明过:"这是我个人的感想,提出来……希望大家加以批评和讨论。"

二

《关于"秧歌舞"种种》一文,田间同志选刊的原因,其中曾涉及秧歌舞的批判改造问题,还可以使大家研究讨论。不过,当时因编辑仓促及本刊篇幅关系，未能将冯宿海同志的文章加以按语，当属憾事。该文在《"民族形式"问题》一文引起左唯央同志的讨论后，田间同志觉得不妥，曾急电报社同志代为停止刊载，终因排版已毕，无法抽出。现在只有希望大家加以讨论之。

三

我们认为在正确的世界观的把握之下，批判地利用旧形式，无疑问的是创造民族新形式的一个必要的而且重要的部分。但我们反对像林水等所谓"以民间形式为民族形式的中心源泉"的那一套论调，因为民族新形势的创造，必须以"五四"以来新文艺的成果为基础加以发展成功的。

田间同志在他的《"民族形式"问题》一文中，未能清楚地阐明上述论点，并对利用旧形式这一问题说明含混不清，关于秧歌舞的看法也有些不妥。

今天在利用旧形式工作中存在着的某些缺点，或者甚至是些不良的偏向，除了社会的、历史的原因之外，应该是我们在利用旧形式工作的实践上还不够深入和经心，以及某些实际工作干部缺乏正确的理论的认识与把握。绝不能因此如冯宿海同志对今天边区秧歌舞的一些现象下的结论，说这是"秧歌舞的危机"，而恣意嘲弄它。

我们认为冯宿海同志在《关于"秧歌舞"种种》一文中对今天边区乡村文化生活需要表现之一——秧歌舞的活跃，竟嬉笑怒骂，冷嘲热讽，不仅说得一钱不值，甚至说这是可以造成□□观念，生活腐化，并给敌人作为造谣诬蔑的根据。这种看法是完全不正确的。

关于秧歌舞的发展前途问题，我们希望大家来讨论。

四

我们对于艺术理论上或活动上讨论的文章，为发扬自由讨论、研究的精神起见，本刊尽可能地刊载。然本刊篇幅有限，今后若有问题需要讨论，由编委会或读者提议向各方征求意见召开座谈会，只将讨论结果在本刊上发表。

本刊曾接到各方来信，对本刊表示爱护与关切，并提出许多改进本刊的宝贵意见，我们将在此致谢。我们愿意告诉读者，本刊当力求改进，务使内容更充实些，形式更活泼些，更使它成为真正广大读者爱好的东西。我们要这样做，希望大家帮助我们这样做！

编委会

三月二十三日

（《晋察冀日报》1941年3月28日，《晋察冀艺术》副刊第10期）

专区文救会召开文化教育会议

决定深入反内战反投降宣传、开展春耕娱乐文化工作

群

专区文救会，在三月一日召开三专区文化教育会议。参加者除各县文救会代表外，还有易县各区文救代表和教育助理员等五十余人。大会除总结专区文救半年工作外，并由专署高科长报告文化与艺术的问题，抗战出版社罗主任报告宣传工作及通讯工作，专区文救会崔王二同志报告剧团工作与新文字、今后民校布置与文救组织工作等。在这些报告中，都着重指出开展春耕的宣传文化娱乐工作，深入反对分裂内战、反对亲日派等宣传工作，配合春耕进行。另外专区文救还在大会上号召全专区在六月以前，成立一百五十个村文救小组、一百个村模范剧团、八十个模范民校，民校人数要比冬学人数增加五分之一，和四月以前扫除文救会干部的新文字文盲。宣传工作方面，决定

以反对分裂、反对内战及春耕运动为中心内容,并加强游击区、敌占区的宣传工作、通讯工作。决定各级文救组织按具体情形,都要建立通讯小组,给《晋察冀日报》及专区的报纸写通讯等。大会进行四天,深入地讨论了这些问题。我们相信,从这次会以后,三专区的文化工作,将有进一步的开展云。

(《晋察冀日报》1941年3月29日)

见　　面

《晋察冀群众》是边区群众的读物,是边区各团体和边区群众(特别是会员、队员……)见面说话的园地,它要教老百姓做工作的方法,反映老百姓抗日的经验教训、实际斗争的生活,解释不懂的问题和困难的事情。同时,也是团结全体民众,宣扬边区广大人民,在抗日文化战线上的斗争武器!

它说出老百姓心底的要求,它满足老百姓的愿望。

《晋察冀群众》是老百姓最亲切的刊物,需要边区老百姓爱护它,多多读,多多看,多提意见。因为它是老百姓自己的。

(《晋察冀日报》1941年4月1日,《晋察冀群众》副刊创刊号)

晋冀豫文化界开座谈会

讨论出版《华北文艺》问题

【华北新华社晋冀豫三月二十八日电】晋冀豫文化座谈,由文联主持,于本月二十三日在太行山麓漳河之滨××镇开始举行。到会者有文联、文协、民革社、抗战学院、青记北办、太行山剧团、华北书店、太行中学及《新华日报》代表等二十余人。中共中央北方局张部长友清、八路军野战政治部宣传部部长王东明同志,及联办行政委员罗青同志等,亦均出席,为大会增色不少。座谈中心内容为文联提出之出版《华北文艺》问题。各代表一致认为该刊以月刊为宜,并应以反映敌后战斗生活、团结文化界先进、培植大批的文艺青年及工作通讯员为主要任务。至于内容方面,则应力求通俗,多收文艺青年的写作,作为材料、人才、理论方法的准备;并推蒋弼、林□□□秋远等十二□□□委,于五月□□□版第一期。晚由太行剧团出演精彩节目。次日继续由《新华日报》何云同志致词,向三年来爱护本报、帮助《新华日报》的文化先进致谢礼。中共中央北方局张部长致意,并征求各代表对《新华日报》的各种意见。联办罗委员认为《新华日报》三年来,在中共北方局正确领导下,对华北抗日民主事业,已起了推动与组织的作用;对敌后广大青年,起了启导的伟大作用。各代表先后发表高见,并对《新华日报》及最近□意见多项。最后由何云同志作结束,并表示对□□报经常帮助,俾得更有改进。是晚又由青记北办、口新晋东南通讯站及华北书店、抗院全体代表对工作均有详细报告,各代表亦提供许多意见,到深夜始尽欢而散。

(《晋察冀日报》1941年4月2日)

延安鲁迅研究会发出重要通启 广泛征求材料与意见

【新华社延安三月三十日电】延安鲁迅研究会成立以来,对鲁迅先生之研究工作,不遗余力,唯因人力有限,与有关鲁迅之材料异常缺乏，目前曾向全国各界发出通启，请求国内外各界贤达予以援助。其通启如下：

中国新文化开辟及建立的最伟大的导师鲁迅先生逝世，迄今即将五载。此五载中，我们因忙于抗战建国的大业，对于先生的学术思想的研究甚少若何可观的成绩，每念及此，感愧者恐非仅一二人已也。

本会自正式成立以来，即以先生的"一点一滴"的精神，自愿于研究先生的工作中聊尽微力；无如地处边陲，于先生有关之材料殊多不易得，而先生精神事业的研究，亦断非百数十人所能胜任。"鲁迅先生是每一个不愿作奴隶的中国人的鲁迅"，因此一致请国内外贤达予以□□，匡以真言，俾使先生的精神思想、学术创作……致其真价得以发扬，受益者非仅中国人而已。归纳如左：

（一）研究方面：凡与鲁迅先生的思想、生活、创作、学术等有关的研究著作（不拘体裁或长短，赞成或反对），请抄寄一份寄下，本会当别类分门，或辑专书，或择要刊登于本会研究刊物以及其他刊物，稿费、版权、版税等仍为原作者所有；

（二）材料方面：凡与鲁迅先生有关的书籍、杂志、报章、信件、墨迹、照片、画像，当然录感。本会除将赠者姓□□于该材料以外，并分别以书面或其他纪念物品致谢。如需报酬，也请来函相商，本会也必尽可能以付雅意；

（三）工作方面：本会成立不久，工作正待开展，我们恳切地希望给以更多的意见和指导，无任企盼。

（《晋察冀日报》1941年4月3日）

晋东南文化界电请洪深先生来华北开展剧运

【华北新华社晋东南电】名剧家洪深先生及其家属因不堪政治经

济之压迫，突于上月在渝自杀，幸经友好施救，得庆更生。敌后文化界同人，对此无不深为悲痛。顷晋东南文化界救国联合会及中华全国剧协、文协、美协等分会特联合去电慰问，并请洪先生携眷前来华北，领导敌后剧运。兹将原电录后：

洪深先生大鉴：年来□顽当道，逆流横行，先生处身荆棘，触目时艰，突萌厌世之念；敌后文化同人获闻惊耗，莫不悲感交集，表示无限痛切。谨特驰电致函，尚望善为珍重，与黑暗势力搏斗不懈；苟若先生不堪扰攘，怀念祖国沦陷，本会等亟盼先生能即转移敌后，共同坚持抗战。四年来，华北敌后在与日寇、汉奸血战肉搏下，秉承三民主义，奉行总理遗嘱，坚持团结抗战国策，力求进步，创造大块抗日根据地，实施民主政治，惨淡经营，成效已著。过去黑暗愚昧落后的农村，已成为光明前进之地区，尤以文化艺术更有飞跃进展。一切血肉交织的战斗生活与此种光明前进之业绩，不仅为在剧作上取之不尽、用之不竭的深厚源泉，实亦为我中华民族幸福前途的真实始基。先生为新兴戏剧界泰斗，□富正义，□重□时，无论为个人计，或新中国剧运计，咸以为移地为宜，故敢不揣冒昧，竭诚奉邀，尚希慨然俯允，早日携眷北来，不□敌后文化界同人深表欢迎，吾广大同胞亦无不热烈招待。临电不胜翘盼之至。

晋东南文化界救国联合会、中华全国戏剧界抗敌协会晋东南分会、中华全国文艺作家抗敌协会晋东南分会、中华全国美术界抗敌协会晋东南分会。（完）

（《晋察冀日报》1941年4月6日）

苏联文化界优秀代表获斯大林奖金

特函苏维埃政府致谢

【莫斯科广播】苏维埃政府奖励文化界在科学方面或文学艺术方面有卓著成绩之代表获斯大林奖金，各报将继续披露此间消息。《真理报》公布了领受奖金的文化界优秀的艺术家、科学家、文学家联合给苏维埃政府的一封致谢信。这信中写道：为人民服务的人们最感荣幸的是，当他的创作与发明为人民深刻赞许和当他的国家说他的工作是人民所需要的时候，只有在我们这样的国家才可有享有这种荣幸的可能，只有在社会主义社会劳动才被人视为光荣的、高尚的、勇敢的事业。这信继续写道：无论什么时候，都有斯大林鼓励着思想家、发明家前进，斯大林的名字是力量的来源，使我们达到创作的高峰，使我们经常取得胜利。这封信中指出，在我们祖国以外的一些国家陷于战争灾难中，城市化为废墟，文化正被毁灭着，科学与学者为毁灭人类、文化的战争服务；可是在我们这里科学派正在建设社会主义社会与人民服务，同时社会主义国家关心科学家、文学家、艺术家并为之创造了良好条件，这是在世界任何国家所没有的。

(《晋察冀日报》1941年4月6日)

新文字运动在冀中

亦敏

伴随着新文化运动的发展滋长，适应着广大群众的实际需要，拉丁化新文字在冀中平原上，和其他进步事业一样，早已不是陌生的东西，而是为群众所热爱着的求知工具了。

远在"七七"事变以前，饶阳县曾有许多前进的文化人自助地组织过书店，木印过新文字字母总表和四体写法，大批贩卖过上海天马书店出版的新文字书籍；同时这些人除了共同研究和学习之外，并且经常携带了书册，分头串往各村的初级小学里，作实际的宣传鼓励工作。当时全县的小学教员有很多都学习了新文字，都会用新文字写信和教人。在蠡县县立第一高小里，由于几位教员的提倡和鼓励，曾把新文字当作正式课程来教授，每周定为两小时，并且他们自动出钱石印过《新文字入门》，小学生几乎人手一编，学习新文字一时造成了热潮。此外就是在顽固分子张荫梧从前所开办的四存中学，当时由于两位教员的宣传与努力，也曾在课外与学生们研究过新文字。像清华大学所出版的一些新文字刊物，《新文字政治经济学》以及《新文字入门》等书籍，当时他们都可以见到；特别是在学生中有几位成绩好一点的，在教员的指导下曾编辑了几种新文字小型课本，预备教老百姓用。不过在学校当局的多方限制下，终于未得正式出版，说起来也很可惜。

总之，当时在冀中平原上，纵然一切都笼罩在黑暗的反动统治中，但是对于拉丁化新文字的学习和推行，由于统治当局还很少注意，所以，新文字运动在部分地区和教育机关里，在前进文化人的不断努力下，仿佛一支暗流在默默地潜行着、发展着。

"七七"的炮声响了！冀中——这块辽阔的平原很快地沦陷于敌寇、汉奸的铁蹄下，新文字运动也一时表现了低潮，呈现了暂时的停顿状态。但是，为时不久，随着八路军挺进河北，敌后冀中这一抗日根据地便建立起来了，文化教育又重新抬头了。特别是今天在这抗日民主的新的土壤上，由于工农生活的普遍改善以及对文化食粮的迫切要求，新文字运动的开展因之更呈现了新的姿态。

首先，在政民各级干部间自觉地展开了广泛的学习热潮。行署救亡室为了号召全署干部同志学习新文字，曾发起突击月，确定学习方案，保证在第一周内做到所有干部学习字母能读能写，发音正确；第二周内做到能拼音、能界音；第三周内做到能懂一般的文法；第四周内做到能写文章，能译文章。计划在一个月之内彻底扫除全署干部对新文字的文盲，并且为了争取这一号召的顺利完成，各部门互相发动挑战，保证在彼此间用新文字写便条、写壁报和在《行署生活》上投稿。就是伙马夫同志也在工作之余，"啊、背、此、吃……"地大念起新文字来，一时学习热潮曾弥漫了整个的行署。七专区晋北等县以及滏北中学各干部间亦曾以学习新文字相竞赛。八专区深北县级干部和训练班学员也都在努力学习新文字，多数小学教员则利用中心村会议热烈研究新文字，并且大都已会用新文字写信。安平县曾召开新文字训练班，训练各村小学教员、文建主任和民校教师。九专区饶阳县更是学习新文字的模范地区，特别是在新文字书店诸同志的直接推动下，木版出版了各种新文字小册子，有计划地配合了县区级举办的短期训练班，添授新文字课程。在去年选举时有不少的村庄大量地用新文字书写选举标语，部分的村庄能用新文字出壁报。十专区各机关团体干部更纷纷建立研究小组，发起新文字学习比赛，专署同志首先举行学习大检测，以新文字和汉字互相翻译作为试题。此外，蠡县、安国、高阳、清苑、博野等县也先后翻印了不少的新文字课本，互相学习，尤其是蠡县妇救会更以英勇的战斗姿态，向□□、团发出挑战书，保证在两个月之内要做到粗通文字的干部会用新文字写书信、记录，农民干部能认识所有字母，并且会用会写。现在各级干部都在风起云涌地卷入新文字的学习热潮中。

同时，在另一方面，适应着学习新文字的实际需要，关于新文字研究材料和读物的供给，也大大地刺激了冀中的出版界。各分区、各县的报社和文建会都先后翻印过大批的《新文字初步》《新文字入门》等各种表册。行署教育科编印处更编印了《北方话新文字入门》《新文字读本》和《大众千字课》（新文字和汉字对照本）和几种小册子作为各县翻印的样本。特别是冀中政□社为了供给大众以研究新文字的工具，大量石印出版了新文字字典《北方拉丁化文字》和新文字字帖，给了广大群众以很大的方便；在研究材料方面，他们正在编印一套新文字丛书，已出版者有《论新文字》（张来欣编）、《新文字与新文化运动》（吴玉章编）、《新文字与文字革命》（朱进等报告）、《新文字文法》（刘皑风编）等五种。据该社负责人说，新文字书籍的销路极旺，每种小册子出版后，各地读者总是争先恐后地订购。至于新文字读物方面，饶阳新文字书店木刻的《新文字初步》颇受大众欢迎，最近他们还计划出版《滔天罪行剧本》《百团大战通讯》《社会进化史在光明的国土》多种新文字单行本，打算大量地石印和铅印以供给冀中广大群众需要。

最后，根据这一运动的发展浪潮，我们可以看出它的远景：在冀中区关于新文字运动的动向，正在走上更健全、更正规化的道路。例如，从各级干部的学习逐渐转移到广大群众的学习。去年冬学运动就有部分县份的干部，自动地把握了这一武器，在识字班里教授新文字，试用新文字当作扫除文盲的工具；在初级、高级小学校里大部分县份都添设了新文字课程，和汉字学习同时并进。这一推行现象的转移，说明了在今天我们冀中区的新文字运动正在更进一步地走上正规化的新阶段。此外，关于新文字书籍的出版方面，也同样表现了这一点。由于各个出版机关的努力，从新文字理论的介绍以及学习新文字工具的供给，已在逐渐注意到大量新文字读物的编印与出版。因为，不如是则新文字运动这一浪潮就会夭折，新文字这一武器就不会成为伟大的物质力量，而贡献到抗战建国的事业中去。

新文字运动在冀中平原上已由无数的支流而汇合在一起，成为一道洪流了。是的，这一洪流正在汹涌澎湃地奔腾着，它将冲毁广大民众和新文字之间的万里长城，而为新民主主义的共和国栽培起新民主主义的文化来。

一九四一年三月三日于滹沱河岸

（《晋察冀日报》1941年4月6日）

晋东南文联开座谈会讨论纪念"五四"事宜

决定以深入宣扬新民主主义与抗日根据地的文化政策为中心

【华北新华社晋东南九日电】晋东南文联以"五四"纪念日转眼即到，特于三月三十一日在太□××村召开座谈会，商讨纪念"五四"事宜。到会者有联办教育处、胜利报社、青总、美协等团体代表，决定大会内容以宣扬新民主主义与抗日根据地文化政策为中心，并聘请一流学者举行学术演讲会、座谈会。同时又举行展览会，展览美术摄影、出版物、学校成绩及新发明的各种文化工具。开大会为期四天，并举行盛大之晚会，表演名剧与音乐、文艺、联欢以及国民政治测验等。参加大会者，将为附近各县代表，本区团体、机关、学校、军队、政府及远地名流、士绅、学者等。现已确定文联、联办教育处、青总、胜利报社、民革社、一二九师政治部、青记、美协、抗院、艺校及《新华日报》等各团体单位为大会筹备委员，详细计划一切。届时并发表通电、宣言，对于优秀展览品亦均准备大加奖励云。

（《晋察冀日报》1941年4月12日）

鲁迅文艺奖金会成立

推选沙可夫为主任　发布作品奖励办法

文

【晋察冀社十日讯】文、音、美、剧等协会及文化娱乐部所发起的鲁迅文艺奖金委员会已成立。推沙可夫、罗东、陈地、丁里、田间、陈山、沃渣、卢萧、崔嵬等九人为委员,并推沙可夫为主任,陈山为秘书。最近开第一次大会,会内议决奖金办法、奖金名额及奖金评判规则多项。兹为各方参考起见,附鲁迅文艺奖金简则如下:

《鲁迅文艺奖金委员会简则》(附发放办法)

(一)定名:鲁迅文艺奖金委员会。

(二)宗旨:为了纪念鲁迅,鼓励创作与开展边区文艺运动。

(三)纲领:本会委员由边区文、音、美、剧四协会及边区文化娱乐部委派之,再由委员中推举主任一人、秘书一人,负责进行日常工作。

(四)会议:本会每三个月举行例会一次。必要时得召集临时会议。

(五)奖金分类:1. 特殊奖金——每年发奖一次,金额二十元至一百元,名额不限;2. 普通奖金——每三个月发奖一次,金额五元至二十元,名额不限。

(六)作品评定:由作者填写作品鉴定表(本会印发,索函即寄),并附作品交本会评定。

(七)附则:1. 本条例自公布之日起施行;2. 本条例的修改,须经本会全体会员通过。

(《晋察冀日报》1941年4月12日)

晋东南《胜利报》记者陈宗平壮烈殉国

晋冀豫新闻界筹备追悼

【华北新华社晋东南十日电】《新华日报》特约通讯员、《胜利报》记者、青记学会会员陈宗平同志，是位二十二岁的青年共产党员，于上月二十二日晨由赞皇野草湾向北□进发，正和从高邑县城出发的敌伪便衣队三十余人相遇，当即被敌逮捕。敌寇乃将宗平同志屠杀，并将其头割下，心挖出。噩耗传来，《新华日报》同人及晋冀豫新闻界莫不悲痛万分。中国青记学会北方办事处、太行山区青记分会、《新华日报》及《胜利报》等，念宗平同志殉国，是敌后新闻界最沉痛、最光荣的大事，特商讨筹备追悼大会，拟于"五四"青年节举行。

【大众社七日电】莱芜×区××部××村职工会员李海坤、李光宪于上月七日敌寇进驻西见马庄时，深入敌穴，侦察敌情，为敌寇捕获。向二人审讯，二人决不向敌屈服。敌寇乃用刺刀将李光宪穿死后，又将李海坤右□砍断，二人至死仍一言未发，壮烈牺牲云。

(《晋察冀日报》1941年4月13日)

苏联筹备纪念莎士比亚

【新华社莫斯科九日塔斯电】苏维埃公共团体开始筹备纪念莎士比亚三百二十五周年忌辰。著名莎士比亚研究家及戏剧批评家，将在戏剧工作者协会上发表演讲。该会正在莫斯科组织。莎士比亚戏剧现正在苏联二百余剧院上演。

(《晋察冀日报》1941年4月13日)

边区文化艺术界筹备成立文联

【晋察冀社十二日讯】晋察冀边区北岳区文救会、边区四个艺术协会及边区文化俱乐部为了统一并开展全边区文化艺术运动,共同发起筹组晋察冀边区文化界抗日救国联合会（简称"文联"）。闻即将联合冀中、平西文教会代表召开筹备会。并闻不久可正式成立文联。

(《晋察冀日报》1941年4月13日)

发 刊 词（《子弟兵》副刊创刊号）

边区人民的子弟,为了保卫家乡和拯救民族危亡,秉承着父母兄弟姊妹的意旨,响应着中国共产党的号召,执枪荷戈,走上自卫的战场,成为光荣的子弟兵,而同日寇、汉奸顽强搏斗。

从子弟兵生□那天起,边区人民就以崇高的□诚赐给子弟兵无限的热爱和力量,使之发育壮大,成为敌人不可战胜的革命武装。从险峻的太行山到开阔的大平原,我们纵横驰骋,无所畏惧,紧捏着敌人的肝胆,直到它最后死亡。

子弟兵和边区人民跳动着同一脉搏,呼吸着同一气息。没有子弟兵的胜利,也就没有人民的幸福;没有人民的抚育,也就没有子弟兵的成长。我们是血肉相连的一体。

为回答父母兄弟姊妹们的关切和□念,子弟兵英勇战斗,争取胜利。当着胜利换得父母兄弟姊妹们的欣慰，并在他们脸上闪耀着光芒的时候，子弟兵也就感觉光荣，更雄健地去对敌战斗。

但是，现在我们感到：仅仅让边区父母兄弟姐妹们□知道子弟兵战斗胜利这是不够的。必须更多地在生活上、在工作上、在学习上把子弟兵多方面的胜利，都呈现在父老兄弟姊妹面前，让边区父老兄弟姊妹更真切、更清楚地了解自己子弟的前进和发展。即使战斗胜利了，也应当更具体、更生动、更充足地说：子弟兵怎样英勇，而敌人又怎样败退溃乱以至于死亡。这不但是为了安慰，而且是为了在边区父老兄弟姊妹面前，得到更多的指示和策励，更多的关注与热爱。因此，决定出刊《子弟兵》，用它来报告子弟兵的一切状况。

我们相信，在边区父老兄弟姊妹无限关心的教育和策励下，《子弟兵》一定会更加迅速地成长和壮大起来。

（《晋察冀日报》1941年4月17日）

五专区乡艺干训班毕业

专区文救布置中心工作

亚男

【晋察冀社十七日讯】五专区乡艺干部训练班，在联大文工训练团的热心训练下，一个半月来，已获得了伟大的成绩。百分之六十以上的学员都学会了导演、识谱、写标语等技术和一般艺术理论，乃于四月三日正式举行毕业典礼。专区文救办事处为使这一批乡村艺术干部都更有组织地去开展乡村文艺工作，特布置下列工作，并号召全体学员为争取模范而奋斗：（一）组织村剧团、歌舞队；（二）刷新标语；（三）配合春耕统累税运动，进行宣传工作。各学员情绪高涨,一致保证完成。预料五专区文艺工作,不久将会有新的开展云。

(《晋察冀日报》1941年4月18日)

延安文化界纪念苏联大诗人马雅可夫斯基逝世十一周年

【新华社延安十四日电】四月十四日为苏联大诗人马雅可夫斯基逝世十一周年纪念日,延安新诗歌会、中苏文化协会延安分会,及文协、文艺小组工作委员会,特于十三日午后三时假文化俱乐部联合举行群众纪念大会。到会者五百余人,诗人萧三、艾青、柯仲年等均出席,由萧三同志报告马雅可夫斯基生平纪略,详细介绍他的《怎样作诗》一文,并读诵《最好的诗》等,观众甚为欢跃,大会至十二时许始散云。

(《晋察冀日报》1941年4月19日)

《新山东报》纪念创刊周年

【大众社十二日电】本月十日,为新山东报社创刊周年纪念,该社特于是日举行纪念大会。□到该社全体职工人员及抗协、省会部各首长外,并有来宾参议会马副议长各界代表十余人。会间首由抗协宣传部部长杨希文先生报告该报社一年工作总结,继抗协李主任致训词,末由该社刘社长致答词,大会始圆满闭幕。

(《晋察冀日报》1941年4月19日)

纪念"五四"

北岳区文救会布置具体工作

示所属各级遵照执行

【晋察冀社二十二日讯】"五四"新文化运动即将到来，北岳区文救会为纪念此伟大的节日并开展边区新民主主义的新文化运动，特发布"宣传大纲与工作布置"，兹将其"具体的工作""进行的步骤""注意事项"录后，俾所属各级文化机关有所遵循而相策进行：

一、具体的工作。各专区、县、区接到该宣传大纲后应立即准备下列各项工作：（一）和青救联合或自己单独地在附近的村子召开群众大会，抗议亲日派、顽固派摧残文化运动。1. 大会前要有充分的准备，事先拟好讲演提纲、通电等，布置环境，深入地动员；2. 抗议亲日派、顽固派摧残文化运动，要广举事实，并和当地的具体环境密切联系起来，适合群众的要求和接受程度。（二）号召每一个老百姓都要学习与调查统一累进税的工作，文救会员要起积极的模范的推动作用。1. 各专区、县根据当地具体情形，制订干部和会员的学习计划，定期完成测验，报告上级；2. 大量地编印关于统累税的浅释、歌子剧本等的通俗小册子，组织统一累进税学习研究会。（三）民校进行识字测验与政治测验。1. 政治测验的内容应是关于皖南事变的认识；2. 其测验题最好由专区或县拟定印发；3. 测验后作总结，公布成绩或给以适当的奖励，并应据为研究扫盲的材料。（四）举行村剧团的检阅（主要的是模范村剧团），其演出内容除一般外应特别注意有关于新文化运动的，如鼓励识字学习，抗议亲日派、顽固派摧残文化……（五）广泛地发动五四运动的讨论、宣传和创作（戏剧、歌咏、文艺、漫画等）。1. 讨论提纲最好由专区或县印发，其内容可特别注意利用旧形式和创造民族新形式问题，其记录最好寄给北岳文救；2. 创作一般地应送交区审查，汇集到县，选择好的加以适当地鼓励或嘉奖，并择最好的送北岳区文救会，以资研究并斟酌地代为出版。（六）各级文救的干部和会员应普遍地讨论纪念"五四"的政治意义与任务。1. 其讨论提纲根据宣传大纲第一、二章，由专区或县拟制印发并指出参考材料；2. 其讨论的疑问和新的意见等可报告上级。

二、进行的步骤。（一）五月以前为准备时期，根据第三项具体的工作完成一切准备及计划，布置发动工作等事宜，并号召学习统一累进税。（二）"五一"—"五三"。1. 召开讨论会；2. 深入地宣传鼓动，造成热烈的气氛和深刻的印象。（三）"五四"—"五六"。1. 召开群众大会；2. 检讨村剧团。（四）"五六"—"五九"。1. 民校举行测验；2. 总结奖励等。

三、注意事项。（一）要研究宣传大纲，注意而切实地配合当前的政治任务与中心工作，抓住最重要的工作，不要孤立文化运动，但同时必须站稳自己的岗位。（二）要和各团体尤其是青救取得密切的联系，配合和帮助，但不是混合。（三）要注意和文救新建设年第一阶段的工作密切地联系起来，注意加强组织工作。（四）进行的步骤与灵活地运用，但最好不超出五日、十日以外。（五）这个宣传大纲发出已经迟了，各级文救要根据主观力量和可能条件，有计划地、突击地进行。游击区亦不另。

（《晋察冀日报》1941年4月23日）

抗大文工团来专区开办歌剧美术短训班

四月一日，正值晋察冀边区行政委员会第二专员公署成立周年举行纪念之时，抗大文化工作团跋山涉水抵雁北公演，以表庆祝。

【又讯】抗大文工团为普遍散播与培养文化种子，在雁北各地轮流开办培训班。训练七日,讲授歌咏、发音、拍子、美术字、舞台装置及戏剧基本常识等。现二中□□三十余人,已于四月三日开始听课。

(《晋察冀日报》1941年4月24日)

延安蒙古文艺考察团开蒙古文物展览会

文化器物革命史迹灿然纷呈

【新华社延安二十五日电】延安蒙古文化促进会蒙古文艺考察团,为实际将蒙古文化介绍给关心少数民族问题之各界人士,将于公祭成吉思汗之后,自二十三日起,假文化俱乐部开文化展览会。开幕以来,参会者异常拥挤。展览品有绘画八十六幅,照片四十五幅,喇嘛法器二十八件,图案画、宗教画四十三张,及喇嘛经铜器、内蒙古革命文件等多种。其中以图案画、宗教画、内蒙古革命文件最为宝贵,由此可远观蒙古过去之灿烂文化与革命史绩。据该团负责人讲,因物资困难,交通不便,考察时受到不少之阻碍,幸赖中共中央之积极帮助,始有今日之成绩。据称:一俟展览工作结束后,即着手进行文学上之介绍云。

(《晋察冀日报》1941年4月29日)

迎接"五四"

北岳区文救会布置三大工作

【晋察冀社二十八日讯】最近北岳区文救会布置了迎接"五四"

的三大工作：第一，扩大宣传新文化运动，配合"五五"学习节动员小学生及民校学生更积极地、经常地入学。第二，各地模范村剧团配合目前中心工作出演，扩大与制造模范村剧团的战果。第三，民校考试，以民校学生对皖南事件的了解为考试内容。另外，并要求各级文校召开座谈会等。

(《晋察冀日报》1941年4月29日)

边区各协会将召开民族形式座谈会

通知与讨论提纲已发出

阿林

【晋察冀社三十日讯】为了迎接伟大的五月节，更进一步地开展新民主主义的文艺运动，边区文、音、美、剧各协及文化俱乐部，特发起举行民族形式座谈会，规定日期为五七至五九，现已发出通知，其讨论提纲如下：（一）艺术形式的产生与发展。（二）旧形式的估价与利用。（三）"五四"以来新形式的估价。（四）民族形式的创造。（五）艺术工作者怎样处理宣传教育问题。

(《晋察冀日报》1941年5月2日)

本报职工会热烈纪念"五一"节

全体职工保证"红五月突击计划"完成

【本报讯】"五一"国际劳动节，本社放假一日，举行纪念。职工会为纪念这伟大的节日，除举办球类比赛、开纪念晚会外，并号召全体会员热烈参加生产，提高技术，在生产中进行革命竞赛，以超过本月生产计划,并在技术上努力新发明与新创造;要求会员以英勇无比的突击精神保证行政上"红五月突击工作计划"全部完成,使《晋察冀日报》更加成为全面正规化的"文化战线上的一支模范的铁的党军"。

(《晋察冀日报》1941年5月3日)

抗议非法摧残重庆《新华日报》的罪行

历史竟是这样嘲弄人们,在同是抗战的中国,我们中国共产党的机关报,竟遭受着完全不同的待遇。在敌后广大的原野最艰苦的战斗环境中,因为人民呼吸着民主自由的空气,到处灿烂地开遍了文化的花朵,本报便受到各方人士的热烈的拥护、军政机关切实的赞助,踏着坚定的步伐,胜利地担负起□起敌后民众坚持敌后抗战的职责。而在战时的首都,国际观瞻所系的国民政府所在地,却泛滥着黑暗的反动逆流。刽子手们,以他们的刺刀和"朱笔",任意摧残文化,窒息舆论,于是重庆《新华日报》便日益辗转于宪警、特务人员、检查官的刑具下面,忍受着非人的虐待和迫害。然而关山万里,竟然传来了凄切的呼援;敌后广大军民,在读到这篇声诉书的时候,一定是和我们一样沉痛悲愤的。

重庆《新华日报》自创刊至现在已经三年了。三年来,在我党中央正确领导之下,主张团结抗战,传达人民意见,向全中国、全世界作了有力的宣传。正因如此,我们是博得了全国人民的一致拥护和国际正义人士的多方赞誉。也正因如此,我们为万恶敌人所仇恨、所诅咒、所追迫。为了坚持保卫武汉的工作,我们曾有十数个优秀的青年共产党员,在敌人飞机的追逐轰炸下,将宝贵的生命献给了民族国家，献给了我党。在重庆大轰炸中，我们也曾经受过敌人狂暴的摧残，这一切都是我们甘心忍受的；因为从来没有一个被压迫民族可以不付任何代价，而得到自己的自由与解放。可是痛心和不幸的是在坚持团结抗战的事业中，我们竟又遭受了从自己内部袭来的迫害，"我们不[仅]每天要遭受检查官之红笔的无理删改，甚至我们的稿件不时要遭受检查官的删减，加以砍头斩腰"，这是何等沉痛的苦难！这种苦难，随着国内政治局面的日趋黑暗，是在一天天的□□□，最近已经达到了不堪设想的地步。

谁都知道，重庆《新华日报》是中国共产党公开性的机关报，是全国人民的忠实代表者，是抗战、团结、进步的喉舌，是各党各派合作御侮的重要标志之一。因此，投降顽固分子对于重庆《新华日报》的迫害，便是对于中国共产党和全国人民的迫害；对于它的摧残，便是对于抗战、团结、进步事业的摧残。国民党当局那种窒息重庆《新华日报》的罪行，证明他们是在蓄意破坏国共合作，向投降倒退的深渊飞去。在新四军惨案发生以后，国民党当局是一再强调地说那是"军纪"问题，毫无政治党派性□掺杂其间，那是局部问题，绝不会牵动全局。然而，现在重庆《新华日报》所遭受的压迫，把他们的西洋镜拆破了，他们是在自己打自己的嘴巴！事实证明，投降顽固派所布置的正是全体的，正是全面破裂和内战。对于重庆《新华日报》的迫害正是投降内战的实际步骤之一。摧残重庆《新华日报》，正和新四军同样，绝不是一件"普通"的"小事"，而是全国政治生活上的一件大事。全国人民对于这件事所发生的惊惶和疑虑绝不是没理由的。重庆《新华日报》所遭受的苦难，正是全国文化界、舆论界共同的苦难，也正是全国人民的苦难。事实告诉我们，今天全国进步的文化界、舆论界，正在大受苦难。遭受迫害的，远非重庆《新华日报》一家，只是它所受的迫害和苦难更令人难以容忍。今天国民党当局是正在以"文化的绞刑吏"自居,全国进步的书报被查禁,进步的杂志被停刊,进步的书店被封闭,社会上有声望的名流学者或被绑失踪,或被迫出走,他们企图以他们的血手封塞住全国人民的耳目口舌,消灭人世间的精神生活。而在另一方面,他们却用人民身上压榨来的膏血拼命发行反动的书报刊物,传布狂妄愚昧人民的思想,汉奸性的刊物言论得到保障、得到津贴、得到鼓励,强迫各书店销售,像黑死病一样向人民廉价灌输。照理这种反动现象,应该只有敌占区才能存在,因为敌人所执行的亡华政策正是那种奴役中国人民的亡国思想;然而投降顽固派为要进行他们投降妥协的思想准备,竟也依样葫芦,帮凶敌人,消灭祖国的民族文化,杀灭中国人民的民族意识,为敌人扫清灭亡中国的道路,这真是背叛民族的罪行!

国民党当局摧残重庆《新华日报》的办法,是十分险毒的,十分残酷的。他们所用的策略是"让《新华日报》印,不让《新华日报》卖",是"压扣稿件,使任何意见都不能发表;同时威吓商店,使任何广告都不得送登《新华日报》;指使特务,使任何报贩更不得在街上叫卖《新华日报》;扣留邮件,使任何外埠读者都收不到《新华日报》;封闭分馆,使任何订户都收不到《新华日报》,任何地方都不得订阅《新华日报》"。这一切办法,就是要将《新华日报》窒死,比公开封闭《新华日报》还要来得毒辣!"这是中世纪最丑恶、最野蛮的凌迟处死的罪行,是二十世纪都没有的"。的确,"世界任何一国都没有用这种方法对付合法报纸的",恐怕希特勒、墨索里尼见了惭愧莫及,只有汪逆汉奸在上海才会以此种流氓的特务方式对待我们祖国的舆论界和文化界。然而我们敢明告国民党当局,你们这种苦心将会白费,真理是不会绝灭的,舆论是虐杀不了的,人民的耳目口舌是封塞不住的。今天全国人民已经学会了从无声之中听出有声,从无字之中看出有字;你们那无法无天的罪行,正是亲手写给人民的笔迹。"防民之口，甚于防川"，重庆《新华日报》愈是受到删削、禁售、禁闭，而阅读它的人愈多，拥护它的人愈众，终有一天人民的愤怒的热潮会冲破反动派的舆论统治。

国民党当局对于重庆《新华日报》的压迫，我们是痛感切肤，我们以十二万分愤恨之情，抗议国民党当局非法窒死重庆《新华日报》的无耻罪行！同时吁请全华北文化界、舆论界以及全体同胞一致□□，共作严正表示，援救重庆《新华日报》，制止此种罪行！

《新华日报》（华北版）社论

（《晋察冀日报》1941年5月7日）

苏联出版《世界史》

研究院编纂《中苏字典》

【新华社莫斯科六日塔斯电】叙述一七八九年法国革命阶段之《世界史》已出版，此为苏联科学院之巨大出版物之第一卷。该出版物共包含二十八卷，将叙述全世界各国历史，现从事写世界史之科学家达一百人，其中有学会会员瓦尔加、弗尔冈希辛斯基、雅鲁斯拉夫斯基等等。

【莫斯科十日专电】苏联研究院已着手编纂《中苏字典》，由研究员中文专家阿力克西负责，明年可以完成，内容完备，为苏联文字、中国文字对照字典中最完备之一种。

【新华社列宁格勒六日塔斯电】苏联作曲家联邦委员会将于明日在列宁格勒开会，讨论苏维埃交响乐问题，会议上将听取苏维埃交响乐之发展与趋势及世界音乐与苏维埃交响乐之发展等题目的报告。

各共和国及新共和国作曲家及研究音乐者均来参加该会工作。

(《晋察冀日报》1941年5月13日)

响应编辑《冀中一日》号召
各团体掀起写作运动

联合成立编审委员会并具体分配写作数量

为响应冀中区各首长各领袖联合发起编辑《冀中一日》的号召，各团体机关今已成立编审委员会，下设三个编审组：第一组为三纵队、中共冀中区党委、冀中临时武委会；第二组为行署、公安局、银行等机关；第三组为冀中各群众团体。并拟撰稿一万件，分配第一、二编审组各三千件，第三编审组四千件。现冀中区工、农、武、回建会等团体已号召各级，把这一工作当作中心工作之一逐级布置学习研究写作。工会分配写稿数量是：冀中总工会是二十五篇，一分区一二五篇，二分区一八〇篇，三分区一四〇篇，四分区一五五篇。农会亦号召发起写稿竞赛，并具体分配一分区一百篇，二分区二百五十篇，三分区二百五十篇，区级以上干部每人一篇。冀中武委会亦将写稿七百五十篇，已分配一分区一百篇（有抗先三十篇），二分区二二〇篇（抗先六十篇），三、四分区各二一五篇（抗先五五篇）。冀中回建会也决定各分区回建会共写稿三百四十篇，并保证区以上干部，每人至少两篇，每村全少二篇。每清真寺保证两篇。至今创作"冀中一日"的文艺写作运动，已在冀中的平原上澎湃展开。

(《晋察冀日报》1941年5月16日)

于江的文化学习

十天学会生字一百四　病着测验得了一百分

刘君生

炮兵连的战士于江同志，努力学习的精神真是值得我们大家钦佩的。在整个部队"消灭"二百字文盲的热潮当中，连首长规定在一个月之内，每个战士要学会一百四十个生字，而于江同志，他十天之内就把一百四十个生字学会了。他三倍地完成了上级的号召。

对于个别不爱学习，或是学习情绪不高的同志，他总是耐心地帮助他们，给他们解释：

"同志，你也知道学习的重要，那么为什么不努力学习呢！拿出决心来，不要害怕！你想，一天学会一个字，一年就能学会三百多字呢。你看我，参加八路军才三个月，已经学会二百五十多字了。我相信自己最多不用两年，就能看报、写信、做文章……我们一道努力吧！"

这样，学习不起劲的同志也就加起油来了。他对别的同志的帮助、影响真是不小的。

最近他病了，躺在炕上。可是病了他也没有忘掉学习。每当下了识字课的时候，他总是支持着在炕上坐了起来，问别人今天教了什么字，请求别人教会他。这样，虽说他几天没有上课去，可是和去上课一样地把该学的字都学会了。前天测验的时候，他的病还没有好，可是他去参加了，指导员说："于同志，你的病没有好，而且你也没有上课，不要参加测验吧！"他怎么说呢，他说："不要紧的，指导员！我虽说没有上课，可是那些字我都向别的同志学了；而且测验也不是为了分数，就是测验得不好也没有关系，只要今后更加努力就行了。"

结果他参加测验了，得了一百分。

（《晋察冀日报》1941年5月16日，《子弟兵》副刊第5期）

战士文化生活

开讨论会

星期一的晚上，开讨论会，讨论"瞄准的要领"。每个同志都争先恐后地发言。正在热烈时候，我们的排长走进来，参加讨论。他说："会瞄准才能打倒敌人，会瞄准才能节省子弹。那么每个同志对瞄准的要领一定要认识清楚。"排长问我："你说瞄准的要领。"我答："两腿挺直，小腹收回，胸部挺出，右臂和肩平，左臂往下弓，闭左眼，睁右眼，用缺口找中心，两线并一线，瞄成水平线，瞄于目标中央的下端，这就是瞄准的要领。"（战士　张瑞芝）

行军识字课

部队接到了上级的命令，吃完早饭，就浩浩荡荡地出发了。

他们是开向平原地东打鬼子去。大家都高高兴兴，充满了战斗的喜悦，一路上可走得热闹，文化娱乐工作大大地开展起来，唱歌子比赛呀、说笑话呀，还有就是学习。

在出发以前，就预备好了，每个人的背包上都贴了几个生字，给后面的人来认。当歌声和说笑的声音一静下来，大家便把眼睛望着背包上的字，口中轻轻地念着。在小休息的时候，各班的"小先生"（认字较多的战士）便马上召集全班进行五分钟的识字课，四班有一个战士说："八路军真好，行军还能学识字！"在大休息时，各个班都能抽出时间来开讨论会。

因为他们一边行军，一边学习，文化娱乐工作又能适当地开展，所以一天八九十里的行军中，大家都忘记了疲劳，而且学到了好多东西。（张力军）

光荣的升级

郭海兵是一个勤务员，小小的年纪就当了革命的战士，而且是很努力的一个战士呢。圆圆的脸蛋，有着一双乌黑的眼睛，他不大喜欢说话，对于学习和工作却是从来不放松的。

前些时候，我们举行了一次识字测验，按成绩好坏重新编组，郭海兵编在乙组。他原是认不到什么字的，但现在进了乙组还有点不甘心，于是下了更大的决心，要像别人一样升到甲组去。从此，他每天总是偷空学习，除了上课学的生字以外，每天还请干部多教了他五个生字，不但学会写，而且学会用。

最近，他突然向文化教员要求测验。结果，他的成绩超过了甲组的标准，认识了一千多字，而且又写得很整齐、很好看。这是一件很光荣的事呢！在上课号响了以后，他在队前受着人们拍掌称赞，在掌声里走进了甲组的行列。他很高兴，他表示着，以后还要更加努力，并希望大家都跟他一道，在学习战线上作飞跃的竞走。（生军）

（《晋察冀日报》1941年5月16日，《子弟兵》副刊第5期）

边区文化教育界举行五月运动大会

到会五千人　盛况空前

苏琪

【晋察冀社特讯】为热烈纪念红五月，促进边区新民主主义文化教育及体育运动的开展，华北联合大学、北岳区学联及边区文化俱乐部联合举行红五月纪念大会及全边区首届联大第二届学生体育运动大会，五月一、二两日，先后举行隆重的揭幕式。计到边区党政军民各界代表，华北联大全体教职员、学生，全边区大、中、小学学生代表团及参观团等共五千余人。于"五一"国际劳动节进行庄严隆重的纪念式。大会次日，即正式举行运动大会开幕典礼，鸣炮十二响后，数百健壮的体育英雄，即由联大成校长、北岳区学联孔主任等相率绕场一周。大会当推选斯大林、毛泽东、朱德、冯文彬、邓颖超、洛甫、陈云、彭真、聂荣臻、宋邵文等为大会名誉会长，成仿吾、孔安民两同志为会长，旋由成、孔会长致词，□全边区青年学生高度发扬亲密团结的精神，创造新民主主义体育运动的新作风，促进全边区体育卫生运动的猛烈开展，增进边区人民身体的健康。大会共进行三日，体育运动项目，除球类比赛外，尚有田径赛、掷手榴弹、实弹射击、拔河等二百多项运动预决赛。大会并有"边区学生"及"边区文、音、美、剧各协会新文艺"等展览会，与各首长关于五月节的各项报告。"五四"上午举行联大新哲学、新文字、自然科学、新教育等四个研究会成立的座谈会。下午北岳区学联举行周年纪念大会。纪念大会第五日有"五五"学习节的报告，五月六日到十日，举行学生运动座谈会和民族形式座谈会，事前已有充分准备，各界文化人及学生运动干部齐集一堂，盛况空前。大会连夜举行晚会，节目精彩动人，果戈理名剧《巡按》于"五五"由联大文工团演出。

(《晋察冀日报》1941年5月17日)

文艺工作者成立文学创作会

号召边区作家努力从事创作

【晋察冀社特讯】民族形式座谈会结束后,边区文协即召集边区文艺工作者,于本月十五日在文化俱乐部举行创作会议,到会有杨朔、田间、周而复、鲁加、金肇野、韦明、孙犁、林采、邓康、侯亢、丁克辛、朱汉、于素奇等同志。席间,除田间同志报告开会意义、作品之题材的范围及形式等等而外,杨朔同志、鲁加同志、周而复同志以及其他同志,提供了许多意见,并决定到会同志每人自认创作的数量与形式,限期于六月底完成,在七月艺术节展览。最后,经过详密的讨论,决定成立"文学创作会",推杨朔、田间、周而复为委员,负责创作会一切事宜,并推动全边区创作运动,号召全边区文艺工作者努力从事创作,制定《文学创作会纲领》。兹将其纲领录后:

《文学创作纲领》

一、发起的意义

在这包藏着无数的伟大作品的素材的土地上耕种。

不断地促进创作的新的情势,培养新的创作者。

向全世界、向全人类用真实的形象报告敌后人民斗争的事业,替斗争的历史做个勇敢的记录。

二、怎样工作

凡小说、诗歌、戏剧、报告、散文、故事、童话等形式都是我们的武器。

正视现实生活;反映现实生活。

把握科学的世界观和新的现实主义的创作方法。

完成新的民族形式的作品。

（附注：除基本会员外，凡同意此纲领而有创作能力者，我们愿与之合作。）

一九四一年五月暂拟

（《晋察冀日报》1941年5月20日）

剧协成立研究会

阿林

【又讯】在民族形式座谈会讨论期间，音协、剧协、美协相继召开讨论会讨论，以推进边区文艺工作。并闻剧协已成立剧作研究会云。

（《晋察冀日报》1941年5月20日）

《解放日报》发刊词

【新华社延安二十日电】本报之使命为何？团结全国人民战胜日本帝国主义，一语足以尽之。

这是中国共产党的总路线，也就是本报的使命。在目前的国际国内形势下，这一使命是更加严重了。

现在的问题是：世界是帝国主义强盗互相屠杀的世界，还是世界人民和平的世界？中国是日本帝国主义的中国，还是中国人的中国？这些问题，在现在帝国主义战争变为世界范围的战争，日本帝国主义企图最后灭亡中国之时，已经尖锐地摆在我们面前了。

没有一个帝国主义国家不卷入战争（美国实际上已经参战），战争已以全球为屠场，全世界人民如不奋起反对战争，力争人民的和平，则世界有陆沉之忧，人类有毁灭之祸。现在全世界人民反帝反战的斗争已经发展起来，这是世界真正光明的所在。中国共产党站在这一斗争的前线，这一斗争将援助着中国人民的斗争，中国人民有与世界人民相联系的任务。

日本帝国主义在四年战争中不能解决的中国问题，它现在企图来"最后解决"了。一切对日本帝国主义的进攻加以轻视的意见是不对的。在这种意见之下，就是国共摩擦，就是反共高潮，就是两个战争。我们主张是国共团结，是消灭摩擦，是一个战争。须知只有一个战争，一个专对日本帝国主义的战争，才能打退日本帝国主义的进攻与驱逐日本帝国主义。中国的外交政策必须是亲苏政策。虽然同时不放弃对英对美的外交，中国的内政政策必须是民主政策，一切反共、反人民、反民主的反动政策必须取消。

现在是中国存亡绝续的关键，全国一切抗日党派、抗日人民必须团结起来，对付日本帝国主义这个主要的敌人。中国共产党是站在这一斗争的前线的，过去如此，现在还是如此，将来还是如此。中国共产党的政策始终是抗日民族统一战线政策。中国共产党是与人为善的，一切在抗日战争中犯过错误的人，中国共产党予以反省改悔的机会，仅仅对背叛民族利益而又绝对坚决不愿改悔的人，方才予以坚决的打击，而这乃是完全必要的。对于背叛民族利益而又绝对坚决不愿改悔的民族叛徒，如不予以坚决的打击，则民族抗战必然遭到失败。

中国共产党的使命就是本报的使命。本报同人完全相信，由于全世界人民与中国人民协力斗争的结果，世界必然要变成一个世界人民的光明世界，中国必然要变成一个中国人民独立自主的中国。日本帝国主义的一切企图，我们是能够粉碎的。团结，团结，团结，这就是我们的武器，也就是我们的口号。今当本报发刊之始，愿掬至诚，以告国人。

（《晋察冀日报》1941年5月22日）

全国人民指针延安《解放日报》出版

【本报延安特讯】中国共产党为应对目前形势、加强全国指导,特将延安《新中华报》及新华社所出之《今日新闻》,合组为《解放日报》。闻该报已于本月十六日开始发刊,一如中共所刊行之一切报章,消息翔实,言论正确。全国人民庆得正确之总指针,莫不异常兴奋云。

(《晋察冀日报》1941年5月22日)

边区文救蓬勃发展 成立四大学会

研究哲学、教育、科学、新文字

曹前

【新华社晋察冀分社二日讯】边区新哲学学会、新教育协会、自然科学学会、新文字学会等四大学术研究团体,系由成仿吾、沙可夫、江隆基、何幹之等发起,在各方热心参与学术研究人士的积极响应下,已于"五四"纪念日正式成立,现正登记会员,计划进行工作。

(《晋察冀日报》1941年6月4日)

国民党摧残进步舆论 《星岛日报》大受限制

金仲华、邵宗汉等被迫辞职

【新华社香港五月卅一日电】华侨巨子胡文虎经营之《星岛日

报》，现受国民党之各种限制，进步者如金仲华、邵宗汉等四人被迫辞职，今日联名发表告别读者一文谓：因工作受种种限制，故提出辞职。又，香港《大公报》晚刊亦被迫停刊。

（《晋察冀日报》1941年6月5日）

边区新文化建设的壮举

边区文化界先进成仿吾同志等，发起了成立新哲学、自然科学、新教育、新文字等四大学会。这对于新民主主义的边区的新文化建设，是有着重要意义的。

新哲学是革命的世界观，是革命人民认识世界和改造世界的唯一有力的武器。被压迫人民和民族掌握了它，就是握住了斗争胜利的锁钥。因此，为了自己的解放而战斗着的边区人民，特别是领导边区人民进行这一斗争的边区各界各级干部，更应该取得这个武器，熟练于这个武器的运用，以便击溃敌人，取得胜利。

自然科学是近代物质文明的基础，在今天，处于敌后的边区，要适应长期战争的需要，使边区物质建设更加发展，人民生活更加丰裕，使根据地更加健康持久，而彻底战胜日寇，那我们就应该更加深入地研究自然科学，更加广泛地把自然科学的知识灌输给边区广大人民。

教育在今天更是克服愚昧落后、提高人民文化水准、教育革命干部、培养建国人才和对敌斗争的必要工作。目前，在敌占区，敌人正施行着一种最恶毒的奴化教育；而在大后方的某些地区，顽固派们也正施行着一种复古倒退斫丧我们民族的自尊心与自信心的教育。这结果也是一样：让中国人民准备当顺民、做奴隶。在这时候，我们在边区，更必须高举起抗战建国的新民主主义的教育的大旗，更加发展边区革命的教育，以粉碎敌伪的奴化教育和顽固派们反动倒退的教育！

至于推行新文字的重要，也是无需解释的。谁不知道：汉字方块字的艰难，曾经使我们广大的同胞，成为目不识丁的文盲，曾经阻止了我们文化的普及与提高。因此，鲁迅在他的《门外文谈》中，叙述了汉字的难学以后，对同胞们发出了"汉字不灭，中国必亡"的诚挚的警告。而拉丁化新文字，恰可革除此种困难、挽救此种危机。其字简易，易为广大民众所学习；同时，因为用的是拉丁字母，也打开了文字的国际化的门径，有着伟大的前途。所以列宁说："拉丁化是东方伟大的革命。"而我们在政治上主张革命与进步的人民，在文字上也一定要主张进步与革命。因此，在发展着新民主主义文化的边区，更应该迅速猛烈地展开拉丁化新文字运动！

已经说得很明白：所有新哲学、自然科学、新教育和新文字的研究和推行，都是我们边区所迫切需要的；而边区对于所有这些，实在也都已这样做过了。但，无论其研究与推行的深度和广度，都还距现实的需要有着相当的距离。没有疑问，将来这四大学会的成立，一定会使这四种学科的研究更加深入起来。而由于它们的成立，也必然能激发起边区文化领域里的伟大的进步与改革。

需要提出：这四大学会是深入研究这四种专门学科的学术组织，因此，不是任何人都可以加入这些组织，而它们也不需要有对□的下级组织。四大学会是全边区性的组织，对于会员的吸收，需要慎重，维持一定的水准，以期收到深入研究的效果。当然这绝不是，也不可能被解释为"关门"。

这四大学会的成立已经发起了，正式成立之期，想亦不远。边区人民，应该对它们将来的成立表示欢欣。而边区一切文化人、干部更应该举起双手，祝勉它们的诞生与发展！

（《晋察冀日报》1941年6月10日）

边区新哲学会成立缘起

在抗战建国的伟大事业中,在敌后抗日根据地的建设中,特别是在向前推动边区的文化事业当中,哲学始终是我们一个有力的前卫的武器。我们深深地感到了这一点,我们一定要很好地使用这个武器。

不仅如此,而且正是为了这一点,使我们现在更深深地感到,研究哲学、学习哲学,我们还很不够,还不能很熟悉这个武器像熟悉其他的武器一样。这个研究工作还必须大大地展开。这是一件有实践意义的工作。

同时为了使这件研究工作进行得好,有系统,而且可以互相吸取经验教训和研究的成果,就必须组织,首先是组织全边区性质的哲学会。

这就是我们发起新哲学会的主要根据和目的。

另外有一点也同样是应该指出的,即是我们想在这里主要的是研究辩证唯物主义的哲学,这不但因为它是最进步的哲学,是完成我们以上的实践任务的最重要的哲学思想,而且中华民族百年来的灾难,和中国人民的觉醒运动,几年来抗战建国的经验,都证明了它是我们民族解放的指南、新民主主义文化运动的领导的理论和方法。这就是我们为什么发起这个新哲学会的另一个重要的原因。

但是我们也愿意和不同的哲学思想来共同研究、共同探讨真理。只要在民主的基础之上,在抗战建国的总政治纲领之上,建立哲学研究的统一战线,这在目前不但是重要的而且是必需的,当然我们不能抹杀它们的限界和必要的思想斗争。这应该是我们新哲学会的特点,也是我们的精神。

我们坚信在全边区会更加扩大哲学的研究,更加提高我们的哲学的水平；在各个工作部门、机关和学校，普遍建立起哲学研究小组。

我们也坚信全边区热爱文化事业的同志们，会经常赞助我们、帮助我们。向我们随时随地地提出意见，和我们密切地联系□□把哲学研究战线的旗帜展开，大踏步地向前开展华北的文化思想事业。

发起人：成仿吾、江隆基、何幹之、邓拓

宋施达、沙可夫、甘陵

(《晋察冀日报》1941年6月10日)

自然科学研究会成立缘起

自然科学是关于自然发展规律的学问，它是我们探求真理、探求物质资源和生产技术的工具，它是我们反对反科学、反进步的武器。

在"五四"以前，外国的资产阶级的自然科学输入了中国，它是替那时的、旧时期的资产阶级的民主革命服务的，它起了同中国封建主义思想作斗争的革命作用。然而，由于中国资产阶级本身的软弱，由于世界已经进入了帝国主义的时代，这种旧的资产阶级的自然科学，在半殖民地半封建的中国便失掉了它向前发展的可能，它遭受了帝国主义的奴化思想和国内封建主义的复古思想的反动同盟的摧残与破坏。

在"五四"以后，在中国的政治领域与文化领域中一齐产生了完全崭新的生力军，这就是中国无产阶级和中国共产党与其所领导的共产主义的文化思想。而这时以后中国旧的资产阶级的民主革命已经随着世界第一次帝国主义大战的爆发和俄国十月革命的成功而成了新民主主义的革命，这新的政治生力军与文化生力军有力地领导着中国的新民主主义革命与新民主主义文化运动。可惜中国一般的自然科学学者却忽视了甚至完全不了解自然科学本身的社会性与时代性,而仍旧走着欧美资产阶级的错误路线,使自然科学仍旧停留在为少数人服务的状态,使它的发展被限制着。

自从在中国掀起了神圣的民族解放战争,在这将近四年的抗战过程中,我们曾屡经克服了妥协投降的逆流与分裂内战的危难。我们曾不断地击破了倒退与愚昧的阻碍,我们坚持了抗战、团结与进步,和敌人展开了军事、政治、经济与文化的激烈战斗,我们消耗与削弱了敌人,壮大了我们自己。在这艰巨的抗战建国事业中,中国的自然科学界也尽了不少的力量。在前方后方,不少的自然科学界人士在担负着抗战建国的工作,不少的自然科学家与技术工作者努力研究抗战所必需的物质资源的开发口科学技术的提高,解决了不少的物质与技术上的困难问题。在一九四〇年的二月五日在陕甘宁边区成立了陕甘宁边区自然科学研究会,在那里不断地获得着进步。可是在抗战建国现阶段,自然科学还是远没有能够配合着军事、政治、经济、文艺上的进展尽它本身的最大可能。它在各种运动当中却是较落后的一个部门,这是我们很明显看得出的。长期的艰巨的抗战建国事业万分需要开展自然科学的研究与教育,在敌后方物质条件更加困难,敌人的"扫荡"更为凶残,而开展生产技术或科学技术工作尤为迫切。晋察冀边区自然科学界一部分同志为了适应抗战建国事业的需要,为着开展敌后自然科学界应有的工作起见,特发起成立自然科学研究会,我们决定联络全边区及全国自然科学界人士为争取抗战敌后胜利,为建设成功新民主主义新中国这个总的目标而努力,并提出了以下几项具体任务作为我们以后工作的方向。

第一,开展自然科学的理论与实用的研究,以求得自然科学更大的发展。抗战时期物质上困难问题的解决。

第二，帮助政府推进自然科学教育，推广自然科学知识以求得一般自然科学常识的普及与一切迷信的反科学的思想习俗的破除。

第三，开展自然科学集体研究的精神与边区及全国各自然科学团体密切联系起来，并帮助与推动各种新的自然科学组织的建立，以求得自然科学运动广泛地开展。

第四，开展自然科学与社会科学统一问题的唯物论辩证法的研究，使自然科学与社会科学密切地联系起来，使自然科学与社会科学互相推进、互相发展。

以上即是我们自然科学界急于要担负起来的工作任务。我们热烈地希望全边区及全国的自然科学界与我们一起合作，为着争取中华民族的彻底解放，为着建设自由幸福的新民主主义新中国而共同努力。

发起人：成仿吾、傅大林、胡涿、陈琅环、顾稀、董晨

（《晋察冀日报》1941年6月10日）

为大众的科学的拉丁化的新文字而斗争！

——我们为什么发起新文字学会？

我们神圣的民族抗战已经进行了四年了。全中国人民站立起来，手里拿着武器英勇奋斗四年了。但是，我们中国人民还缺少一种武器，开辟到新中国去的道路上一种不能缺少的武器，那就是打开科学文化的大门的钥匙——文字。

是的，我们中国老早就有文字了，我们有方块的汉字，可是，有多少人认识它呢？最多只有百分之二十！也就是说，还有百分之八十，有三万万六千万人，不认识汉字。

本来，文字革命是资产阶级民主革命应当完成的任务。如果社会

制度不变革，文字的彻底改革是不可能的。因此，封建社会压迫和剥削人的工具——汉字，仍然被用着。正像别的事情一样，中国资产阶级是软弱无能的，他不但没有创造出新文字，反转过来，把汉字当作维持自己统治的一种工具。也有些人，想着改良中国文字，却又是趴在汉字身上想办法，或者造出一种新的难学难用的文字。因此，创造新文字的责任，创造一种广大群众能够容易学习，用起来便当，跟语言科学的原则一致的，跟全世界最适用的文字有共同性的，适合于中国人民需要的新的文字，这光荣而又严重的责任就又不能不落在中国无产阶级身上了。中国无产阶级的优秀的代表们就满足了中国人民的要求，创造了大众的科学的拉丁化的新文字。

"拉丁化是东方伟大的革命"（列宁），创造拉丁化新文字的伟大的过程还没有完结，还需要我们继续努力。可是，谁也可以看到，它已经在中国人民中间引起了热烈的欢迎，它的前途是无限长远的。每一个民族解放与社会解放的战士，每一个进步的知识分子，都会感到自己有着这种责任——站到拉丁化新文字运动的旗帜下面，参加新文字的建设工程，艰苦地开展新文字运动！

因此，我们发起组织新文字研究会，让每一个愿意参加新文字运动，并且真正能够做实际工作的人团结起来，研究新文字的理论的和运动的指导上的问题，推动和组织全边区、全华北的新文字运动。我们向一切愿意跟我们一块儿工作的人伸出热烈的同志的手，欢迎你们参加！

晋察冀边区是模范抗日民主的根据地，新文字运动已经开展起来了，我们必须迅速地进行工作。我们相信，在我们共同的努力下，在边区各界的帮助下，胜利一定是我们的。那时，中国人民手里加上了一件新的武器，打开科学大门的武器——拉丁化新文字的时候，将会变成谁也拦不住的力量，向新中国前进。

发起人：成仿吾、沙可夫、丁里、王力、刘克明、王堃、于浩、张明如、何洛、赵东黎、邓予成

(《晋察冀日报》1941年6月10日)

新教育研究会成立缘起

神圣的民族解放战争，快到四周年了。四年来，在敌人后方我们获得了巨大的胜利。

我们不仅在军事上消耗了敌人，壮大了自己，也不仅在政治上摧毁了敌伪的傀儡政权，建立了许多抗日的民主的政权，增强了全国人民的最后胜利的信念，同样在教育战线上，也有着很大的收获。这就是敌后方新民主主义教育的重大胜利。

我们不断地粉碎了敌伪的奴化教育，也不断地揭露了顽固派的亡国教育，我们创立了各级的教育行政组织，广泛地、普遍地开展了社会教育和义务的免费的小学教育，初步地建立起了中学教育、职业教育和大学教育，大量地开办了各种训练班，解决了敌后抗战的严重的干部缺乏的困难，同时我们也初步地树立了一套完整的新的教育理论。

然而，这还不能使我们满足，我们深深地感到：我们的成就和客观环境的要求还隔着一段很长的距离，无论在理论上和实际上，都还只是一些粗枝大叶的轮廓，需要我们更进一步用理论研究和实际工作的成果，来充实它、丰富它，只有这样才能完成历史赋予我们的使命。

要达到这一点，我们必须首先充实教育战线上的战斗力，密切我们的联系，而我们过去的最大弱点，也正在这里：缺乏工作上的经常的联系。在工作中我们积累了很多的宝贵的经验，但都还没有提到理

论的高度，加以总结，互相介绍。我们也发现，我们工作中的许多缺点，但没有能够传达给我们的战友，提起警惕；在理论的研究上也是一样，没有机会互相商讨，充分地发挥力量。所有这些现象，不能让它在我们面前继续下去。因此，我们感到有成立新教育研究会的必要，经过一个短时期的努力，愿望终于达到了，这是值得我们庆幸的。在今天，让我们把新民主主义教育的大旗，插在太行山的顶巅，在它的周围，团结起千万个新教育的战士，积蓄起一支雄□的力量，向着敌伪的奴化教育和旧中国的亡国教育冲锋，树立起新中国的新教育的模范。

亲爱的同志们！东方已经破晓了，明日的社会是我们的，辉煌的新教育的旗帜，在胜利的□□的高空，将要永远地迎风飘荡。我们热烈高呼！

新民主主义教育胜利万岁！

新民主主义共和国胜利万岁！

发起人：成仿吾、沙可夫、江隆基、王均炎、张云莹、张时杰、罗觉中、周道源、陈克、徐波、王焕勋、戴树人、王向升

（《晋察冀日报》1941年6月10日）

陕甘宁的文化教育

五年来飞速发展的过程

【新华社延安五日电】陕甘宁边区建立以前，几乎可以说是文化教育的荒原。小学校总共不过一百二十所，学生只两千人。一般县份每百人中难得找到两个识字的人。有些县份如华池、盐池等，两百人中才能找到一个识字的。然而几年来情形却大大地改变了。试看一看下面的统计吧：二十六年春学校恢复（在游击战争中曾经遭

受破坏）到三二〇所，学生约五〇〇〇人。是年秋，小学校增到五四五所，小学生增到一〇三九六名。二十七年春，校数七〇五所，学生一三七七九名。是年秋校数七三三所，学生一五三四八名。二十八年春，校数八九〇所，学生二〇四〇一名。是年秋，校数八八三所，学生二二〇八九名。二十九年小学校数增到一三四一所，小学生增到四一四五八名。其中五年制的完全小学，在二十七年有一一所，二八年有二二所，二九年有三〇所。六年制的完全小学截至二九年年底是十二所。

其次，中等学校在延安有边区师范，在关中有第二师范，在三边有第三师范，在庆阳有陇东中学（内附设师范班）。据去年年底统计，这四校共有学生六一六名。另绥德师范现有学生二七六名，米脂中学现有学生一七〇名。至于扫除文盲的社会教育，其组织形式有识字组、半日校、夜校、冬学等，遍布于各县城市与乡村中。据不完全的统计，二十八年共有识字组三八五二组，男女组员二四〇八九名。半日校二〇二所，学生三三二二三名（其中大部分是女生）。夜校五四八所，学生八〇八六名。冬学六七三所，学生一三六〇九名。二十九年夜校、半日校入学人数共一四〇〇〇人，识字组有组员约二四〇〇〇人（以上统计根据边区教育厅报告）。这可见边区教育正在一天天地向前发展着。

此外并采取自由的、辅导的方式，经常进行社会教育活动的，有十五处民众教育馆、九个或大或小的剧团。

值得特别提说的，自二十九年冬开始试用拉丁化新文字，组织进行冬学识字组，经过不到两月的实验，获得了惊人的成绩。在学了五十天新文字之后，一千五百多个文盲之中已经有七百□以上能够自由地读和写。□□今天边区的国民教育和□□教育，亦还存在着一些困难和缺点，质量的提高还□后于数量的发展。今后为了求得质量的提高和数量的普及，教育厅特规定三十年度边区教育工作的中心是，一方面加强师范教育，培植足够的师资；另一方面广泛地推行新文字教育，扫除文盲云。

（《晋察冀日报》1941年6月11日）

法律研究会缘起

来件

为着发展与巩固边区的新民主主义政治，必须有适应这种需要的法律和司法制度，而这种法律和司法制度，又必须以抗日民族统一战线政策为根据，具体地实现"双十纲领"所指出的基本原则，才能保障边区抗日革命的各个阶级与阶层在政治上、经济上的一切权益，使边区同胞团结得更巩固，边区的抗日民主社会秩序走上更健康的道路。因此，创造这种法律和司法制度，就成了边区人民和政府当前的重大任务。

但创造这种法律和司法制度，需要根据先进的革命理□□□□陈腐的法律思想，扬弃旧的法律，统一建立新的法学体系；根据抗日民族统一战线及"双十纲领"的原则，研究边区司法工作的现实问题，使现有法制向新的方面不断地进步，这便是我们奋斗的方向。

为了完成这个任务，我们发起组织法律研究会，希望全边区对于研究法制感兴趣的同志们都来参加，不胜欢迎之至！

发起人（以姓氏笔画多少为序）：

王菱然、王梦樵、成仿吾、江隆基、朱其文、宋劭文、何幹之、阮慕韩、李波、□文敏、李子坚、李凤岚、胡仁奎、郎涛、侯薪、徐达平、徐瑉辉、许列、郭任之、杨平、邓拓、潘自力

（《晋察冀日报》1941年6月12日）

灵寿文救二代大会闭幕

更加发扬大众民主化的工作作风

【新华社晋察冀分社十一日讯】灵寿文救会自成立已经一年，曾出版八十三期报纸，和八万份以上的宣传品，供给灵寿、行唐两县小学民校课本十一万余册，另外还组织了三十五个村剧团和一五〇个宣传队。现在各区村都组织了文救会小组，有一千八百多个知识分子团结在文救会的周围。灵寿文救会为使今后工作更迅速开展，特于五月二十一二日召开第二次代表大会，除总结一年来的工作及进行选举外，并有专区文救赵化风同志的文化报告及樊树林同志的政治报告。各代表情绪紧张，在讨论时，一致通过向人民领袖毛泽东、彭真、聂司令员致敬，并通电全国，反对大后方摧残文化的反动政策，同时决定以认真深入民主大众为今后工作作风。后更进行和破坏分子卜玉明（文救执委）的思想斗争，大会决定开除卜玉明会籍，以巩固文救组织，号召全体会员干部百倍警惕，严防奸细分子混进文救会。最后进行选举，周学鳌、张明□、再平、周有润、池□等九人当选为执委。

（《晋察冀日报》1941 年 6 月 15 日）

响应编辑《冀中一日》　九专区成立写作委员会

饶阳计划发动二千稿件

九专区热烈响应编辑《冀中一日》的号召，五月一日已成立"冀中一日写作委员会"。九专署正计划示范写成《专署一日》，稿件分配，除专署、贸局、粮支局、税局、银行外，特规定青县十件、大城三十件、文新十件，其他百几十件不等。

饶阳已掀起《冀中一日》写作浪潮，县级成立了"冀中一日写作委员会"，县府及区级干部共写二〇〇篇；各村级干部各选用五篇，计一〇〇〇篇等；各高小、中心小学教职员每人一篇，共计划发动稿子二千件。

(《晋察冀日报》1941年6月15日)

陕甘宁边区新文字协会暨吴玉章同志致函晋察冀边区新文字工作者

吴玉章同志对于新文字运动的推动向来是最热心最积极的，同时他对文字学也有很高深的研究，曾先后写了很多论文在各大杂志发表，这对中国文字的改革实有极大贡献。最近他因为辛劳过度竟生起病来，但他在病中还是非常关心新文字运动的开展。本报近接陕甘宁新文字协会给晋察冀新文字工作者的信，吴老同志也亲自签了名。现在把这封信发表出来，想来定会给边区新文字工作同志们以莫大的兴奋与鼓励！

——编者

全体亲爱的同志：

想你们一定很关心并愿知道陕甘宁边区关于扫除文盲的工作，因为这是中国"革命工作中最重要的工作之一，是老百姓翻身的工作"（洛甫）。在这里，我们愿把边区拉丁化新文字运动的情形，简略地告诉你们，以供参考。

谈到边区用新文字扫除文盲的运动，那是早在一九三六年徐特立同志执掌边区教育时，就已经开始了。例如用新文字创办鲁迅师范，开办新文字夜校等。然而在党与政府的领导下，有计划地、较大规模地推行，和逐渐地形成极广泛的群众运动，却是最近一年来的事。

在去年二月间，根据边区文协代表大会的决定，"中国新文字运动委员会"便在中国拉丁化新文字的创始人之一、边区文化界的领袖吴玉章同志的亲身主持下成立起来了。这在新文字研究材料的供给方面，有吴玉章同志在《中国文化》上连期发表的《文学革命与文字革命》《新文字与新文化运动》等文章，和新文字运动委员会出版的《新文字自修课本》《陕北话的新文字课本》《新文字论丛》《新文字表解》等书。在干部的训练方面，除青干、女大、陕公、抗大各校增加新文字课，大众读物社、边区党委等机关自动组织新文字研究会，吴玉章同志亲任教授和新文字运动委员会派人协助外，并陆续开办延安在职干部新文字讲习班。同时，新文字运动在延安学生知识分子中呈现出活跃的姿态，引起了一般人的注意。

首先中国共产党中央、边区政府、边区的党对新文字运动是极其关心和注意的，他们都一致热烈地主张推行新文字。边区政府和边区的党决定在边区用新文字进行扫除文盲和普及大众文化教育的工作，中共中央特别是毛主席英明地指示出必须用新文字试办冬学。这样，就使新文字运动的方向，开始由学生、知识分子狭隘的圈子里摆脱出来，走上了大规模的群众实施的道路。

为着在国民教育、社会教育中切实推行新文字，把新文字作为新民主主义文化教育的工具起见，边区政府教育厅特别成立了一个"新文字推行委员会"，并决定根据毛主席的指示，首先把延安市一九四〇年的冬学，完全用新文字试办，以逐渐推及各县乃至全边区。为着培养大批下乡推行新文字的干部，教育厅前曾由陕公、女大、边区妇联、边区青救等处，抽调一百余干部，开办了一□□的新文字训练班，由吴玉章同志亲身教导；现正开办延安县延安市小学教员寒期新文字训练班，决定从今年起，延安县延安市所有小学一年级完全教新文字，并闻今年暑期，教育厅更扩大规模地举办全边区的小学教员新文字训练班，以便把新文字推行到全边区的小学教育中去。此外，现已着手在延安、延长、延川、安塞、甘泉、安定六县开办社教人员新文字训练班，大量培养今年下乡推行新文字的冬学教员，开展新文字的社会教育。总之，边区政府已经下了这样的决心，要在三五年之内，用新文字扫除全边区的文盲。如林伯渠同志在"边区新文字协会"成立大会上说："现在有很多人注意我们边区扫除文盲的工作，我是边区政府的主席，已经下了决心要用新文字扫除边区文盲，提高边区人民文化水平，使边区在文化工作方面也成为全国的模范。"此外中共中央出版发行部规定一九四一年的出版方针中（一、出版马列主义□著；二、马列主义的通俗读物；三、学校教科书；四、新文字课本读物），新文字书籍的出版也是其重要任务之一。所以今后边区对新文字运动方面的实施，将是有计划的和大规模的。

值得特别提出来讲一讲的，是去年延安县延安市所开办的六十多个新文字冬学，有近两千个男女老百姓参加学习。在最初他们仍然不免或多或少地对新文字抱着反感，然而很快，他们便从自身的经历中认识了真理，他们不再把新文字当作外国文，或什么可怕的疑团，他们把新文字认为是最容易学习，和最好使用的"穷人自己的文字"。他们说："汉字没道理，为什么赵钱孙李一定要念赵钱孙李呢？"而"新文字的拼音，母子相合，却蛮有道理"。

在将近两千个学习新文字的男女老百姓中，有二分之一以上的人在一个半月之内获得了文字工具。他们不仅能看书看报，而且能写信、记账、写文章、开路条、开发票，以及写一切他们要写的东西。在这里不妨把他们在冬学结束后，老百姓妇女用新文字写给教员的一封信，翻译下来，以资参证。

李教员：

你近来好吗？我们自从分开到现在有一个多月了，不晓得你到了什么地方，希望你常给我来信，还望你有空到我们乡里来玩！向你致

敬礼！

　　　　　　你的学生王梅英　二月十五日

　　值得注意的是，这封信的词儿连写、拼音、写法、标点符号甚至信的格式，都是一点错误也没有的。

　　不仅如此，而且新文字冬学改变了老百姓对于教育、对于学习的认识和观点。在以前，老百姓认为识字的人是天生的另一种人，受苦的人是命定不能识字的，现在他们却说："原来识字不是生下的，是学下的。"在以前，老年人在学习上是自甘落伍、不参加学习的，然而现在新文字冬学里，却有自动参加学习的七十岁的乡长，和五六十岁的老头子。过去汉字冬学，老百姓逃避冬学的现象是相当严重的，而现在，老百姓却感到两个月的新文字冬学太短了，他们要求延长冬学，有的竟自动组织新文字识字组，自己集钱买纸，印新文字课本，这些现象都是过去汉字冬学所从未见到的。

　　这真是一种了不起的大事。一个目不识丁的文盲，在一个半月之内，学习一种文字工具到能看能写的程度，这在方块汉字是一二十年的过程，而且一二十年，这对老百姓是绝对办不到的啊！

　　所以大众并不厌弃和惧怕新文字，他们所怕的是学会了新文字无处使用。正在这个时候，边区政府于一九四〇年十二月二十五日发表了一个关于推行新文字的决定："一、从民国三十年一月一日起，新文字跟汉字有同样的法律地位，凡是上下公文、买卖账目、文书单据等等用新文字写的跟用汉字写的一样有效。二、从民国三十年一月一日起，政府的一切布告、法令汉字和新文字两种并用。三、从民国三十年一月一日起，各县给边区政府的公文用新文字写的一样有效。"这个法令的公布，不仅为群众解决了疑难，给新文字运动以政治、法律上明确的保障，而且对新文字运动起了莫大的推动作用。边区许多县区接到了这个法令，纷纷自动成立新文字研究的组织，他们要求新文字教材、新文字教员的信件，如雪片似的飞到延安来。群众要求学习新文字，干部更急切地要求学习新文字，因为不然，他们便不能为群众解决困难。文盲要学习新文字，知识分子也必须学习新文字，因为如王明同志向女大同学们所说的"女大同学必须学习新文字，因为这是妇女工作、群众工作中一种不可缺少的武器"。所以新文字运动在边区已逐渐成为自下而上、自上而下的极广泛的群众运动了。

为着适应客观的需要，团结边区内外新文字运动者，广泛地开展新文字运动，由吴玉章、林伯渠、徐特立、董必武、谢觉哉等同志所发起的"陕甘宁边区新文字协会"，便于去年十一月七日——伟大的十月社会主义革命节那天成立了。

其任务与工作方针有如下几点：

一、帮助政府在国民教育、社会教育中推行新文字；

二、出版新文字报纸和各种新文字课本、读物、字典、丛书等等；

三、继续开办新文字训练班，培养新文字工作干部；

四、加深对于中国语文的研究，首先研究边区方言土语，并且适应边区方言土语在边区民众中推行新文字；

五、和边区蒙古族、回族民族团体密切联系，研究和制订蒙古族、回族民族语言的拉丁化方案；

六、和全国各地新文字团体、新文字工作者、进步的语言学者密切联系，推进全国语文改革运动。

边区新文字协会成立数月以来，在出版方面，曾与边区教育厅联合出版了《新文字报》《新文字冬学课本》《新文字自修讲义》《新文字小学课本》《社教课本》《新文字检字》等，同时《新文字教学法》《新文字发音的方法》《新文字文法》也已编撰完毕，不日即可出版，现正拟与大众读物社、新华书店合作编刊各种新文字通俗读物。在干部的培养方面，以去年下乡推行新文字的冬学教员为基干，成立了新文字干部学校（校长吴玉章同志），目前他们正在自己挖掘窑洞，筹备地址，当不日即开学上课。此外关于边区方言土语的研究整理，关于新文字写法、教学法、文法以及中国文字史的研究也都已开始了，而且有些已获得了初步的成绩。

根据新文字在边区群众中推行的成绩，虽然目下推行的范围还不广（仅延安县延安市六十多个新文字冬学），参加新文字冬学学习的人数也还不多（仅两千来人——干部、学生、战士、工人自动学习者未计在内），然而已足够证明新文字是扫除文盲、提高大众文化唯一有效的工具，同时也证明了"新文字不仅是教育大众的利器，而且是组织大众、领导大众去创造新社会的利器"（吴玉章——见《新文字报》副刊第四期《写给新文字冬学成绩展览会的几句话》）。另一方面大众急切地需要教育、需要文化那是更不必说的，而且新民主主义的文化必须是大众的文化，这就是说，它不仅是为着大众而且是属于大众、要为大众所掌握的文化。但是如果大众没有获得掌握文化的工具，那么，不管它写得怎样通俗、怎样大众化，百分之八十以上的大众，终究要为方块汉字推在大门外的，何况"中国现在的白话文，绝不是大众的语言文字，拉丁化的新文字才是成为大众的文字，也才能实现大众的新文化"（吴玉章——同前）。

所以无论从哪一方面说来，用新文字扫除文盲，提高大众文化，开展新文字运动，已成为目下新文化运动中迫不及待的任务了。陕甘宁边区及各个抗日根据地，都有着广泛开展这一运动顺利的政治条件，我们生活在这些地方的青年人、知识分子尤其是文化工作者，应该积极勇敢地担负起这个伟大的历史任务来，应该推动和帮助政府采用新文字为文化大众化和推行大众教育的工具，使广大的人民在最短的时间内获得求知和掌握文化的工具。

同时对于我们更重要的是，拉丁化在中国如果只用来翻译非白话的白话文，代替不象形的象形字，它的作用并不见得如何伟大。

必须用拉丁化的新文字创造出合乎科学、合乎逻辑、合乎□法的大众语言，和现在世界各文明国家的言文一致一样的新文字；如法国革命时代□□俄、俄国的普希金所做文字和文学革命的工作一样，才是拉丁化在中国的真正的作用（吴玉章——同前）。

"现在中华民族解放战争正处在紧急的关头,世界帝国主义战争一天天在扩大,要打破世界社会人类的灾难,要靠我们这一代人极大的努力。帝国主义的消灭,只有在被压迫民族用自己的力量战胜帝国主义,解放才有可能。中华民族解放战争是世界被压迫民族解放战争的领导力量,我们必须用动员群众、教育群众、组织群众的工具(新文字),把中国四万万五千万人民团结得像一个人一样,才能战胜帝国主义,首先是日本帝国主义,因此我们要用极大的热心和热力来完成这个责任。"(吴玉章——同前)

同志们,让我们携起手来,共同为着推广科学的大众的拉丁化新文字而奋斗,共同为着扫除三万六千万文盲而奋斗!

最后,附上我们的出版物《新文字自修课本》、《新文字讲话》、《新文字小学课本》(上下二册)、《新文字冬学课本》、《陕北话的新文字课本》、《新文字论丛》各一本,请查收、指导、批评,并望把你们的出版物相交换,让我们今后彼此取得密切的联系!

此致

民族解放的敬礼!

陕甘宁边区新文字协会
吴玉章
一九四一年三月八日

(《晋察冀日报》1941年6月15日)

灵寿青救号召:儿童岗哨速送本报

傅学

【本报讯】六月四日灵寿县青救召开儿童扩大干部会议,传达北岳儿童工作会议之决议,并讨论决议今后工作及当前儿童夏令营的举行诸问题。大会共开二日，最后大会提出拥护边区的喉舌、边区人民敬爱的文化食粮——《晋察冀日报》，特别提出决议，号召全灵寿儿童岗哨迅速转送《晋察冀日报》。

(《晋察冀日报》1941年6月17日)

蓬勃开展部队文艺工作

军区政治部增设文艺工作科

各分区文艺小组亦甚活跃

朱汉

【本报特讯】自中共中央文委暨八路军总政治部关于部队文艺工作的决定发出后，军区政治部即进行□设文艺工作科，以开展军区子弟兵中的文艺工作。经长时间的筹划，文艺工作科现已正式成立，委任黄天同志为科长。黄天同志原为军区政治部文化娱乐科科长，对部队文艺工作当有经验。闻该科将编印一文艺刊物，专门反映军区子弟兵的战斗生活。现各分区文艺工作亦开始活跃起来，×分区文艺小组已成立，该分区政委刘道生同志很爱好文艺，首先踊跃参加该小组学习写作。×分区青年诗人魏巍同志，近作三千余行长诗一首，各方颇有好评。今后军区子弟兵中的文艺工作，当有更蓬勃的展开。

(《晋察冀日报》1941年6月18日)

边区艺术界加倍紧张　筹备庆祝艺术节

《晋察冀画刊》于"七一"创刊

朱汉

【本报特讯】边区第二届艺术节即将到来，边区艺术界正积极筹备举行盛大庆祝。本报记者连日走访各艺术团体，得悉联大文学院各系、文工团各艺术工作部门，正进行创作突击运动，并联合排演苏联名戏剧家 N. 包哥廷纪念苏联十月革命的名剧《带枪的人》。此剧由文学院戏剧系负责人崔嵬同志及文工团团长丁里同志等导演，该剧主角雪特林亦由崔嵬同志亲自担任。军区政治部抗敌剧社排演汪洋、萧紫诸同志的集体创作四幕剧《大龙庄》。边区各协所发起的创作运动，正在积极进行。延安抗战文艺工作团鲁藜同志最近完成一五幕剧《雪》。诗人田间、林采各完成千行长诗一首。文艺作家访问团杨朔同志正在写一中篇小说，不日即可完成。军区政治部与边区美协合办一画刊，定名为《晋察冀画刊》，亦决定在艺术节创刊。内容有摄影、漫画、木刻等等，实为今年敌后艺术运动中的宝贵贡献。

（《晋察冀日报》1941 年 6 月 18 日）

庆祝边区文联成立

边区文化界抗日救国联合会（文联）成立大会，已于本月十六日开幕了。从此，由于它的成立，边区文化界的斗争力量将更加集中，他们的战斗步伐将更加统一，这对于与敌的文化斗争和边区的文化建设，都有着极重大的意义。

　　将近四年来，在此残酷的敌后，边区文化界同人在各自不同的文化部门和岗位上，曾经与敌人进行了艰苦的斗争，对边区的文化建设进行了不倦的努力，将敌寇欺骗、造谣、麻醉、奴化的阴谋企图和活动不断予以粉碎，使这在文化上原较"落后"的边区人民，他们的文化程度飞快地提高起来。边区文化界同人的这些斗争和努力，曾经提高了边区人民的民族自尊心与自信心，激发了他们高度的抗战热忱，使他们勇敢地走上抗战的□个战线，与敌人进行了和进行着猛烈残酷的战斗。

　　边区迅速地发展和巩固了，目前，它已经成为华北抗战的强固堡垒，敌后的模范抗日民主根据地。唯其如此，敌寇之谋我边区亦更为加紧。它进行着恶毒的所谓"治安强化"运动。这表现在文化上，是：加紧到处进行其反共、灭共的宣传，提倡封建的落后的顺民主义，麻醉、欺骗，灌输奴化思想，以图达到消灭我人民抗日的民族意识。

　　针对着这个，我们就应该在文化战线上更加妥适地布置开我们的兵力，统一我们的指挥，向敌人猛扑过去，打垮他的文化进攻，粉碎他的阴谋毒计。同时，在边区这个新民主主义的地区，在文化上，我们自然还应该更加大踏步前进，更加健全与灿烂地建设我们的新民主主义文化。这是边区现实向我们文化界同人提出来的要求，需要我们文化界同人的回答。今天，文联的成立，就是对这个要求满意地回答的头一声，因为它就是我们文化战士们进军的指挥部，文化工作者劳动的集合场！

　　而且边区所进行的文化斗争和文化建设的意义还不只此。今天在我国大后方，亲日派、反共顽固派们正卑鄙地进行着摧残文化的勾当。他们拘禁前进青年，逮捕进步学者，封闭进步书店，查禁前进刊物，提倡封建落后思想，进行反共分裂教育。一言以蔽之，他们正在狂烈地进行着奴化的愚民政策。在此情形之下，边区进步的文化建设，自必能给亲日派、反共顽固派们此种文化上的倒退行为以严厉揭破与打击。那么，今天文联的成立，也正是更进一步地向亲日派、反共顽固派们宣告：任凭他们怎样竭尽心力地摧残进步文化，而处于敌后的边区文化人，□□在□他们不可分割的团结，齐心协力地从事着新民主主义文化的建设事业；而将来新中国所需要的文化，却正是这个，绝不是他们所垄断、推行的奴隶文化！

没有疑问，边区文联成立之后，边区的文化建设事业，必将放出更加绚丽的异彩：它必然能够使边区的文化运动，大踏步地、全面地开展起来；必然能够更加广泛坚固地团结边区的文化工作者，使他们更加齐整地站在一条战线上，向着一个确定的共同目标，一致努力；必然能够将全边区的各个文化团体，更加紧密地联系起来，统一步伐，集中力量，胜利地进行与敌寇的文化斗争和边区的文化建设；必然能够大量地培养出新的文化干部，大量地组织起文化生力军，扩大我们的文化部队，提高和充实我们的文化战斗力。所有这些，是边区目前所迫切需要的；而文联，这个集合边区文化工作者力量于一起的组织，亦自必能胜利达成这一重大任务！

今当边区文联成立之始，我们对它表示热烈的庆祝，并预祝□将来工作之完全胜利！

（《晋察冀日报》1941年6月20日）

高尔基逝世五周年　延安文协举行纪念会

【新华社延安十六日电】国际伟大作家高尔基逝世五周年，延安文艺界抗敌协会，定于本月十八日下午假文化俱乐部举行纪念会，□请欧阳山同志报告高尔基生平，萧三、周扬同志报告其文学活动诸问题，并同时筹备一小型展览会，陈列与高尔基有关之中外材料多种。

(《晋察冀日报》1941年6月20日)

统一文化运动领导

边区文联正式成立

代表大会于十六日隆重开幕　成仿吾、常青同志均莅场指导

磊

【本报讯】边区文化界抗日救国联合会——文联成立代表大会，已于本月十六日上午隆重举行开幕典礼。到边区各文化团体（文救、各协会、剧社等）代表三十二人，边区文化界先进及党政军学各界来宾十余人。大会向抗战四年来文化死难烈士哀悼致敬后，即推举成仿吾、常青、沙可夫、何幹之、周巍峙、邓拓等十五人为主席团，张君朴、田雨等同志为纪录团。首由主席沙可夫报告文联成立的意义，称：边区文联的成立，主要□统一边区文化运动的领导。接着成仿吾同志对文联提出以下希望：（一）全面地开展边区文化运动；（二）团结全边区文化人；（三）领导与联系全边区各种文化团体；（四）培养新的文化干部。接着由常青同志讲演，深切指出，边区文联的成立，即是向敌伪、亲日派、顽固派宣告：边区文化力量是统一而不可分割的。何幹之、杨朔等也均向大会及边区文化界提出各种意见。

大会决议通电
抗议反共顽固派摧残文化　欢迎文化知识分子来边区

临时动议时，田间同志代表边区文、音、美、剧四协会及文化俱乐部，提议大会发电：（一）抗议反共顽固派摧残文化；（二）欢迎边区以外的文化人及青年知识分子来边区。全场一致通过，电文由主席团负责起草。最后大会宣读陕甘宁边区文协及延安抗战文艺工作团及边区各文化团体的贺文后，即进行午餐。下午成仿吾同志作目前政治形势及文化运动的报告，沙可夫同志作文艺运动的报告。大会日期共为六天，现正按照大会日程进行中。

（《晋察冀日报》1941年6月20日）

高尔基逝世五周年　全苏举行隆重纪念

莫斯科民众参加者达二万人　《真理报》特为撰文

【（本报特译）莫斯科十八日塔斯电】为纪念高尔基逝世五周年，苏全国各俱乐部、各文化、各科学机关均于同日举行热烈纪念仪式。全国剧院亦于十七日同时公演高尔基氏剧作。全国戏剧工作者届时并举行盛大之纪念会，参加者有各地之文化人及科学家等。此外则列宁格勒、明斯克、巴库等各大城市，均有同样纪念仪式之举行。莫斯科之现代作家会、科学院及艺术协会则定于今日（十八日）举行隆重之纪念典礼。高尔基之生活与作品之展览会亦已于日内于各地同期开幕云。

【（本报特译）莫斯科十九日塔斯电】昨日一日内，全苏联各地均举行热烈的高尔基纪念仪式。在莫斯科的会上，参加民众达二万

人，作家耶洛斯洛夫斯基及加西尔诸氏出席开发言云。

【(本报特译)莫斯科十八日电】《真理报·纪念高尔基逝世五周年（社论）》节录如下：

俄罗斯文坛上的宗师，艺术界的明星，工人阶级最亲密的朋友，社会主义忠勇的斗士——高尔基逝世五个周年了！这座俄罗斯文学史上的巨□，他的名字是与普希金、莱蒙托夫、果戈理、屠格涅夫、托尔斯泰一起矗立着，如一座巍峨的大石，覆盖着这整个人类的社会。他的声音，如一面洪钟，响彻了全俄，响彻了这整个宇宙。

他为着在我们这美丽的国土里，建造出一个空前伟大的新的生命，而热情地，不惜牺牲一切地在战斗，在与列宁和斯大林的党，荷着他无比的天才，齐肩并进着。他不息地用对他的敌人的"恨"，去反映、去烘托他对群众的无边的爱。他的敌人们——群众的敌人们，为着他的无情的打击，而战抖着，然而却阴谋地窥伺着他，终于他们用了极卑鄙而带着铜臭的手段切断了他的生命。

高尔基不再于人间与我们同在，然而他不朽的作品却继续在鼓动着全世界人们的热情，□□他们为劳动阶级去奋斗。高尔基的肉体是灭亡了！然而作家的、社会主义斗士的高尔基却是永垂不朽的！

(《晋察冀日报》1941年6月21日)

边区文化界首代大会闭幕

通过纲领章程提案　选成仿吾等为执委

田

【本报讯】晋察冀边区文化界第一次代表大会，于本月十六日正式开幕后，大会热烈讨论文联工作纲领、组织章程，并一致通过。

大会讨论的重要提案有：开展文艺创作运动，开展文艺批评，开展乡村艺术运动，加强出版工作的建设，加强文化工作者的理论学习及深入实际工作，有计划地推行新文字运动，建立文化实验县，号召进行文化运动周，创造模范的文化工作者，开展部队文艺工作，等等。大会并推选成仿吾、沙可夫、常青、邓拓、何幹之、潘自力、周巍峙、叶正萱、史立德、王林、罗东、田间、沃渣、丁里、卢肃、金肇野、陈山、黄天、崔嵬、杨朔、雷烨、梁斌为执委，孙犁、周而复、冯宿海、赵化风、汪洋为候补执委（候补执委原定两人，因边区地区广大，常委会提议增加再次多数票三人为候补执委，将由执委会追认之）。执委会推选沙可夫（主任）、罗东（组织）、周巍峙（宣传）、常青、史立德、叶正萱、金肇野、沃渣、田间为常委。

大会纪念高尔基、瞿秋白

六月十八日举行高尔基、瞿秋白纪念大会，情绪至为热烈。此次代表大会，正如常青同志在闭幕词中所说，这在边区文化运动上有非常重大的意义。大会充分地表现出边区文化工作者之团结与战斗的精神。

(《晋察冀日报》1941年6月22日)

冀中土货展览会纪实

石伟

接到了冀中土货展览会的通知，怀着异样的欢欣，踏过一道街路，随着人群，卷进了会场。劈头便看见了"纪念五卅把仇货打出冀中区"的标语，穿过人丛，向展览室跑去。

大概是屋子里摆不下吧，廊子下也布置着展览品。这种是布匹类。紫花的、花格的、花条的都有着新颖的花纹图案，这都是我们妇女同志精细研究的织品。

屋子里还有更多的东西，在吸引着我们赶快跨进门去。这是一座宽敞的屋子，中央和四周都摆满了，当空还飘挂着许多□品，五颜十色，像一座百货商店。不过不同的是，那是帝国主义经济侵略的魔窟，而这是伟大人民艰苦创造的检阅。

大家的目光，不停地在每件展览品上流转着，也不住地因惊喜的心情而发出喝彩声，屋子里充满了愉快。人们背挨背地挤着，擦着热汗。我们看见武强互助工厂的毛巾，非常细软、便用。晋深极利民工厂的背心，织得既坚实美丽，价格也很便宜，上面果然标明有人订购了。同志们也在那里纷纷订货。走到北面的桌子前，更有许多新奇的发明。安平的植物油灯，利用了物理作用，点起来非常光亮，而且没有煤油灯的黑烟。卡片上说明三两麻油可以代替二两煤油，如果推广起来大可省下一笔大款项，而且将来煤油的益加困难是必然的，现在正可预先准备。再北面陈列着各种文具，定南、博野、安平的粉笔、油墨和深北藁无的纸，都是经各方采用着有声誉的。最出色的要算宁晋的麦秸纸，细韧光滑，略如米色道林，钢笔可两面书写。据联合社赵同志谈，这可以代替报纸，无疑这是值得奖励和推荐的发明。饶阳的自来水笔，同样是值得提出的，银白的笔杆，非常雅致，除了橡皮管外，都是我们的银匠同志的手工，而且写来光滑如意。据说这种笔已经普遍到饶阳全县了，这东西推广仿造起来，又是杜绝经济损失的一件利器。货品太多，不能一一细谈了。将出第一展览室时，又看见安平民兵工厂自制的迫击炮弹和爆炸□等，这便是我们各地民兵经常袭敌的武器。我们不但在日用品方面得到了解决，杀敌武器也有新发明呵！

还没有走到第二展览室，就听到里面有哗啦哗啦的声音，原来这是久已闻名的两架纺纱机。安平的一架脚蹬机，一人管理一次可纺十六支线，每天可纺二斤；定南的手摇纺纱机，二人管理可纺六十支线，每天可纺八斤。这种机器在乡下说来，那简直是创见，无怪许多妇女同志都看呆了，一位老太太说："我纺一个月还赶不上人家纺一天呢！"真的，一个最勤快的妇女使用旧纱车，一天才纺三两纱的成绩啊！这两架机子的重要机件都是利用废物——自行车的废轮盘链子——来做的。据说现在正大量制造推广中。南边放着一架束鹿的小型的风力弹花机，较旧式的弹得特别细致，而且□力较少，一个大点的孩子也能管理得了。

出门后，遇见行署实业科张科长，他说这个展览会准备时间很短促，只是附近几县的出品。今年十月间，要开全冀中大规模的展览会，那时还要热闹好几倍呢！

我深深意识到我们民族创造力的伟大，今天我们看到自己土著工业在滋长，也看到仇货的厄运了。

六月三日

（《晋察冀日报》1941年6月22日）

"治安强化"舞台的台上和台下
——巡行完、望、唐、定、曲所得

本报特派记者　沈重

从三月底开始，华北以王揖唐为首的汉奸们在日本军特务机关主□之下，大擂大鼓地演出了一出新剧：治安强化运动。

所以"华北现在，以彻底治安强化为施政第一要义"的缘故，据说是"以激扬民众热望太平情绪，促成官民一体，协力而实现地方彻底的明朗"。——日本军和汉奸们在伪《河北日报》上是这样地互相呼应着的。

为了"实现地方彻底的明朗"，□河北：伪省长吴赞周以下纷纷率队出巡，检阅防共自卫团，伪报纸电台大声狂吠，特务、汪派则从中摇旗呐喊。

这里，我愿意把我们在完、望、唐、定、曲地带采访所得到的关于"治安强化"的情形报道给读者。

一、台上

我想，为了使读者更易明了这出戏的究竟，首先把出演的角色们及其拿手的戏介绍一番，这是必要的。

主角：治安强化本部 ⎰ 组织 ⎱ 伪省长吴赞周（旧军阀兼地痞）——伪
（大花脸）　　　　 ⎨ 指导 ⎬ 保定□
　　　　　　　　　　⎩ 宣传 ⎭ 尹冉杭（新民会负责人）——各伪县
　　　　　　　　　　　情报　知事

——以上的牵线人：边渡辅助官，铃木机关长，小泽特务机关长

军事"扫荡" ⎰ 日本军　⎱
（二花脸）　⎨ 伪治安军 ⎬
　　　　　　⎨ 警备队　 ⎬
　　　　　　⎩ 警察队　 ⎭

兼管 ⎰ 屠杀、奸淫、捉人勒索钱财
　　 ⎨ 强盗
　　 ⎨ 三分之二的无枪流氓　属于日本顾问
　　 ⎩ 税收中饱、鱼肉乡民

——以上的走狗：特务队、情报员、密探、汪派、托派

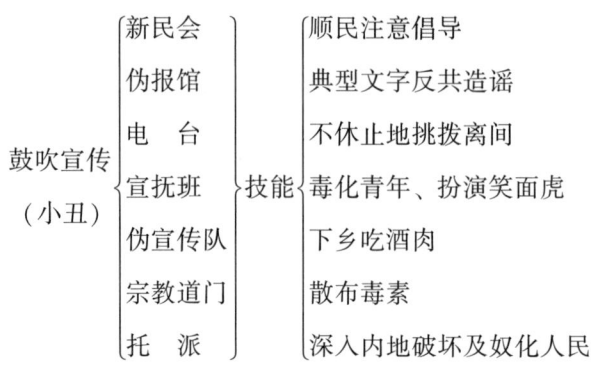

——以上的监督：日本顾问

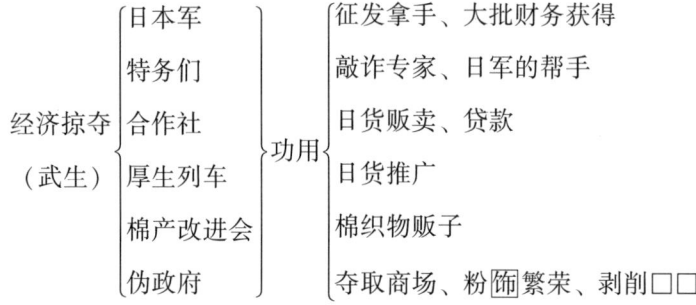

$$
\text{人力掠夺}\atop(\text{彩旦})
\begin{cases}
伪治安军——每村迫征二名\\
满洲劳工协会\\
满洲坦久公司
\end{cases}\text{欺骗地招兵}
$$

——以上的鼓动保证者：新民会

——一切以上的走卒：伪保甲长、伪村长、自卫团、青年团、妇女会等

在以上这些"英雄"们的大合演下，他们演出了三大幕杰作：

第一幕曰：巩固占领地，加强与扩大统治面。

第一场："强运"以来敌寇所急欲办成的就是普遍在其统治占优势地区建设保甲，组织或加强自卫团。这首先是调查户口、要名册，有的地方还要拍"全家乐"的照片，一切修路、挖沟、守路、情报、防共都由自卫团担任，"皇军"可以无忧矣。

第二场：在据点附近。近日来，敌寇大量修筑堡垒，有许多是新添的，不说旁的地方，就拿定北县来说，它就增加了东市邑、西南左、宣村、燕家匠、东□等八个据点。铁道和汽路两旁正加紧挖沟，阔一丈二，深一丈二，像望都的路沟已挖至一丈七尺阔，一丈七尺深，地下水都挖到半身高，加之每十五分钟必从铁道房子里放出一只狗或自卫团来互相联络，每至夜间，铁道上的人声吆喝，灯影摇曳，极为热闹，过路人插翼难行。敌人还在各地□筑汽车路，如望都召庄至田家□及□现之公路已经完成，长早至黄庄与望都至砖路的汽车路正计划进行……敌寇对于这工作是向来不倦怠地进行着的。在完县，敌人近来强迫各"爱护村"民众大修围墙，式样等都由日本人规定。如此，则到处可以做临时据点了。

第三场：用军事"扫荡"配合特务工作：围村、抓人、建立关系，扩大"爱护村"。"强运"以后，游击区的敌寇"扫荡"是更加频繁了。四月份只定北县敌寇出扰了一百五十二次，围村四十五次，出扰的目的一方面固然为了巩固其统治造成恐怖局面，但主要的是为了围村大□捉人。捉人的对象当然最好是青年，如捉不到青年，凡老头、孩子、妇女、牲口等等也要。捉去以后或敲打或奸□，总得你村里送钱去赎并答应建立关系，做敌人的"爱护村"，才能出来。有的村子倔强些，他们也把人放了，但每天去那个村子抓人扰乱，非到你做了敌人的"爱护村"不息。现在敌寇扩大"爱护村"同往前不一样，从前光看数目字，今天则是"步步为营"，扩大一个巩固后才再扩大另一个去。对个别被抓去的人，则软硬并施，非等到跟敌人建立特务关系不可。抓去我们干部，则以□□为多，而且极力秘密快放。

第二幕曰：疯狂掠夺。

第一场：经济方面。定县一个伪军用鬼脸向老百姓说："这回咱们下乡不捉人了，这回要发财了！"敌寇、汉奸要发财是真的，每次下乡，至少总得带几大车的财货回去。凡是衣服、农具、破铜烂铁、牲口等等都一概没有□下。定县庄头村（一五〇户）在□□□□受三万元的损失。定县三月份被敌人拉去大车一百二十一辆（请相信不会是空的），牲口一百三十四头，烧房子九十九间，其他损失更是数不胜数了。可是那个伪军诉说"不捉人了"的话却是假的，而且相反，捉人正是敌伪寻钱的好办法。被捉的人的□□是从千百元到几块钱都有☑分而定。敌伪想钱的办法是□□□□□！派夫来迟了或"不出力"要罚钱，完县县城附近少了四根电杆要罚二千五百元，调查户口一次要吃喝费二百元，捐款随时勒索，每月支应费五百元，缴赋杂税数也数不出名儿来……这样，像完县下叔、□城一带村开支每天就非在五十元以上不可。伪政府呢，它是一面堂皇布告征收田赋，一面夺取市场，如望都敌伪在召庄设立市场，逼令附近村庄不准开集，老百姓不来，就到各村强逐人们去赶集。新民合作社和厚生列车往乡村里大批倾销日货，推广棉种，以备在棉花□时大量低价掠取。最近敌人又要开采□山煤矿了，敌人对于我们的富源是一点一滴都不肯放弃的。

第二场：人力方面。敌人抓去青年名为受训，实则送去当兵，"治安军"向"爱护村"每村索人二名，每村每天被叫去挖沟、看道等差役的平均不下五十人，而驱使人当炮灰去的最妙办法是以招劳工为名的招兵法，并许"工人"□□女人——那真是最便利"皇军"们解决性欲的手段。

第三幕曰：欺骗宣传，诱降反共，怀柔毒计。

第一场：翻阅敌伪报纸一看，从头到尾，不管他字面上说的什么，归根到底，总是一句话：破坏团结，诱降反共。敌天津陆军特务机关长在四月八日伪《河北日报》上说："吾人之□厥为共产党，势不能一时忽疏。"敌伪一切宣传破坏的中心环节，就是反共！一切流氓、托派、奸细等更到处乱叫：什么"汪精卫不是汉奸，不过是借日本的力量打日本，一样抗日""八路军要征大兵，开到华中帮助新四军打仗去了""统累税是要重征公粮以做开到华中去的路费，每人只剩一石八斗，其余都拿出来"等等，真是丑态百出。

第二场：敌寇为了提高伪治安军的威信，特地宣传："日本军要走了，让给中国人了。"（实际上他们要□进南边），在定县西安车站上故意让伪治安军装作打日本兵，老百姓进出城都由伪治安军保护，日军捉住人也只要伪治安军讲一句话便放了，敌寇企图骗取老百姓相信伪治安军，以达到"以华制华"的毒计。

第三场：但最毒辣的手段还是它的怀柔政策。他们捕捉大批青年、小孩去受训，像望都在四月份就抓去三百二十三个青年与儿童。他们还不断召开伪村长、自卫团、青年团、保甲长等训练班以欺骗麻醉人民。他们日常间或施□小惠：厚生列车上卖一点便宜货，敌据点附近进行□井种棉□□（汉奸作保才能得到），□生治病，给□糖吃，等等。

二、台下

□□□汉奸等那些"英雄"们在舞台上下□，□□群众的人□今天已经□□□□恶极与艰苦的了。

在敌寇挖沟、修路、筑堡垒……的场面底下，老百姓不知有多少万顷的良田美□被损毁了，望都北岗村一家有三十三亩地，被敌人挖沟□去了三十二亩，这家只得去到处讨吃。像这样的人家在铁路附线是不少的。

许多游击区的人民晚上都不在村里睡觉,有的每天到十里外巩固地区的亲戚家里去,有的是睡在河滩里。定北县的人民把毛驴也训练好了,日军一来,牲口笼头也不带(带了笼头牲口易被捉去)地就自动跟人跑了。虽然这样,老百姓死伤于敌手的也不在少数,四月份内只定北县就伤亡了一百四十八人,八百四十四人被绑走。

据点内及据点附近村庄人民的负担是极蹦苛重的,完县□乡三月份□均每亩地要被剥削二元七角(敲诈在外),望都敌占据点内人民每年每亩地平均负担要达三十元,其他各县敌占据点及其附近人民的负担都类似。在敌据点附近我们工作占优势的望都柳坨村一带的村民每年每亩地连公粮、公车在内仅只有一元四角的负担。这是不能比的。这也无怪乎敌据点内的士绅们来到柳坨参观时被感动得大哭,而对敌寇格外仇恨了。

是的,敌寇□□下的人民对敌人是无限仇恨的。他们热爱边区的抗日政府和英勇的八路军,他们把冀中的公粮运过来,他们把十来万宣传突击的传单带到敌人据点里去,以致望都苏家町的日军们看了大哭,四月三日两个日军从望都城墙上跳下来摔死,望都周家庄"望乡台"(堡楼)上的日军□□了,老百姓说:"七月七日,死了死了的……我们不如你的!"固现敌人叫伪军等八路军来了就报告,而伪军们说:"等八路军走了再报告……"

他们让敌人在唐县白沙检阅自卫团时只看到一个空场子,他们不愿受新民合作社的骗而把所发的棉种废了,当作肥料。他们掀起了游击区的破交、平沟的热潮,他们用无限被损辱者的恨怒配合着军队去打击敌人(附表),他们是在不倦地和敌人斗争着……

尾声——问:敌寇"治安强化"了没有?

答：绝对没有，而且他们是永远不能"治"和不能"安"的！

（附表）三月一日到五月十五日以来唐、完、曲、定北四县的民兵活动情况统计表：

名目 县别	破交		挖沟		平沟（数）	扰敌		破敌		联合部队作战		查获敌□人数	敌伤亡		□伤亡		□□
	次数	人数	道数	□数		次数	人数	次数	人数	次数	人数		伤	亡	伤	亡	
唐县	50	8742	□□1	2		16	190	9	291	10	496	11	1	2	□		战堡垒二，炮台一
完县	42	3991			10	61	368	□□			238				4		缴电线255斤，电杆20根
曲阳	6	9149			5	53	566	6	□□			4	□	1			□□92个
定北	55	1565			112	29	5□			57	□20	6			2	□	电线514斤，电杆41根，获甄4，铁□8根，自行车2架

（《晋察冀日报》1941年6月22日、6月24日连载）

晋察冀边区第二届艺术节宣传大纲

从第一届艺术节到第二届艺术节这一年间，边区艺术工作上所有的成功和缺憾，让现实自己告诉大家吧。

显然，我们必须指出一些重要的事件：在这一年间，文、音、美、剧协会共同发刊了《晋察冀艺术》《文艺报》，共同发起了鲁迅研究会、鲁迅文艺奖金、艺术创作运动，共同召开了"民族形式"问题的座谈会，共同讨论了部队文艺工作、文化供应工作诸问题，共同号召开展了儿童文艺运动、文艺批评，并共同号召反对国内顽固派、投降派所造成的反动事件——茂林事变，等等。此外：

文协：建立文艺小组、文艺创作会，加强文学顾问委员会的作用，普及鲁迅工作；开展墙头小说等运动，出版青年儿童文艺丛书、晋察冀文艺丛刊等。

音协：发动组织合唱队、音乐晚会，出版《晋察冀音乐》及歌曲，等等。

美协：计划美术工作队，开展木刻运动，出版美协画报及连环木刻图等。

剧协：号召创造模范村剧团，组织村剧团视察队，成立剧作研究会，注意领导街头剧运动，出版《大众戏剧》及各种戏剧研究材料等。

这一年间，显然的，边区艺术工作是比较走入正规化了，比较迅速、比较整齐地追随着边区新的现实情势，变着它的新步伐；而边区艺术工作者也更加团结和密切，即使在艺术问题的争论上，一般的态度还是严正的。这一年间，乡村艺术运动也特别活跃着，个别的剧团对这方面的帮助也更直接、更努力。这一年间，向伟大作家和优秀作家的学习工作也比较注意，几个剧社出演了《母亲》《婚事》《日出》《雷雨》《巡按》等。这一年间，联大文艺学院又培养了成群的新艺术战士。

但是，晋察冀在英勇地一日千里地向完整的新民主主义的政治生活、经济生活前进着，从这里生长着的新民主主义的艺术，还是萌芽，还显得很微小，很不足。

第二届艺术节，正是我们一面要祝福自己的节日，祝福自己用忠实、热情、毅力、责任感所战取的胜利；一面要检阅所走过的道路，所流过的血液，为着向灿烂而远大的前程突进。

在这个节日面前：

我们要看见中国共产党的神圣精神，它的正确的革命方向，它的伟大的战斗路程，它对祖国和人民的无限忠诚和热爱。"七一"，这是它的诞生的二十周年纪念日，纪念艺术节的同时，我们应该用最高最大的呼声歌颂它！

在这个节日面前：

我们要看见晋察冀军区——这铁的阵容的巩固和扩大。它是无数的智勇、无数的血堆积起来的，它是人民的救星和人民自己的战阵，它也是我们的艺术节的根源、背景、保姆。我们很光荣地以它的创造日十一月七日作为这个节期，在这个节期检阅我们的艺术——实际上，就是它给予的艺术。它的领导者聂荣臻将军及其同志们有着像郭如鹤、像夏伯阳那些革命英雄的心胸、意志，他们时刻地保卫着我们，保卫着真理的行进，保卫着艺术的繁荣……它的诞生的四周年纪念日快到了，和纪念艺术节的同时，我们应该用最高最大的呼声歌颂它！

不是简单地歌颂，而应该晓得拿我们的力、爱和生命献给他们。在我们的行动上献给他们，在我们的艺术上献给他们，在我们的艺术节里献给他们。

这正如我们必须用我们的艺术武器，随时随地地为边区的新的号召、新的建设而服务而斗争一样！

斗争更紧迫了，困难将来得更大了，胜利也将来得更大了。

我们已经坚持了四年的神圣民族自卫战争，在战争中证明了我们有最伟大的力量足以消灭进攻我们的敌人……我们一定要打到底，我们一定要不断地粉碎任何敌人的新进攻，我们也一定要不断地粉碎任何妥协投降的危机。今年的"七七"就是中华民族伟大的抗战四周年纪念日。无疑的，在这个节日面前，我们要唱出民族的精神！在这个节日面前，我们号召并实行：

——加强团结，粉碎敌寇的任何新进攻！

——加强团结，粉碎任何对敌妥协投降的危机！

所有的艺术组织（各大剧团、各村剧团、各文艺社、各文艺小组等），所有的艺术工作者，全力地、多面地、深深地准备我们的战斗吧！艺术节不是我们生活上空洞的和美丽的装饰，艺术节是我们的力量的汇合，我们的责任的更高的觉醒。因而，我们诚恳地希望着，我们热烈地希望着：

每一个艺术组织，每一个艺术工作者，有责任、有义务使每一个村庄都举行艺术节大会，将政治任务、斗争生活具体和生动地通过这个节日表现出来，使这个节日充分流露艺术的意义和社会的意义——它们的统一的意义。

每一个艺术组织，每一个艺术工作者，要真正检讨自己的艺术工作，自己的政治学习和艺术学习的程度，要回顾自己创作的情势。

每一个艺术组织，每一个艺术工作者要自动地主持或参加这时期的各个艺术座谈会、各种艺术研究会、各种艺术工作者联欢会。

让我们的艺术节活动在这节日里高度地动起来吧！

让我们的艺术活动在这个节日里疯狂地汇入一切斗争里去吧！

我们的口号：

全边区艺术工作者亲密地团结起来！

开展乡村和连队的艺术运动！

提高艺术工作者政治和艺术理论的学习！

为建立新民主主义的新艺术而奋斗！

用艺术的武器，顽强地打击亲日派、反共顽固派和托派汉奸无耻的走狗们！

中国共产党万岁！

中华民族解放万岁！

晋察冀边区万岁！

艺术节万岁！

（附申明）本文系在前晋南战局最紧张时期写成，现在时局各方面又有变化，故关于纪念抗战四周年一节的文字与《文艺报》刊出的不同。

晋察冀边区第二届艺术节筹委会

一九四一年五月

（《晋察冀日报》1941年6月25日，《晋察冀艺术》第17期）

"艺术创作运动"发起书

同志们：

我们的新的艺术节立刻就要来到了！

在这个艺术节的前夜：我们发起了"艺术创作运动"。

同志们！因为我们必须更进一步地、必须一直地将晋察冀伟大的现实生活报告给全世界、全人类；因为我们必须用大量的、进步的艺术品参加祖国的新的大战斗；因为我们必须利用自己的能力使丰富的现实生活变为我们艺术上丰富的财产。

勇敢地踏进这个运动吧。正视现实生活，反映现实生活；把握着科学的世界观和新的现实主义的创作方法；完成民族新形式的作品。

勇敢地踏进这个运动吧。——不要以为自己"不沾"，停止了勇气。那些对人类、对社会有贡献的艺术家和他们的艺术没有不是在英勇的、艰苦的、不断的实践中成长起来的。

使这个运动立刻地、猛烈地展开着，夺取我们每一分、每一滴的创作收获，拿这些收获献给我们的节日。让我们的节日多些血液，多些光彩！

晋察冀边区文、音、美、剧协会

晋察冀边区第二届艺术节筹委会

一九四一年五月拟

（《晋察冀日报》1941年6月25日，《晋察冀艺术》副刊第17期）

苏联怎样纪念玛雅可夫斯基

——译自英文《国际文学》（The International Literature）

徐□

关于今年苏联怎样纪念玛雅可夫斯基，我们现在还没有看到什么消息。本文所述都系指去年的事情，虽然它的时间性业已失去，可是在我们边区，这样的材料似乎不易多得，它还是有一读的价值。因此我也就把它译了出来，以飨读者。

——译者

一九四〇年四月已□，玛雅可夫斯基十周年逝世纪念日也到了，对于怎样使这位苏维埃时代最伟大最有天才的□人遗名不朽这一问题，也已在"苏维埃作家协会"常务委员会议上□出讨论过了。

委员会决议：呈请政府对于玛雅可夫斯基予以隆重的纪念，以表崇敬之感。国家文学出版所准备发行他的全集，计共十二卷，将于一九四一年出版，该出版所并拟出版他的选集一卷。苏维埃国家出版所将印行他的诗集，㘈分十五小册，每册分量以三十二页至四十八页为标准，同时埃西也夫的著名长诗《玛雅可夫斯基的现出》也将另成一卷付梓。这些集子□将以极大规模印行问世。

作家协会已委托"☒出版所"编印一部关于玛雅可夫斯基各种作品的插图集，这些插图是在不同的时期中陆续绘就的，这一插图集将简□总题名为《苏维埃艺术界奉献给玛雅可夫斯基》。

他的戏剧作品和□□说明书将于今年（一九四〇年）在舞台上演出及摄成电影。又拟于四月间为他举行一盛大的展览会，凡和他的生活与作品有关的一切有趣的东西，都将在那时陈列出来。作家协会并已建议：邀请著名作家和杂评家为他撰写传记，另由儿童图书出版所特别为儿童编印一种传记。此外，作家协会又呈请苏联人民交通委员会为玛雅可夫斯基印行一套纪念邮票。

（《晋察冀日报》1941年6月25日，《晋察冀艺术》副刊第17期）

晋察冀边区文联成立大会重要提案择刊

一、开展文艺创作运动

二、开展文艺批评

三、加强出版工作的建设

四、开展部队文艺运动

五、加强鲁迅图书馆的建设

六、欢迎各地文化工作者来边区帮助并开展新文化运动

七、组织文化考察团

八、如何加强文化工作者的理论学习及深入实际工作

九、如何加强文化工作者的组织教育

十、有计划地推行新文字运动

十一、创造三百个—五百个模范的文化工作者

十二、号召八一——八七为文化运动周

十三、建立文化实验县

注：各提案的理由和办法从略。

——编　者

(《晋察冀日报》1941年6月27日，"晋察冀边区文联成立大会特刊")

用我们的血和肉与反动势力战斗到底！

——晋察冀文联成立大会通电全国文化界

全国新文化战友们：

在革命文豪高尔基逝世五周年纪念日，晋察冀文化界代表从冀中、冀东、平北、平西、雁北、冀西、晋东北等地到×××召开代表大会，胜利地完成了建立边区文化界总的领导机关——晋察冀边区文化界抗日救国联合会。

现在，敌后的晋察冀边区广大人民文化政治水平的提高，村救亡室普遍的建立，三千村剧团的组成，今年七月艺术节，十几个脱离生产大剧团表演，文艺作品展览，创作运动初步总结，和这次代表大会重要决议等，都说明民主的边区文化建设成绩之一。文化人在边区受到党政军民的爱护、优待，给予生活、创作、出版、研究等自由，并帮助其完成文、音、美、剧等协会，新哲学、新科学、新法律、新文字等学会、研究会的成立。此乃说明民主的边区文化建设成绩之二。各级文救会三年来工作的伟大成果，使广大人民都过着文化生活。此乃民主的边区文化建设成绩之三。边区抗战以来的文化建设事业的突飞猛进，文化界更坚固的团结，发扬文化工作者抗敌建国的能力，与

目前文化界更进一步的严整,都说明了民主政治与文化建设,是多么密切的血肉相连的关系。

但是,当中华民族神圣的抗战事业进行到四年的今天,我们不独没有看到大后方文化事业的伟大建设,相反地看到了那里文化战友与文化事业的屡受摧残。这说明了恐惧光明的反动派们在阻止我们向抗战建国的道路的进军,而现在每个进步文化工作者身上的事业更□艰巨了。

大后方与敌后方,我们的文化工作者总的任务是一个:为争取抗战最后胜利,建设一个自由幸福的新中国。在此地——晋察冀边区我们已经获得了自由、幸福,而且用出我们的力量给国家与人民。战友们,让我们伸出手来紧紧地握起,为国家与民族的自由、幸福,反对一切摧残文化的无耻的反动行为,与反动势力顽强地斗争,要求实现民主政治保卫文化,保护文化人有爱国的抗日的言论、出版、行□的自由。让我们用我们的力量号召全国文化工作者、全国人民在抗战的政党和政府的周围,在革命与战争的大时代,用我们的血和肉,与黑暗的反动的旧势力战斗,战斗到底!战斗到获得最后胜利!

晋察冀边区文化界抗日救国联合会成立大会
一九四一年六月十八日

(《晋察冀日报》1941 年 6 月 27 日,"晋察冀边区文联成立大会特刊")

欢迎新文化战友到晋察冀边区来(通电)

为中华民族而战斗的新文化战友们:

三年前一个英国记者来到晋察冀边区,当他看到在这深远的敌人后方的土地上、在村庄上,孩子们都在唱着英勇的新的歌曲,他惊异了,好像在做一个梦。

然而这不是梦,是铁一般的事实。斗争前进了,晋察冀边区前进了;晋察冀边区今天已经是新民主主义的社会,我们伟大的新文化的社会基础生长起来了。所以,村剧团的普遍建立,老妇人上冬学,也很平常;农民的儿子进了联大,农村中传遍了《晋察冀日报》,也很平常;过去荒芜的河滩都栽起了树木呵……

作为新文化的灵魂——真理、创造、勇敢、战斗,在这里发展着。在这里中华民族的光明前途看到了保证。战友们!像在重庆连名戏剧家洪深先生也要自杀的事情,我们听到,不禁感到很大的悲愤,也更加热爱晋察冀边区和为晋察冀边区的新文化运动更加努力。

今天是晋察冀边区文化界抗日救国联合会的成立大会,大会上,我们庆祝我们已得的胜利,同时检阅我们所走过的道路。在胜利中,我们更不会忘记我们还很年轻,需要你们帮助,这个新文化的阵地也需要你们帮助。

为了巩固和扩大一个敌后的抗日根据地的新文化运动的胜利,战友们!让我们站得更近些,我们肩并肩地共同战斗吧!

大会希望国内自然科学家、社会科学家、艺术家、教育家、出版家、青年知识分子以及一切忠实于祖国解放事业的新文化战士们踊跃到晋察冀边区来,我们用最大的诚意和无限的热情欢迎你们到这里来。你们在中国新文化□□□□和为中国新文化战斗的坚决的精神,使我们敬仰,使我们相信你们会满足我们的热望。

晋察冀边区——这新民主主义的广场在等待你们,在呼喊着:

新中国万岁!

新文化万岁!

晋察冀边区文化界抗日救国联合会成立大会

(《晋察冀日报》1941年6月27日,"晋察冀边区文联成立大会特刊")

贺电择刊

晋察冀边区文联成立大会主席团转各代表同志：

晋察冀文联的发起与召集是我国敌后抗日民主根据地里文化运动史上的重举。他将促进晋察冀新民主主义的新文化的建设，他将更好地去揭穿、粉碎敌寇与汉奸的麻醉的反动的文化政策，他将更好地扩大与发展晋察冀文化战线而在广大敌后方放出文化的异彩！我们感到莫大的兴奋！因为我们的事业和你们的事业是一致的，是共同为着建设新民主主义的新中国的新文化而斗争。我们谨以兄弟的友爱祝你们大会的胜利和同志们的健康！

陕甘宁边区文化协会

延安抗战文艺工作团　贺电

在我们战斗的活跃的生活里，得到了愉快新鲜的消息——文联代表大会开幕了。

这里有一百五十个少年艺术战士，高举着双手，拥护你们的成功，我们深切地希望着大会给边区儿童文化运动开辟道路。

我们高呼：

边区文联代表大会万岁！

边区新民主主义文化万岁！

联大儿童剧团
抗敌儿童演剧队
火线剧社儿童队
拓荒剧社儿童队
前进剧社儿童队

前卫剧社儿童队

熔炉剧社儿童队

(《晋察冀日报》1941年6月27日,"晋察冀边区文联成立大会特刊")

晋察冀边区文化界抗日救国联合会工作纲领

(六月十八日文联成立代表大会上通过)

一、坚持抗战、团结、进步,拥护并彻底实行中共中央北方分局关于晋察冀边区目前的施政纲领。巩固与发展晋察冀边区。为建立新民主主义的新中国而奋斗到底。

二、巩固与扩大文化界抗日统一战线,团结全边区一切抗日的文化工作者及知识分子,争取与吸收游击区、敌占区的文化人与知识分子共同为抗战建国服务,展开对敌伪及一切封建、迷信、落后、反动的文化思想的斗争,为建设大众的、科学的、民族的新民主主义的新文化而奋斗到底。

三、发展与提高边区的文化运动,以及文化的各部门,如社会科学、自然科学、哲学、艺术、新文艺等。

四、加强全边区广大干部理论的学习和文化水准的提高。发扬文化各种问题的自由研究、自由讨论和建立严正的批评的作风。

五、有计划地提拔和培养新的文化干部。

六、普及文化到广大群众中去,深入乡村、连队、学校、工厂开展识字运动,及乡村文化娱乐工作,提高大众文化与政治水平。

七、广泛开展游击区、敌占区的抗日的进步的文化运动。

八、大量生产大众文化食粮。有计划地建设印刷出版事业,加强文化供应工作。

九、适当地改善文化工作者的生活与工作条件。

十、密切边区与全国各地文化运动的联系，互相帮助与提高，并欢迎一切抗日青年知识分子与文化人来边区参加新文化建设事业。

于民国三十年六月十八日

（《晋察冀日报》1941年6月27日，"晋察冀边区文联成立大会特刊"）

准备举行农产品展览会

边区政府准备今年秋后举行首届农产品展览会，这在边区今天的环境下面，是有着重大意义的。充分地准备这个展览会，使它得到预期的、应有的成绩和效果，这是给我们的一个新任务和新工作。

边区坚持敌后抗战四年来的农业生产，虽然每年遭受春旱，虽然曾经遭受了一九三九年的大水灾，遭受过敌寇无数次的反复"扫荡"、抢掠烧杀，虽然遭受了和遭受着敌人严密的封锁，很难得到外援，但它依然充足地供给了和供给着千百万军、民、学生及公务人员的食用。这比起天府之国、远处大后方的四川反而演出饿死人的惨剧来的事实，不能不说是我们山岳地区的小农经济生产上的旷古未有的奇迹。

这个奇迹是从什么地方得来的呢？

这一奇迹是依靠了边区党政军民的正确领导，各级干部的艰苦努力，特别是依靠了千百万劳苦大众爱护根据地的赤诚，因而一年比一年高地掀起空前未有的生产热潮，创造出无数的男女劳动英雄，发扬着优良的传统和创造着崭新的科学的生产技术而来的。这是边区人民的光荣，很值得我们自豪的。

但我们的生产任务还不应该停止于此,也不能停止于此;我们还应该继续不断地改良土壤、增修河渠、选择种子、改良农业工具、提高农业技术,等等,以求农业生产量之继续提高,军食、民食之更加充裕,军民生活之更加改善。为此,我们应将数千年的生产技术和经验,尤其四年来同敌寇残酷斗争中所创造出的新技术,严密细致地整理总结一次,总结出千百万从事生产者终身积累的片断的经验,总结出全体农学专家和富有经验的农家研究实验所得到的点滴的结果,把它们融化起来,从中抽出最进步、最优良的经验技术,再重新推广到生产战线上,交给千百万从事生产者去掌握运用。今年首届农展的主要意义,也就在这里!

从现在起,就应开始作展览会的准备了。各级干部和各界人民应深刻了解这次农展的重要意义,热烈准备这次农展。自即时起,按照边区政府所公布的展览品征集办法,准备出全边区农业生产各部门、各地区的优良作物品种、家畜品种、不同性状的土壤、不同形状的农具,以及公私团体实验机关或个人所研究的结果和成绩,从夏季起一直到秋季的农作物、蔬菜、果实以及病虫害标本。我们要把全边区所有的优良品种,以及有关农业生产各方面的事物,无遗漏地收集到展览会中来,分别门类展览品评,整理总结。

这次展览会中,将集合全边区农学家、实验家、劳动英雄及领导生产部门工作的干部,共同评定、共同总结,使这次农展在今后边区农业的发展上发挥它应有的作用。同时,它更将齐一步调,扩大实验研究范围,鼓动竞赛热潮,使边区农业一年一年地向科学的生产技术方向迈进,以至充裕地完成它保卫新民主主义抗日根据地的光荣任务。

这是一个重要的任务,也是所有边区各级干部和各界人民所应该负起的一个任务。边区各级干部和各界人民应对此及早准备,使这一次农展获得胜利与成功！

(《晋察冀日报》1941年6月28日)

新华书店晋察冀分店启事

本店近接延安总店来函云："……《中国青年》《中国妇女》《中国工人》《中国文艺》等四杂志，自五月□起停止出版。"本店自即日起，停止代订。所有以前在本店门市部订购该四种杂志之读者，欲改订其他出版物，或退还订金者，希于七月七日前来函通知（请注明订单号码），以清手续，而□业务进行是□。

新华书店分店启
门市部：陈庄

(《晋察冀日报》1941年6月29日)

新华书店晋察冀分店紧急启事

本店自创立后，承蒙各地同业踊跃代为推销，本店无任感激之至。自《晋察冀日报》委托本店发行后，本店即将批发条例通知各同业及各分销处，希各方依照办理。但近来有不少代售☑不预交保证金，并且扩大本店坏款，屡次催账不缴，以至影响营业，有碍本店发行事业的发展。兹将不能执行本店批发条例第四条者，于七月二日停止发报。各地读者如看不到报纸时，请向该地分销发行□□问询为荷。幸蒙□□，特此敬告。

(《晋察冀日报》1941年7月1日)

新华书店冀中支店成立启事

启者：本店为开展冀中新民主主义文化事业，供应冀中广大军民抗战精神食粮，几经筹备，今定七月一日正式成立。所有新华书店延安总店及晋察冀分店发行之一切书报杂志，本店均有出售。至本店发行冀中区之一切出版物，亦委托延安总店、晋察冀分店在该区域内出售。唯恐不知，特此布闻，尚希各界随时光临指教是幸！

(《晋察冀日报》1941年7月3日)

新华书店晋察冀分店启事

本店为使读者便利起见，特于本月在冀中设立支店，定名为"新华书店冀中支店"。凡本店以及延安总店发行之一切书报杂志，在冀中所辖区域内，悉归冀中支店发售。希冀中读者就近向支店订购为荷！同时为了使《晋察冀日报》今后在冀中各地分发数量平衡与普遍起见，所有冀中《晋察冀日报》原有订户一切来往手续，由八月一日起一律由冀中支店负责办理，特此声明。

新华书店晋察冀分店启
门市部：陈庄

(《晋察冀日报》1941年7月3日)

庆祝华北联合大学建校两周年

在中国人民热烈庆祝全民的最可自豪的七月节的时候，华北联合大学建校的两周年,给七月节增加了新的光彩。

我们要建设一个新中国,那是不仅必须有新民主主义的政治、经济,新民主主义文化教育的丰满的花朵也一定要到处盛开。在今天,要坚持团结抗战,要在敌后方进一步建设抗日民主根据地,没有大批的优秀的坚强干部,也是不可能的。中国共产党二十年来,不仅致力于中国政治、经济的改革,在文化教育战线上也取得了伟大的胜利,并且保存和培养了一大批文化教育工作的干部,把他们分配到各地为中华民族培养新的干部。特别是把他们集中地组织在几个教育兵团里,用最雄厚的力量,培养成千百万的干部,来保证抗战建国的胜利。这是中华民族最宝贵的财产之一,是民族的希望和光荣。

华北联合大学就是中国共产党中央所领导的文化教育战线上的主力兵团之一。

他产生在我们神圣抗战第二周年纪念日,他是伟大时代的伟大产物。由于中共中央英明的远见,把他的岗位指定在炮火最稠密、斗争最剧烈的地方,指定在模范的抗日民主根据地——晋察冀边区。这是联大的光荣,也是晋察冀人民的光荣。联大在万人仰望之下,从诞生之日起,就以英勇的战斗的气魄,开始了艰苦的三千里行军,到达敌后,马上展开了队伍,和华北人民并肩作战。

两年来,联大有了很大的发展。他高举着鲜明的旗帜,他反对敌人的奴化教育,也反对亲日派、反共顽固派的亡国教育,也正在为新民主主义的大学教育开辟道路。他坚持抗日民族统一战线政策,主张并实行思想自由与学术自由研究,他创造了一套新的教学制度与教学方法,实行了政治指导与教育作业合一。和中国的旧教育正正相反的,联大是实行抗日的、民主的、大众的、科学的新民主主义教育兵团,是自由幸福的乐园。正因为如此,他团结了和团结着全华北的知识分子,他欢迎抗日根据地区的和在敌人压迫下的一切抗日爱国的知识分子来学习。现在,这个乐园已经发展为三个院——文艺学院、教育学院、法政学院，还有两个部——群众工作部和中学部，正在筹设中的有理学院。他正向着正规化的道路迈进，中学部已经实行了初中三年、高中二年的学制，他已经成为"华北最高学府"了。

两年来的事实指明：联大的道路是中国新教育的唯一正确的道路，他的壮大再一次证明亲日派、反共顽固派所办的亡国教育的完全破产。事实也告诉我们：在敌后方坚持大学教育是完全可能的，而且是坚持敌后长期抗战不可缺少的一部分。

我们晋察冀边区的党政军民各界，在庆祝联大建校两周年的时候，特别感到兴奋。两年间，联大在边区的建设事业上所起的作用，是众人周知的。他为边区培养了几千个行政的、民运的、文化教育的干部，他推动了边区乃至华北的新民主主义文化教育运动，在边区的各种建设上联大都做出了伟大的成绩。

今天，国际国内的政治形势都处在新的时期，边区的建设和战争的形势也发展到了新的阶段，边区人民的责任更加重大了，联大的任务也就更加严重和光荣了。

我们相信：在"进一步建设联大"的口号下，联大全体教职学员必能更加提高联大，巩固、扩大与发展联大，创造出更大的成绩。而联大的发展，也就是干部教育事业的发展，也就会使边区的各种建设得到更新的发展，也就使敌后和全国的长期抗战的胜利得到更大的保证。全边区党政军民各界都热烈地庆祝联大胜利的两周年，并准备从精神上、物质上作更大的帮助，使联大壮大、壮大、再壮大！

我们相信：华北联合大学的旗帜永远是胜利的旗帜，因为他的领导是掌握在中共中央和毛泽东同志手里，掌握在北方分局和优秀的教育家成仿吾同志手里，而且，有着联大全体教职学员的努力和党政军民各界同胞的帮助！

（《晋察冀日报》1941年7月4日）

两年间，壮大起来了！

——关于联大文艺学院

沙可夫

大家都还记得，在我们到达边区正式开课的时候，文艺学院（原□文艺部）只有一个队，学员约百人，教职员也不过一二十人，加上文艺工作团，全院也不过两百人。从数量上说，并不多，但他们都是二千五百里"短征"的英雄，各方面经过一番锻炼的文艺战士。

大家也还记得，联大来边区的消息传播得真快；开课不久，冀中新世纪剧社与晋东北大众剧社争先开来了。这两个剧社的大小同志愿意全部在文艺学院受训。于是，我们的队伍立刻扩大了。

经过了第一次冬季反"扫荡"，由于我们坚持背上被包行军、放下被包上课这种"动的教育""战斗的学习"的精神；由于全体同志的努力，克服一切困难；由于成校长英明的领导，第一期的教育计划胜利地完成了。去年二月间第一批文艺干部便从联大文艺学院毕业出来，奔向华北敌后方文艺战线的各个工作岗位上去了。

消息传播得更广更远了。紧接着第一期的结束，冀中平西各地的剧社，如火线、挺进、抗战、先锋等等一个个都不远千里而来了。到第二期正式开学的时候，我们有三四百个学员，组成了三个队，同时从第一期的学员中我们培养出了许多教员及其他工作干部。我们的文工团也更充实起来了。在去年七月间大家热烈庆祝联大周年纪念的时候，已经看到我们学校、我们文艺学院壮大起来了。

第二期是去年九月间结束的。正要开始第三期教学工作的时候，又一次的冬季反"扫荡"来到了。不管敌人如何虚张声势，疯狗似的狂吠，说什么要"毁灭"边区啦，"根绝"八路军啦，结果，我们英勇善战的子弟兵及全边区人民终于击破了这次敌人的"扫荡"，取得了完全的胜利。边区不仅没有被毁灭，反而更巩固了。八路军不仅没有被根绝，反而更强大了。我们联大、文艺学院的同志们又经过了一次反"扫荡"战斗的锻炼，变得更加坚强了。反"扫荡"一结束，我们的教学工作以新的姿态又正规地全面进行起来了。

第三期正式开课是在今年二月间，先后成立了两个队，教职学员合起来××余人，整个剧社开来受训的有：前进、国防、拓荒、洪炉、抗敌儿童演剧队等，部分抽调来的有西战团、抗敌四分区火线、七月、冲锋、战线等。此外，不少是从地方上来的青救县区级宣传工作干部与文救县区级干部，合组成一个队。

这是多么可观的阵容啊！这××个青年文艺战士每一个都充满着生气、力量——克服一切困难、战胜任何敌人的力量！他们今天虽然还没有熟悉以至把握文艺的武器，但经过一个时期的培养与提高，经过将来在实际工作中的锻炼，只要他们把握住正确的政治方向□□为抗战建国服务，一定能够成为坚强的文艺的战士与指挥员的。

两年间，我们联大，我们文艺学院，壮大起来了！全边区以至于全华北敌后方的文化教育军队、文艺军队，也壮大起来了！

（《晋察冀日报》1941年7月4日，"华北联合大学建校两周年纪念特刊"）

关于文艺小组的杂谈

一、班或排

文艺小组在整个边区的文艺事业里，就等于一个大的钢铁兵团里的一个班或是排，大机器上的坚强灵活的螺丝钉，有自己的阵地和迅速向前转动的任务。

二、集体主义的特色

以前的文学，多半是个人的，以前的作家多半爱好个人主义；现在的文学事业是集体的，作者要向集体主义奔跑。学习讨论上是这样，创作上也是这样。文学事业是抗战事业的一部分，我们的文艺小组有这个特色，自认是光荣的。

三、学习

以前的作家，多是炫耀自己的才华学识，秘藏书籍，像武侠秘藏丹方和剑术，一有发现，连爹娘也不肯告诉。我们不然，自己知道，就要兄弟同志们都知道。临终时的师徒传受式也是没有的。而且，不是自己去闭门谢客的研究，是大家用集体的力量来发掘学识的宝藏。大事业都是用集体力量完成的，如北极探险、大运河、大水闸、集体农庄。但是集体学习的方式不是一个直线，一定是大家在一个目标下，分进合击。所谓集体，就是较好地分工，大家共同跃进，达到胜利的终点的意思。

举个例子，比如研究民族形式问题里的民间形式问题，一个小组里可能包括许多地方的人，你来研究你家乡的民间形式，他来研究他家乡的，然后总起来研究，便能对于民间形式有一个概括的又是具体的认识了。

四、创作

以前的作家，愿意一鸣惊人，秘藏词句，甚至写出东西来还想藏之名山，现在的作者都尝试用集体的形式写作品了。世界上现有和已经提起的集体创作的东西，已经很多了。

集体创作可以有种种的方式。

一种是从各个不同的角落、工作、环境、见闻来反映一个地方，或是一个时期的现象，有计划地布置分配稿件，再经挑选、编辑，完成一册东西。

例如世界的一日、中国的一日、冀中一日、联大一日便是。

一种是几个人讨论一个主题、一个题材，交给一个人执笔，完稿后大家再讨论修改。

例如抗敌剧社创作剧本，便常用这种形式。

一种是一个人写好一篇东西，在大家面前朗诵，请大家提出意见，然后修改。如果你向群众去朗诵，按照他们的意见修改，那就是你和群众的集体创作了。

这是最普通的一种方法。

集体创作不妨碍个人的创作，它帮助个人的才能向上发展。

别人的老婆好，自己的文章好，不听取别人意见，是一个作家最坏的习气。此风不可长，一定要克服。

五、墙报

文艺小组起码应该有一个墙报。文艺工作是用文字、出版来表现的，文字不发表，等于枪弹没上膛或没射出。写了作品不发表，是个坏毛病。

同时，墙报要贴到小组外面去，叫它和当地群众见见面。把墙报贴到房子里，自拉自唱，也没多大意思。墙报不单是我们的创作的表现，它本身还要完成那作品的任务。

稿子整理出来，可以寄给种种刊物，寄给边区文协文学顾问委员会，把小组的活动工作、经验，写成通讯，寄给《文艺报》。叫稿子行走起来，不要叫它老在你那"秘夹"里叫苦。

六、朗诵会

文艺小组可以经常举行朗诵会。关于名著的,或是关于自己的作品的,关于诗,或是小说。朗诵时,要通知当地的群众来听。这样,渐渐地用文艺的朗诵代替旧日的评话,用新文艺代替旧小说。这不只提高群众文艺的鉴赏能力,对于文艺的知识见解,还可把作品的内容传达过去,把文艺创作方法上的、形式上的一些新问题传达过去。

(《晋察冀日报》1941年7月5日,《晋察冀艺术》副刊第19期)

《五十年代》(介绍)

五十年代社编辑出版

新华书店发行

第一期五月间出版

弓

《五十年代》是晋察冀边区出版的大型文化艺术的综合刊物,它的内容的分量和延安的《中国文化》大致相同,可说是全国有数的进步、充实的刊物。

第一期,偏重了一些文艺的理论和创作。可是这些文章都有重要的、精彩的内容和意义。

例如克夫译的苏联 M. 魏丹松作的《列宁与文学遗产问题》,便是一篇难得的、宝贵的、及时的文献。

这篇文章,从列宁的著作里,搜罗并申述了那些论到文化问题、文艺问题的部分,还有别人关于列宁对这些问题的见解的回忆,例如克拉之、蔡特金等。

这是我们读过的记述列宁与文化问题的著作中最完整、最有分量的一篇。原文登在苏联《文学现代》上，《五十年代》第一期只登了一部分。

这篇文章对边区正在讨论和实践着的文艺上的民族形式问题、接受遗产问题，是最可珍贵，而最及时的指南读物。

其他文艺论著，有韩塞的《心理描写杂谈》、一田的《现实、反映现实》，都是比较通俗、透彻的文章，对写作者可以有实际的帮助和启发。

创作里面的田间的长诗《铁的子弟兵》，无论在反映边区丰富的现实上、在诗的力量及情感上都是值得推荐的。其他报告方面在边区也创造了进一步的收获。

研究中的何干之的《鲁迅的方向》，为中国研究鲁迅的力作。何干之同志用他的历史科学的学力来观察鲁迅的思想的发展，全文分成：一、医学维新；二、文艺至上；三、与中国国故派战；四、与欧化国故派战；五、从进化论到阶级论。论述精密，材料处理非常确当，透视了鲁迅的精神、道路的进程，并解析了中国当时的社会现象。

此文为何干之同志长篇《鲁迅研究》之一章，其他仍将在《五十年代》续载。

何洛的《易卜生在中国》，是中国研究易卜生的著述中相当完整，并且也是很有新的见解的一篇。易卜生是挪威大剧作家，这对于边区戏剧创作上接受易卜生的遗产也有向导的作用。

（《晋察冀日报》1941年7月5日，《晋察冀艺术》副刊第19期）

边区艺术界举行第二届艺术节

聂司令员号召开展部队艺术工作

【本报讯】边区文、音、美、剧各协会与文化俱乐部所发起与组织之晋察冀边区第二届艺术节，今年提早和七月节同时举行。七月一日至七日一星期为节期，现艺术节已正式热烈进行。节期内有大规模的艺术展览会，各种艺术表演（戏剧有边区大剧《溪涧与洪流》、苏联大剧《带枪的人》《巡按》等之演出，音乐有音乐晚会等），各种艺术座谈会（如部队文艺工作座谈会、艺术工作者联欢会等），艺术工作者各种集团的活动（如数千人的大活报）。《文艺报》亦出特刊，其他如美术工作队、诗会、战地社、文艺小组亦在会中活跃。艺术节纪念会大会于五日下午正式举行，大会推举彭真、聂荣臻、朱良才、吕正操、宋劭文、成仿吾、杨耕田诸同志为名誉主席团，推举沙可夫、潘自力、田间、周巍峙、丁里、罗东、黄天、汪洋、周而复诸同志为主席团。周巍峙代表报告开会意义，指出艺术节是边区艺术工作者的总检阅，为更新的胜利和任务而检阅，同时这正是边区艺术工作者更进一步的团结、互助、互爱等。聂荣臻同志讲话（大会热烈鼓掌），大意是：我们今天的艺术道路是新民主主义的艺术，几年来，边区许多艺术团体在这方面做了不少的工作，也有不少的成绩。艺术是活的力量，部队艺术是八路军的光荣传统，今天边区子弟兵也有很好的条件，加强子弟兵的艺术工作，也就是加强他们的战斗力，子弟兵需要很好地把握这武器，而艺术工作者也要认定自己的光荣职位，要在这岗位上不断努力，求得伟大的收获，那是要有十年二十年的功夫……吕正操同志亦谓：边区艺术的战绩是和边区建设的战绩分不开的，是一个组成的部分。今后艺术工作者要继续努力，更进一步地团结，更深入群众，更加紧反映敌伪奸细的丑态，要援助苏联等。沙可夫同志亦指出边区艺术的成就，同时还有许多地方急需努力（譬如创作方面），以求更大的胜利……讲话后，通过大会宣言等。晚上公演《带枪的人》。纪念会充分表现了边区艺术工作者的团结、兴奋的精神，无限的意义。艺术节于七日始闭幕。（文）

展览室概况

【又讯】此次艺术节展览室颇得观众称赞。第一展览室所展览之文艺作品有：诗歌三十一种，文艺杂志二十五种，歌本四十八种，连环画及画报木刻共四十一种，剧本一百九十二册。第二展览室所展览之美术作品有：木刻四十四幅，宣传画十五幅，漫画六幅，雕塑二十四个。第三展览室所展览的都是名作及边区文学创作会创造四十余种。第四展览室是摄影，里边有百团大战、边区民主建设铜版制造过程等照片千余张。（边）

艺术节宣言

今天，是边区人民自己的艺术的节日，人民有了艺术，有了丰富的艺术生活了！

今天，人民亲自检阅了边区艺术军的力量，艺术的工作，工作的技术和工作的产品。边区的艺术工作者向人民宣言：我们有决心，并且永远认定为人民服务是自己无上的光荣！

我们，边区的人民和艺术工作者，应该共同为我们的新的生活、新的联系和亲爱而感到骄傲。

而我们的艺术生活，不是凭空而来。

是因为有了共产党的领导，我们才有了民主政治；是因为人民的奋斗，我们才有了艺术的现实。历史上，只有共产党能使艺术繁荣滋长；只有人民才知道艺术的价值，而珍贵了自己的艺术。

回顾一下历史，再看看我们以外的地域吧！

在过去我们没有艺术，封建势力的统治剥削了我们的生活，也剥削了我们的艺术。

在日本帝国主义统治的地区，人民没有艺术，艺术在那里死亡了。

在顽固势力压制的地区，人民没有艺术，艺术在那里萎缩了。

我们应该保卫我们的艺术成果！

保卫和发展我们的艺术，保卫和发展边区，保卫人类自由幸福和新艺术的伟大的家乡——社会主义的苏联，保卫和发展民主政治、新的生活。爱护共产党的领导，是边区人民、艺术工作者共有的光荣的意志！

我们应该共同发扬这个意志！

而人民应该继续用自己的手创造艺术，实现"人民的艺术，艺术的人民"最高的理想。

人民万岁！

艺术万岁！

一九四一年七月一日

（《晋察冀日报》1941年7月9日）

华北联大师生热烈庆祝七月节

苏琪

【本报讯】华北联合大学为庆祝中共二十周年、抗战四周年及该校成立两周年，自本月一日起，即在该校举行空前热烈、隆重的纪念大会。计到党政军民各界代表、该校校友及全体教职学员共五千余人。大会在一致欢呼声中,通过斯大林、季米特洛夫、莫洛托夫、伏洛希洛夫、加里宁、毛泽东等同志为名誉主席团,成仿吾、江隆基及该校各院部处长、学生会代表等为主席团。成校长向大会数千人指出当前的三大任务:第一,坚决驱逐日本法西斯出中国,坚持抗战,反对反共,准备反攻实力。第二,加强中苏合作,反对一切反苏的阴谋。第三,和英美及一切反法西斯人士联合起来,反对共同敌人。接着有何幹之等同志讲演,该校各单位及校友向大会献花、献旗、献金、献词。最后大会通过宣言及慰问中共中央与北方分局电,致苏联人民书等。连日均有关于中共及抗战的重要报告,并举行各种座谈会,如妇女座谈会、学生会代表座谈会、士绅代表座谈会等等。并举行空前盛大的展览会、晚会、火炬游行。苏联名剧《带枪的人》,经该校文艺学院文工团月余的努力,已在大会第二日正式公演。此外,并有百数十人的歌咏大合唱——《中共万岁!》亦于第一日音乐晚会唱出。均博得全场一致好评。大会数千人济济一堂,情绪至为热烈。大会并发宣言,略谓:中共在廿年来的革命斗争中,特别是在四年来的抗日战争中,有着无比伟大的贡献。在中共及毛泽东同志的领导下,抗日战争一定会胜利的。其次指出:中国和苏联的利益是完全一致的,保卫苏联就是保卫中国和全人类的自由;我们要求政府当局和国民党中央迅速表示援苏的决心,肃清某些人物的妥协思想与反苏反共的成见。最后,该宣言并称:我们一定要更加积极地、进一步地建设联大,更多培养些坚强的优秀干部云。

(《晋察冀日报》1941年7月9日)

陕甘宁边区文协直属边区中央局及边府

【新华社延安六月十□日电】中国文艺界抗敌协会延安分会，过去本系边区文化协会之一团体会员，但同时又受重庆总会之领导。致工作之进行多所混同，加以最近总会大后方、敌后方文艺界同志多人转来延安，延安文艺界规模扩大，因而工作需要作进一步调整。今经决定，边区文协将由边区中央局及边区政府直接领导，工作中心在于开展边区文化工作。延安文艺界诸同志将团结于延安文抗分会之组织下，独立进行工作，直接受总会之领导。为了加强分会工作，昨日上午延安文抗分会特假文化俱乐部召开扩大理事会，□召全体会员大会，以便改选分会理事。最后决定大会于八月三日（鲁迅先生诞辰纪念）召开，并附有各种问题之座谈会及讲演，现正发动文艺界同志分头进行筹备。

(《晋察冀日报》1941年7月10日)

我们的献词

延安文协抗战文艺工作团

晋察冀军区是一首诗，一首美丽的史诗，一首战斗的史诗，一首历史的英雄的史诗。

呵！

敬礼！我们的时代诗人聂司令员，在你的诗篇里，我们看到希望，看到幸福与自由的萌芽，看到未来的新中国的曙光。

而，更使我们激动的，是看到子弟兵的生长。

子弟兵，已经成为人民的钢铁的子弟兵。四年来，子弟兵用自己的血，巩固与扩大了军区；子弟兵用自己的血，灌溉了新民主主义的园地；子弟兵用自己的血，创造了新民主主义的文化；子弟兵用自己的血，去锻炼自己的伟大的□格与魄力……

呵！聂司令员同志：

当我们见到你，在太阳落入长城外；或是，在太行山的黎明时分。你骑着马，率领了千百万子弟兵，在北战场上驰骋。我们的心跳动着，我们和广大的人民都欢笑着，都热烈地望着我们的队伍——子弟兵，和英明的领导者——你。

再没有比英雄自□唱出史诗更动人了。

敬礼！

我们的真理的英雄。我们的时代诗人！

当四周年的光辉的日子里，我们以我们的无限热情拥抱你。

（《晋察冀日报》1941年7月10日，《子弟兵》副刊第13期）

冀中文建会主办文艺干训班

现已有学员二百余人

【冀中讯】冀中区文建会为了加强各级文艺部的工作，在青纱帐期间培养一批新的文艺干部，特主办文艺干训班，在本月十五日正式开学。文艺干训班是冀中抗日根据地里第一个艺术学校。该校教育计划为四个月，史立德主任、梁文斌同志任校长，高铁英为教育处长，王林、刘光人、齐炎、洛品等任教员；政治课有《中国革命与中国共产党》《文化运动》等，艺术课有戏剧、音乐、美术、文学等，

共编三个大队,学员二百余人云。

(《晋察冀日报》1941年7月12日)

军区政治部召开部队文艺座谈会

参加讨论者二百余人

康桥

【军区讯】七月九日下午七时半,军区政治部特于边区第二届艺术节的最后的这一天,召开了部队文艺工作座谈会。计到会者有军区抗敌剧社、平西挺进剧社、抗大二分校文工团、各分区剧社及其他部队文艺工作者共二百余人。边区文联及文、音、美、剧四协会,冀中文建会,抗战文艺工作团,西战团等,均有代表列席参加。会议首由政治部文艺工作科黄科长作了一个四年来军区部队文艺工作的总结报告,旋即开始讨论,各来宾对部队文艺工作的作风、出版、研究以及其他方面,均提供了很多宝贵意见。最后,由潘部长作了会议的总结,他着重指出部队文艺工作的重要性,而且指示大家要彻底地坚决地去实现军区政治部关于开展部队文艺工作的决定;并阐明部队文艺工作者一切要战斗化、群众化,处处做人模范,以便更好地开展部队文艺工作。会议中间,还进行了朗诵诗、唱歌等节目。直至夜十二时,紧张进行的会议方告结束。此会议后,各剧社负责同志和文艺工作科又继续讨论了各剧社的具体问题。大家虽因多天的忙碌,都很疲劳,但仍然情绪紧张,注意力集中,实足说明文艺工作者的顽强的战斗精神。

(《晋察冀日报》1941年7月13日)

跟着聂司令员前进！

——边区艺术节演出之群众大活报

肇野

在"七七"大会的晚上，数千人火炬表演《跟着聂司令员前进》的大活报的举行，是边区戏剧运动向着高度的群众性的新的方向的发展。在内容上是丰富的、多样的，它表现了边区几年间在共产党和聂司令员英明的领导下的伟大建设，如惊人的一声炮火爆发了。这是象征着四年前的"七七"，到处燃烧起战争的烽火。中华民族已到了生死存亡的关头，先进的工人阶级在黑暗里站立起来，举着火炬向全国人民疾呼，指出了中国应走的道路，号召人民团结参加抗日战争。敌后的晋察冀边区便在中国共产党的正确领导下建立起来了，边区八路军粉碎敌人的围攻和"扫荡"，并努力生产建设，巩固和扩大边区，实行民主政治。这时，出现了女神似的角色，她歌颂着这自由幸福的愉快的新的土地，播散着鲜艳的花朵和人生最幸福的快活的种子。人民争着选举，满山遍野的狂欢，舞啊跳啊，歌唱啊！这是天上人间了，广大的人民爱这块土地，拥护边区和边区共产党八路军的领袖。他们更热爱着保卫他们的边区子弟兵，所以他们在聂司令员的号召下，踊跃参加子弟兵，从家庭里、田野里，陆续地、蜂拥地涌到抗日部队里来。千百万子弟兵和人民都愿跟着边区子弟兵的母亲——聂司令员向着新民主主义的新中国的道路上迈进了。在形式上，这个大活报已经跳出了仅限于少数演员表演的舞台，而利用了自然环境，表演出严肃的活泼的伟大的场面。同时使演员与观众融合在一起，观众也变为演员，过去参加实际斗争的战士，于今又是这出戏里的一个角色。全剧在山谷和河川上共演约一小时之久，声响、灯火配合自然景物和人影的流动，一场场仿佛电影似的在群众眼前一幕幕闪过，每个场面和每个人物的蹦出，跳动的断续的画面和跳荡的婉转的歌声，都给人们以一种新鲜的愉快的感觉。这一演出在边区是个创举，初步的尝试，它被人们赞赏着，基本上说已经是尝试成功了。

不过，我想提出一点意见，也许对这大活报的完整性有些补益。

第一，每剧应有一个中心内容，每个场面上都应表现出共产党领导的正确，和天才的英明的边区子弟兵领袖聂司令员在建设边区中的伟大的精神。《带枪的人》一剧，列宁精神在每场上的显露是很值得我们研究的。

第二，各个场面的连续性应加强，使得全剧紧凑、节拍谐和。同时在全场上应有一个中心，譬如这三个山头，但每场都显得单调偏斜了，应以一个做中心，其他辅助、配合，加强全剧的情调与氛围。

第三，战斗的一个场面没有分出我军和敌人来。春耕的队伍也显得稍长与时间过久，而且走向远方，是有些把力量分散了，也就显得不太紧张。

第四，火炬燃烧的计划性与组织性稍差，以及末场时全场应普遍地点起火炬，和狂呼造成最高的热潮。

第五，群众的表演应当使其尽情地狂欢，表现群众热烈的愉快的心情和伟大的力量。在许多的山沟点起火把，锣鼓打得响亮□，□的山摇地撼。群众的服装也应有更美丽的鲜艳的装饰。爱森斯坦所排演的《仲夏夜之梦》是可以作为此剧的参考。虽然因为物质条件所限，但应尽所有力量做到可能做到的"好"处。

第六，最末一场，当着聂司令员骑马雄姿出现的时候，应是多么庄严伟大的场面啊！要使用各种声响和火光来配合着，群众的锣鼓要打得更响亮哟！广场上的人们不应限制他们狂呼，而且要鼓舞各部分热烈地欢呼、叫喊。随着聂司令员的骑兵应多些，火把也多些，旗帜是要耀眼的鲜明。群众热烈地拥上前去。队伍从广场上那千百万人的面前慢慢走过，有组织地把这千万人编到队伍里去。点起鲜红的火把吧,尽情地欢呼吧,这是一支铁的雄伟的队伍,边区人民的子弟兵,跟着聂司令员向新民主主义的新中国迈进!

这一段是我个人看过这大活报的感觉。我觉得边区这新的创造也正在研究,因此便提出来我参加研究的一点意见。

群众剧在任何一个革命斗争中都有他重大的政治意义,抗战以来还不多见中国群众剧的产生。这次边区应是新的创造,而且演出上已获得了很好的成绩,所以特别提出介□和请求边区戏剧工作者共同加以研究和推进。

(《晋察冀日报》1941年7月15日)

完县群众的文化生活

胡名

完县的乡村救亡室,远在一九三八年的民众教育馆时代,就开始建立,但仅限于四区的部分村庄。后来又由华卫会和宣教会领导,但只是一个名义,而没有工作。

在去年秋后随着文救会组织的健全,以及决定民校由救亡室领导,遂以文救为中心在冬运委员会的名义下,在各区村建立了一六四个救亡室。

这之后,各村写墙报、标语、识字牌,取消路旁厕所,全村大扫除。虽在敌人据点附近村庄,也可以看到一张棉纸写的墙报,上面有消息、短论、诗歌、漫画等,或是白灰、红土写的艺术字的标语。

全村群众娱乐晚会,也有许多村子能够每月开,有的一月开二次。完县的民校也有了三年的历史,三年中不只锻炼了而且培养了大批干部。现在有不少村干部能够写信、写报告,在干部调查表中许多干部在文化程度一栏填上"民校二年""民校三年"。去冬教育科提

拔了一位女小学教师，就是只在民校读过书的。在民校学习进步最快的要算青年妇女，去年冬学毕业考试，青年妇女臧鸿珍能够把读过的两册书，会认、会写、会背，得到第一。工人在民校中所得的成绩也实在惊人，在去年四区白北庄□工张喜善，本是文盲，而识字考试、政治测验都是第一。

在前二年民校只是冬学，一到春天农忙，虽然名义上是转变，但实际上就停顿了，今年民校到现在仍然坚持着。在午饭后，你可以常看到树荫下坐着一群男女在识字、唱歌，虽离敌据点五几里的地方也是一样。

完县村剧团有一○八个，每个村庄差不多都建立了。青年妇女或儿童的演员，已经很普遍，就是五十岁的老太太也能登台。每当一个政治任务或中心工作来到时，他们便在本村或其他地方群众大会上出演。剧本多半是自己突击创作的。如今年茂林事件发生时，贾各庄剧团就在两天内突击出一个剧本来，并在演出时化装、布景都很讲究。北神南剧团在表情、对话等方面，和脱离生产的剧团的样子差不多。

全县完全小学已经有了九个，离敌人据点七八里地的地方就有×个。虽然在那样的环境下，他们仍然唱歌、学习，经常和敌人打游击，敌人一退，立刻上课，从不曾耽误过半天。

完县群众的文化生活，大概情形就是这样。

（《晋察冀日报》1941年7月16日）

艺术节和我们

邵子南

第二届艺术节，轰轰烈烈、整然有序地开了。这个节日是艺术工作者的光荣。这是只要参加了会的人一定了解的。

一位伟人曾经勇敢地说过：

"——眼睛往前面看！"

宇宙是作为一个过程而往前发展的，最大的英雄是能和宇宙一致往前发展，今天伟大，明天将比今天更伟大，一直成功下去。只能在旧地方唏嘘感叹，赞美过去的伟业，大致是失败了的英雄。——永远胜利的英雄是把过去作为遗产承继，在当中找出经验教训，拿来增加宝藏的。

第二届艺术节是到第三届艺术节去的出发点。前面去，将宽阔美丽得很。而我们便是一群远征者。

能够胜利，是不消说的。然而胜利是等不来的。大凡在第一次胜利之后，大喊着："我会胜利！"让脑袋冲昏，满以为胜利是会自己到来的，很容易变成大队前进了，落伍下来的喟叹者。于是一位中国古代的宰相警告他的主子：

"创业难，守成亦不易！"

我们现在还不是守成，我们是一次创业之后，再来一次大创业。

我们要创的业是艺术，而艺术这个东西又不是空口能说出来的。这是一件艰苦然而伟大的工程。一切不踏实，自欺欺人，愚而好自用，都会让艺术破坏。

远征事业自然有我们的协会去计划了。计划好了，意思就是要会动员，诚诚恳恳地动。要不□计划完成一半，或者一半的一半，或者八分之一、十六分之一……好了，远征什么？

所谓"动"，所谓"诚诚恳恳地动"，一般说，就是"加强组织观念""响应上级号召""完成工作计划"……这些不是字句，我想革命前辈创造这些，一定不是为了没有字句用，觉得无聊。这里有血肉，而且也是用血肉换来的这些。

这些字句在我们协会的系统里跳着。协会要自己像钢铸成似的严密巩固，像海似的庞大，像火焰似的燃烧着，英勇地应对这个远征。

而我们自己每一个，却有着任务，任务很多，基底很简单。

要是我们是艺术工作者，我们不要忘记制作艺术，□动地制作艺术，和把艺术交给大众。第一是要提高我们的创作，第二是要开展运动。

这一个艺术节，已经拿出了好多艺术品。而且在广大的乡村中，也在为这一个节日沸腾着艺术的浪潮。

协会所要我们的"加强组织观念"等，并不就是叫我们交会费或只是经常联系，而是要我们不忘记艺术工作，怎样把艺术工作搞得漂漂亮亮的。

我们已经有了许多作品了，这一个艺术节启示我们：

作品还要多，还要好。拿更深刻的现实精神来，甚至拿典型来！你们还不够好，有的作品是赶制的，有的作品是空泛的。

这话是武断一些的，还不大好听。好在我们要进步，我们总想一次比一次写得好。自然，我们今天的作品已相当了不起。

我们已经有了相当好的群众艺术运动了、部队艺术运动了，但他也要启示我们：

我们还感到贫乏，又缺少干部呀，又缺少材料呀！

发展是无餍足的，我们要作一个供给小□的大海。

每一个艺术工作者都会感到这两个启示吧。一方面我们会科学分工，另一方面每人该分到一份或者两份全的，不该空拳赤手吧。

每一个都□动地完成自己分得的工作，而更在有呼应之下，协会对我们的要求基本上算是完成了。

这是老生常谈，谁也知道的了。但我们真要问：

"你是不是只是把它念熟了？你能相信你的作品真是灵感充盈吗？你真是算得协会里活动的神经吗？是运动中的一条神经吗？"

有了肯定的答复，才行。

最后，不管怎样说，我们有充分的□成的基础、力量和信心远征的。以上所说算是苛求吧，在准备前进、有力量的时候苛求一些也好。算是片面吧，我们要求没有少许弱点也好。因为我们的艺术基本上已是新民主主义的了。

（《晋察冀日报》1941 年 7 月 16 日，《晋察冀艺术》副刊第 20 期）

本刊告白（《农村经济》副刊第 1 期）

一、本刊原定七月十日创刊，因筹备不及，延至今日发刊，甚歉。今后当于每月一日、十六日按期出版。

二、本刊任务在于研究边区农村经济，非常盼望各方同志踊跃投稿。无论关于边区农村经济结构的分析批判，农村经济生活的通讯报道，以及农村经济政策的检讨评论，抗战前后农村经济变迁之历史的比较的研究与叙述等，均极欢迎。

三、本刊为求边区农村经济研究之理论与方法上的加强，将以必要的篇幅，刊登基本理论与方法的参考论文。

四、本刊要求所有稿件以具体、精确、简练为原则，但各地同志愿以调查所得的原始材料寄来者，本刊当代整理发表。

五、所有投寄本刊之稿件，一经采用，一律致酬，于每月底结俸。

（《晋察冀日报》1941 年 7 月 18 日）

边区艺展印象记

肇野

这是在历史上放着异样光彩的日子,我跟着好多人拥进艺术节的展览室里。首先看到那陈列满案的剧本,和钉在墙上的舞台设计、演出照片,陈列着的抗敌剧社的棚帐舞台模型,与西战团田庄、《中国是怎样站起来的》两个舞台模型,以及各剧团活动的日记,西战团的乡艺概况。在这里给我的印象,是边区剧运已经普遍地、广泛地开展起来了,从那许多剧本中,可以给我们知道无数的戏剧工作者在农村或部队里埋头于戏剧工作,他们利用各种形式(独幕剧、多幕剧、宣传剧、活报、街头剧……)一方面推动戏剧艺术运动,另一方面抓紧每个时期的政治中心口号,在每一个地区里适当地表演出来。从剧本的产量上,与二千村剧团的成立,一本戏剧年表,指出了边区戏剧运动几年来伟大的收获,尤其西战团田庄剧模型是利用田庄建筑的,《中国是怎样站起来的》剧模型是利用山坡建筑的立体舞台的尝试。这些都是使剧运深入农村的美的建筑的新的创造,是□得每个农村剧运者深□研究的。

在这个展览室里还有歌曲创作展览和音运文献,除了联大与各剧团、服务团、文工团的歌曲创作,我应当指出来卢□的《□队大合唱》与联大文工团集体创作的《民众四唱》等比较优秀的作品。在这里面涌现出许多大众音乐家、作曲家,如十五岁的张永康就创造了许多新的歌曲。他们陈列的许多的歌子已经被我们熟习了,而且每天唱在我们嘴里,荡漾在原野上,用不着笔者多写它了。

在第二展览室和第三展览室里,多数为美术作品,尤其木刻与漫画占大半。关于木刻方面,焰羽的几幅是值得在这里推荐,如《大后方青年》和《收获者的微笑》两幅,不论在构图上与刻制技巧上都是有力之作。他一个写出了痛苦与残暴,另一幅是天真的孩子在麦收时候的活泼的生活。古塞的《休息》一帧刻画出无垠的静静的田野,一种诗意的幽美的情调,除了主题不大明显之外,还算一个好的作品。其他如劫夫的《刻木刻》、沃渣的《跨过祖国的万水千山》、娄霜的《帮助麦收》、郑国强的《少年艺术队》等作品,都是很珍贵的。不过我们应提出吴劳、飞虹、沃渣三同志之连续画在现在更有其重大意义,用故事画图给广大的群众去读阅,提高群众欣赏美术的水平,也达到了木刻画的政治任务。漫画方面秦兆阳的几幅还不错,如《毫不知耻的重庆发言人》笔锋是深刻而有力,丁里的《边区的春耕妇女》几笔描画出来生动的、活泼的、纯朴的村姑的姿态,其他如辛莽的几幅画像,都是这展览会上的杰作。在这里,我们还看到乡艺班与部队文训队的一些初学习作,虽然很幼稚,但是美术已经不是保存在沙龙里了,而是生长在广大的人民群众里。这里已经有了农民和战士的画家,郑国强小同志便是一个天才的艺术工作者,在努力地培养下会有很好的前途的。在美术室还有一些惊人的创造,那就是西战团的雕塑,古塞□《鲁迅像》受到好评,他能把鲁迅先生对青年和蔼、对敌人顽强的斗争精神雕了出来;吴坚之《高尔基像》亦为一件好的作品,唯精神稍差。其他便是小同志们的几个漫画浮雕,其中表现最深刻的是李建庆之《汪精卫像》与顾品祥之《疯狂的希特勒》。边区美术工作者努力于造型艺术,精心追求与研究,把水平提高和深入普及,是很好的现象。

在文学创作会展览原稿部门,有路一的《老黄毛》与周而复短篇小说等原稿,丁克辛《丢下□□个脚印》的报告文学,肖无的《龙虎庄》长剧;诗最多,有魏巍的《钢板上的梦》,田间的诗剧

《枪》，鲁藜的《贫农的儿子》，林采的《生与死》等，还有孙犁、邓康、侯亢、徐逸人等人的作品。

还有军区政治部与抗大文工团的文艺战报。

并展览有国外作品名画《拾穗》《晚祷》与珂勒惠支的《织工队》等，□东南的木刻画。这些都是给边区艺术工作者和爱好者的很好的参考作品。

照片展览（第四展览室）多为新闻片，含有政治的、战斗性的内容，如反茂林事件、五四运动、百团大战、三八妇女节、铁骑兵、冀中部队、"四四"儿童节与抗大二分校等。在全部作品里面，我们看出了，集体的力量与民族的英雄展现在眼前，进步的边区仍在生长与壮大着，一个铜墙铁壁的敌后的坚强堡垒。

展览室里还有铜版，这是在物质条件很困难的环境下的精细的制版术。

这次展览会给我以从未有过的满意与愉快，在艺术节□丑阵容的时候，我愿以一个观众的资格，在这里写出一点个人的印象式的感想：关于展览会的布置很好，如果能更明显地把书籍展览，使阅者醒目才好。在创作方面，质不如量，这是边区剧人目前应努力的中心工作。边区有伟大的题材，应去搜集与深入地体验现实生活和研究名剧作。音乐方面，关于旧的管弦乐器的改造与新乐器的创造在边区很迫切，同时也需要器乐曲。美术方面，应选择作品展览，把初学者与画家的作品也应分别开，而画面的装饰也应同样看得重要。几幅套色很好，不妨多制之，外国画应正确地加以说明。砖刻的尝试恐还没有，美运介绍和简单工具的介绍都是需要的。照片展览，画面的艺术性不大，构图与光线的采取是一桩大事，为了服务于政治，艺术性越强其表现力也越大，苏联的电影和许多照片是可以作为参考的。

在文学方面，原稿多于出版物，看出了目前边区的出版事业的困难了。

不过这展览会在总的方面已经使我们很满意了，我希望第三届艺术节能有更惊人的贡献！

(《晋察冀日报》1941年7月29日)

军区政治部号召：展开部队创作运动

定八九月份为创作运动期　并组评委会予以评定奖励

康桥

【军区讯】军区部队文艺工作最近有着显著的新的开展，自从□月二十六日军区政治部关于开展部队文艺工作的决定公布后，各机关连队就有很多单位建立了文艺小组、音乐小组和戏剧小组等，并且积极开展工作。刻下，军区政治部特发出号召，号召全军区部队指战员、文艺爱好者与文艺工作者，广泛掀起创作热潮，规定八月一日至九月三十日为创作运动日期。作品分文学、戏剧、歌曲、美术四方面，以反映部队里活生生的斗争现实及有关志愿的义务兵役制方面的材料为创作内容。并由军区政治部朱□主任、联大文艺学院沙院长、军区政治部潘部长、李荒、邱岗、黄爽、汪洋、周巍峙、鲁加等十七位同志组成评判委员会，分组（文、音、美、剧）评判。优秀的个人及单位（剧社、研究小组为单位），将由军区给以奖励。这个运动包括了广大的战士同志，作品的评判也分为（一）甲组（干部组），（二）乙组（战士组）。预料大批优秀的战士作品，将从英勇的八路军的战士手里创造出来。

【又讯】为着组织与推动部队里大量的创作，各单位文艺出版活动近来显得很活跃。一分区在《工作通讯报》上出版了《文艺轻骑》。四分区政治部在七月十五日创刊了《火线文艺》，篇幅是一张四开报纸。军区政治部文艺小组最近亦决定出版一个小型刊物。抗敌剧社文艺、音乐组和军区政治部文艺小组、音乐小组的集体创作《连队生活合唱》亦已在七月二十五日出版云。

(《晋察冀日报》1941年7月30日)

完县文救会召开县区扩干会

行唐文救开办村干训班

【完县讯】完县文救会于七月十日召开县区扩大干部会，会上除传达北岳区文救第一次扩干会之决议外，并详细深入总结了文救新建设年第一阶段的工作与布置第二阶段工作：（一）继续建设每个区四个至六个村文救小组，每个小组中创造一至三个专做文救工作的基本会员；（二）巩固与健全已有村文救小组及村救亡室；（三）整顿村剧团，健全文救；（四）团结知识分子等。会上并一致通过致电聂司令员，愿以文化力量动员青壮年，增加边区志愿义务兵云。

(《晋察冀日报》1941年7月31日)

边区美术运动新的展开

沃渣

从边区一般的艺术活动看来似乎会感觉到美术活动较其他（文、音、剧）的活动差，可是，你仔细研究考察一番，其实不然。比如边区美术字标语到处可以看到，在救亡室革命导师的肖像画那真太多了，壁画亦不算少，至于油印画刊或石印画报、连环画册，全边区各机关、部队、团体、学校、剧社或多或少都各有一些，其次木刻以及会场或封面各种设计都一样地布满全边区。这铁的事实谁能否认，难道不承认这是美术活动吗？当然，我们还不能认为十分满意，而且还应该承认我们的工作还是不够开展，不够活跃。比如戏剧，成立剧团、剧社，流动着，看去自然热闹得多，（其他如文学工作队、歌咏工作队，也应当单独活动起来，这是历史必然的发展，也就是边区的群众对于艺术欣赏和兴趣的提高有着更高的要求）所以现今边区一般的美术活动只是一种普遍性的游击式，在边区美协领导和组织有计划地出击。到了坚持抗战四周年的今天，边区美协就坚决地执行了历史所给予的这光荣的任务。为了要更普遍提高和更深入美术运动，与单独确立它的活动组织，扩大它的美术工作范围和更加强它的活跃性，要和剧团一样地流动起来。因此美协决定美术工作队的成立，在这次七月节艺术节大会上出现，这在中国美术运动史上来说是以一个新的姿态来出现的。这是具备了新的形势和新的内容，过去是没有过的，也就是新民主主义美术运动的雄姿，边区美术运动的正确目标，是只有在晋察冀边区实行新民主主义的土地上长出来的花朵。所以美术工作队在艺术节大会上的表现，每个队员都是有很高的工作情绪，不顾炎热、不顾疲乏进行各种活动。有组织的工作计划和刻苦的工作精神，得到边区最高首长以及参加大会的同志们的鼓励和安慰，而在政治宣传意义上，也收到相当的效果。

这次美术工作队所获得的成绩，自然也不能十分满意，只能说在大家努力之下完成了任务，向着新民主主义美术运动更大胆地迈进了一步，绝对不仅只一步，并且接受这次经验一步、二步……到无数步，促成新民主主义美术运动的高潮，更推向前进，来完成历史所给的任务，不仅在于叫喊，而且在于切切实实、有组织、有计划地去做。现在我们已经单独进行流动展览（到冀中），今后我们更要加倍地制作壁画木刻，将图画和木刻深入边区所有的区、村中去！将美术这□精神食粮变为全边区大众的每天的食粮，我们一定这样做！我们有信心。

（《晋察冀日报》1941年7月31日，《晋察冀艺术》副刊第21期）

编　　后（《晋察冀艺术》副刊第21期）

《艺术》需要以下的几种稿件：文艺短论、批评、短小精悍的艺术创作。希望文化工作者、艺术工作者、关切艺术的读者们多写稿来。（稿件直写边区文化俱乐部转艺术编委会）

（《晋察冀日报》1941年7月31日）

本刊告白（《农村经济》副刊第2期）

一、本刊定于每月一日、十六日按期出版。

二、本刊任务在于研究边区农村经济，非常盼望各方同志踊跃投稿。无论关于边区农村经济结构的分析批判、农村生活的通讯报道，以及农村经济政策的检讨评论，抗战前后农村经济变迁之历史的比较的研究与叙述等，均极欢迎。

三、本刊为求边区农村经济研究之理论与方法上的加强，将以必要的篇幅，刊登基本理论与方法的参考论文。

四、本刊要求所有稿件以具体、精确、简练为原则，但各地同志愿以调查所得的原始材料寄来者，本刊当代整理发表。

五、所有投寄本刊之稿件，一经采用，一律致酬，于每月底寄俸。

六、来稿请寄晋察冀日报社转《农村经济》半月刊编辑处收。

（《晋察冀日报》1941年8月2日）

三个模范文救会员

罗戊戌

行唐五区×××□村子有三个文救会员，都是很穷苦的，家庭生活非常艰难。但是他们对工作非常积极，非常努力。组长已经三十岁了，一向给人家放牲口，每年的工钱虽然很少，可是他却拿三分之一买些书籍，放在村救亡室里，连零用钱一点也不留。组织和宣传那两位同志，一个自幼是给人家做长工，一个是卖烧饼的小商人。他们一起负起了文化任务，做起来非常有兴趣。他们时常到游击区里的村里，擦毁敌人的标语，来粉碎敌人的欺骗阴谋。最可敬的一天，是他三个向敌伪军里散了些抗日的传单。

在"七一"至"七七"纪念节以前，他们就自动地召开了全村大会，讨论了怎样准备和布置纪念的办法。如像唱歌啦、跳舞啦、演剧啦、写标语啦等等都商量到了。

每次唱歌的时候，他们三个轮流着领导群众，不论多坏的天气也不辞劳苦。每次跳舞的时候，他们总是参加，尤其是那位宣传，特别热心，在街上跳来跳去，嘴里还唱着《中国共产党万岁》等歌曲。虽然汗像下雨一般地流，气喘不住，也不愿休息。演剧的时候他三个统统化装上台，连饭都不顾得吃。这都是为了要把大众从黑暗无知中引导向光明的道路上啊！

他们还做了一些令人可敬的事情，例如他们常把用自己的血汗换来的钱，拿出一部分来，买些茶叶，在会场里供给大家喝。又买了些灵丹丸放在救亡室里，供给生病的群众食用。他们这种真心爱护群众的精神实在值得我们大家学习啊！

(《晋察冀日报》1941年8月5日)

欢迎科学、艺术人才

随着抗战以来文化中心城市地相继失去，以及亲日派所策动的国内政治逆流的高涨，大后方的文化阵地已显示了一片荒凉，只有陕甘宁边区以及各敌后抗日民主根据地，成为全国文化最活跃的地方。

陕甘宁边区以及各敌后抗日民主根据地，高树起了崭新的、光芒四射的新民主主义的旗帜，在这个旗帜下萃聚了不少优秀的科学艺术人才，从事着启蒙的、研究的和实际建设的工作。建立新民主主义文化已成了全国进步文化工作者共同努力的目标，而只有在这些地区，他们才瞧见了他们的心灵自由、大胆活动的最有利的场所。

这就是为什么他们在陕甘宁边区及各敌后抗日民主根据地看见了生机，一个民族的生机，寄托了完全的信赖和希望。

最近中共陕甘宁边区中央局所颁传的施政纲领（这是一个全国性的纲领！）内明确规定了提倡科学知识与文艺运动，欢迎科学、艺术人才，这无疑地对今后新民主主义文化事业将有更大的推进，将会使更多的科学、艺术人才来到陕甘宁边区以及敌后各个抗日民主根据地，将更提高这些地区以及全中国的科学艺术的水准。

在陕甘宁边区以及各个敌后抗日民主根据地，不拘一切客观条件的困难与限制，各种文化活动在蓬蓬勃勃地发展着，科学和艺术受到了应有的尊重。在抗日的共同原则下，思想的创作的自由，获得了充分的保障。艺术的想象，□乎科学的设计都在这里发现了一个可在其中任意驰骋的世界。任何细小的创造与发明，都会博得赞扬与鼓励。自然，物质上的生活是较清苦的，然而大家精神上都不以为苦，有一个共同的基本认识支配着大家：每个人都知道自己是在为什么人工作，为着什么目的。这些地方不提倡"与抗战无关"的作品创造，亦不鼓吹为"一个领袖"服务的精神，一切都服从战争，服从大众。这就是科学、艺术所以能够繁荣的真实原因。

科学和艺术，只有与□□斗争的实践任务相结合，才能向上发展；而要建设与提高陕甘宁边区以及各敌后抗日民主根据地，没有科学、艺术的帮助，也是不可能的。由于历史的、社会的种种条件，这些地方曾经是、现在也仍然是文化落后的地区。不错，四年以来，这些地区都曾做了不少的启蒙工作，艺术大众化与科学大众化等工作，而且获得了初步成绩。民众娱乐已逐渐改进，民众的欣赏趣味与水平已开始渐渐提高。伴随着落后散漫的小农经济而来的人民的落后意识、迷信、旧习等也已慢慢地被新的意识、观念和知识所代替。然而进步还不够得很，需要更广泛更深入的启蒙工作。我们期待着有更多的愿意到民间去的科学、艺术人才来共同担负这工作。

在这些地区的经济建设上，技术科学尤其是一个决定的因素。不论是发展农牧、造林、修水利、开矿、工厂管理、商业合作，都必须有专门的知识技能，必须受科学的指导。顽固老法已经不行了，必须让位给科学。自然科学家在这里有着最广大的活动地盘。

陕甘宁边区以及各敌后抗日民主根据地，已为全世界进步人士所称道，然而，关于它们，却还没有看见在艺术语言上的较完整的反映。深入这些地区去吧，深入民间去吧，涌现在你眼前的将会是无限丰富而生动的形象。许多新奇的生活的故事、斗争的故事，不用歌颂，只需忠实地写出来，就会是动人的，富于教育意义的。对于这些地区的缺点（即是任何新社会亦所不免的），也正需要从艺术方面得到反映和指摘。我们看重自我批评，尤其珍视真正的"艺术家的□气"。

这样□，我们欢迎科学、艺术人才，就只是为的要他们来反映、宣传、帮助建设这些地区吗？不，我们并不把科学艺术活动局限在启蒙与应用的范围，我们同样重视，或者毋宁说更重视在科学、艺术本身上的建树。普及和提高这两个工作，□我们□是联结着的。虽处在战争环境，但估计到战争的长期性，中国地大的条件，以及抗战与建设新民主主义的必须同时进行，我们不应把科学、艺术上的提高工作推迟到抗战胜利以后。特别是因为中国新文化的根基尚浅，而民族化的程度又还十分不够，我们的责任是尤为重大的，我们要奋起直追。我们要有决心来做长期研究和长期讲学的工作。我们要大大发扬切实朴素的、埋头做学问的作风。

我们面前放着的科学、艺术的领域如此广阔，任务如此重大，所以这些地区虽然已经有不少的科学、艺术人才聚集着，然而还觉得必须有更多更多的人来共负艰巨。我们忠实地遵守着列宁的遗教："没有在许多不同的范围中与非共产党员成立联盟，任何共产主义建设的工作都是不能成功的。"何况我们今天所着手的还只是新民主主义的建设事业。

我们虔诚欢迎一切科学、艺术人才来陕甘宁边区，来各敌后抗日民主根据地，特别是晋察冀边区！（参看《解放日报》第二十六期社论）

（《晋察冀日报》1941年8月8日）

八路军各兵团开展文艺运动

新文字学习亦极热烈

【华北新华社晋冀鲁豫六日电】十八集团军野战政治部,于五六月间先后决定开展部队文艺运动及新文字运动。□□这一运动在部队,已有长足进展,多兵团文艺小组已相继建立,参加者不仅有各级政工人员,现已逐步深入战士中。各小组每日集体阅读文艺作品,并集体写作。以营为单位,建立了不脱离军职的剧团。歌咏小组更普遍,各部在战斗或训练之余,到处飞扬起愉悦之歌声。战士们对新文字学习热情极高,各留守部队均成立新文字研究组,并举办新文字训练班,以谋普遍地开展。

(《晋察冀日报》1941 年 8 月 9 日)

印度诗人泰戈尔逝世

【重庆七日电】据海通社广播上海七日电:此间孟买电讯:印度诗人泰戈尔病故,享年八十岁。

(《晋察冀日报》1941 年 8 月 10 日)

文抗延安分会举行五届会员大会

选举周扬等二十七人为下届理事

【新华社延安四日电】全国文抗延安分会,昨日举行第五届会员大会，自上午九时开始，于下午五时结束。大会于其过去工作报告中，曾说明目前已于四十个单位中（包括工厂、机关、团体、学校、部队等）成立了八十五个文艺小组，拥有组员六六七八人。此外如成立"文艺顾问委员会"，组织"文艺讲座"，出版《大众文艺》《中国文艺》等刊物，主办"文艺月会""星期文艺学园"等种种工作之进行，影响所及，推动了今日延安文艺的活动。大会来宾致辞中，凯丰同志曾对抗战时期中的文艺活动有所指示。继大会修正通过文抗分会□章，并改选欧阳山、丁玲、艾思奇、艾青、周扬、周文、萧军、萧三、罗烽等二十七人为下届理事。大会讨论通过加强对总会及各地分会的联系，加强本分会组织及开展延安文艺工作，亲密文艺界的团结等□案，并一致通过建议总会转请政府明令规定八月三日——鲁迅先生诞辰之日为中国文艺节日。最后，通过大会通电及致苏联作家书。

（《晋察冀日报》1941年8月12日）

蔚县新文字运动

焱

新文字是中国文字发展史上一个大的革命，虽然它很早就被中国前进人士认为是扫除文盲、提高人民文化水准的唯一工具。但在边区是抗战以后才开始的。特别是从今年边区文救号召以后，才成了一个普遍的运动，开始在一切机关里干部中间□行着。现在我把蔚县新文字运动的情形，大略地介绍一下。

蔚县县级干部的学习情绪向来是很高的。他们除了自修、讨论以外，另外每周有两次干部课，所以当边区新文字号召传到蔚县，特别是他们有了《新文字手□》这本书以后，就开始采用在干部课上教授。所以只经过很短的一个时期，就形成了一个运动，被县级政权、群众团体大多数干部接受了。现在在他们县级干部中间，几乎找不到几个新文字的文盲。只要是到过蔚县的人都知道，你无论走到哪一间屋子里，都可以看见挂着美术的新文字的□传表，他们□讨论会的题目，也是用新文字写的。□□、写信，家里、庄子里、街□上贴的标语，也很多是用新文字写的。

如果只看到干部的学习，那是片面的、不完全的，实在，他们已向工厂工人突击，而勤杂人员的努力学习也是惊人的。□于这我可以把自己看见的一同事，告诉读者：一天，我们到联合工厂参观，碰见他们一个□□区的工人，□给他们经理一个纸条，上边是用新文字写的报告。经理说："这是□个月的成绩。"里面有许多土话，经过经理逐字翻译，我才把意思完全了解，在拼音□上，没有什么错误，只是在词儿连写上，因为还没有熟习，所以有少许不对的地方。过去十年寒窗还写不通一封信，今天一个月的工夫，就可以写报告了。

（《晋察冀日报》1941年8月12日）

西玉女村剧团两月来工作进展迅速

【行唐一区文救会讯】由于西玉女村文救会员剧团团长和工会主任诸位同志苦心耐心地领导下，在六月十二日，组织起来了西玉女村剧团。每天晚上，学习剧词与排演，经各位演员的努力学习，两月来走上了一个村剧团的活跃阶段。今将该剧团的组织和工作情形，写在下面。

（一）内部的组织：团长、副团长各一人，指导员一人。下分四队，戏剧队（队长一人，导演一人），歌咏队、舞蹈队、书画队（各有队长一人）。共有人数三十五人（儿童十三人、男青年十、女青年九、男壮年三人），保管一人（工会主任）。

（二）会议与报告制度：团员大会每月一次，干部会每半月一次。队长三天向剧团长报告一次，剧团长七天向中心剧站站长报告一次。

（三）工作：歌咏队每天练习歌子一次，戏剧队每两天练习一次，舞蹈队每三天练习一次，书画队每三天学习一次。

（四）演出的成绩：在八月三日区青抗先训练班毕业的前一天的晚上，召开了娱乐晚会，通知西玉女村剧团到会表演游艺。这第一次演出成绩还很不错，演出的节目有《马袋》《坚决"不当伪军"》《儿童舞》《解放舞》《柳絮舞》。演出的情形：动作相当引人注视，观众都能看出他的演出的意义。台下的人情绪非常高涨，都受到感动，并说乡村庄稼人演得真不错。

这次演出后，他们自己检讨出缺点来，都觉得演得还不熟练，不过这是初次，今后将有更飞快的进步的。

（《晋察冀日报》1941年8月14日）

边区文协、剧协成立后艺术运动猛烈进展

【本报讯】边区的文艺运动自文协成立一年以来，已有很大的开展。各地团体和机关以及部分的工厂、乡村的文艺小组都已建立，并先后成立：（一）"鲁迅研究会"，由何干之负责。已著有关于鲁迅的研究著作两册：《鲁迅和艺术》（何干之著），《鲁迅·鲁迅的故事》（孙犁著）。（二）"鲁迅文艺奖金委员会"，奖金现已筹妥。（三）"文

学顾问委员会"，现已收到数百篇大小作品。（四）"文学创造会"，现已著有四十多件作品。（五）"诗会"，已于八月初创刊会刊《诗》，并号召开展街头诗运动，规定八月七日街头诗运动纪念日前后为街头诗运动突击期。已获得相当成绩。其他如出版文艺丛书，号召开展墙头小说运动、文艺批评运动，召开"民族形式"座谈会，加强通讯工作（已和国际新闻社取得联系），成立"鲁迅图书馆"等也都在积极进行，并获得很大成绩。此外，在对外联系方面，已和重庆文协、延安文协、晋东南文协等取得密切联系，曾一次向重庆方面介绍一百多篇作品。与上海、香港的联系亦已在取得中。（林）

【又讯】边区的戏剧运动自一九四一年以来，已有长足的进步与空前的活跃。第一，特别是在乡村剧运的开展方面，已获得惊人的成绩。据统计，自剧协提出"创造模范村剧团"的号召后，边区的乡村剧团已发展至二千到三千。同时，跟着量的增加，而质也渐渐变高，造成了乡村戏剧运动的热潮。第二，关于大剧团的活动，自去年冬天第一届艺术节，由联大文工团、西战团、抗敌剧社等联合演出了高尔基的原著《母亲》后，及至第二届艺术节（今年七月），各大剧团相继演出了《雷雨》等名剧，进一步地提高了边区戏剧的表演的技术。同时，各剧团间的相互联系更加密切起来，戏剧工作者更加团结起来，而接连地开展了关于"秧歌舞"与"民族形式"的探讨。第三，各地业余剧团也渐渐活跃起来。如边区政府的康庄剧团，边区印刷局的火光剧团，都在自己的晚会上演出了自己编排的戏，而获得了群众的好评。第四，关于艺术干部的培养方面，各大剧团曾先后开办了乡村与连队的艺术干部训练班。如西战团、联大文工团、大众剧社、抗大文工团、抗敌剧社等团体在各地、各军区连队以及各军区剧社，都相继召开了训练班，大量地培养了乡村和连队的艺术干部。目前，为了补救剧本创作的贫乏，剧协发起成立了"剧作研究会"，并

已有大量的作品产生。其余工作亦正在计划推进中。(天)

(《晋察冀日报》1941年8月15日)

边区诗会号召加强街头诗运动

【本报讯】晋察冀边区诗会,最近决定出版会刊《诗》(月刊,不日创刊),并发出《告全边区诗歌工作者书》及《加强街头诗运动》等重要文件。兹特录该会强化街头诗运动的号召如下:

"街头诗正如枪和刺刀一样,战斗愈激烈,愈需要它!三年来,事实已证明街头诗在战斗、武装动员、生产等各个战线上,展开有力的呼喊、铁一般的呼喊。"

这种人民精神上的小型武器,连孩子、连老妇人都起来握着它,用以战斗。它的力量和光彩也和人民的力量和光彩一同生长着。

但是街头诗和街头诗运动还很年轻。

战斗前进了,它也必须前进。

因此,我们在一九四一年八月七日——街头诗运动三周年纪念日,以无限的诚恳、热情、敬意向大家号召,特别向宣教工作者、艺术工作者、诗友、报馆、出版事业家号召:

一、大量创作与发行街头诗。

二、把街头诗写在墙报上、画布上、街头上以及一切公开的地方。

三、出版各种街头诗小册子。

四、朗诵街头诗。

五、检阅街头诗。

在街头诗运动史上,有过不少的街头诗运动英雄,那就是他们自己创作、自己在墙上写,那就是像赵老太太用鸡蛋换纸来写街头诗。我们相信在街头诗运动新的高潮里,一定会有更多的战士走上这光荣的战场;我们相信新的街头诗会以更高的革命热情写成的,会用心血写成的,不是简单的口号,不是机械的字句的排列。

街头诗及其运动的胜利是人类的诗的胜利的一部分,是革命胜利的一部分。一切人援助和预祝这个胜利吧!

晋察冀边区诗会
一九四一年八月

(《晋察冀日报》1941年8月20日)

延安艾青等筹出《诗刊》

【新华社延安八日电】诗人艾青、萧三、柯仲平等,昨日在文化俱乐部召开座谈会,约集延安诗歌作者多人,互相交换诗坛意见,并筹划行将出版之《诗刊》由艾青主编,会上决议以后每月集会一次云。

(《晋察冀日报》1941年9月10日)

肩负重大任务　《解放日报》扩充篇幅

【新华社延安十三日电】文化界动荡日烈,国际团结与国内团结之任务,至大至急。中共中央机关报《解放日报》,特自九月十六日起扩充篇幅,每日出一大张,内容方面亦将更为充实精彩云。

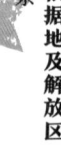

(《晋察冀日报》1941年9月14日)

延安《解放日报》召开文艺界座谈会

【新华社延安十三日电】《解放日报》文艺栏,于昨日下午二时于文化俱乐部召开座谈会,到有延安诗人、作家与文艺理论家白朗、荒煤、江丰、舒群、罗锋、艾青、刘白羽、萧三、吴奚如、魏东明、雪韦、艾思奇、周扬、曹葆华、欧阳山、草明等五十人,会上一致主张加强延安文艺界团结,发扬民主作风,建立创作批评,提高文艺理论与创作水准,把反形式主义、主观主义的运动展开到文艺战线上。对于文艺栏的改进,亦贡献了许多宝贵意见,尤其由于篇幅增多,更多多提拔新作家。

(《晋察冀日报》1941 年 9 月 14 日)

本 报 启 事

本报为适应反"扫荡"时期的需要,除有特殊情形外,不分常日假日,一律按时出报一张,希各界注意。

(《晋察冀日报》1941 年 9 月 16 日)

一二九师出版《先锋报》

【华北新华社晋冀豫十六日电】一二九师为了加强部队的领导,交换工作经验,提高部队军事、政治、文化、科学的水平,开展部队文艺运动起见,特决于"九一八"出版全师的部队报纸,《先锋报》

为五日、铅印、四开报□并有副刊《战场》及《教育与学习》，刊登战士习作、文艺等稿件。

（《晋察冀日报》1941年9月18日）

加强民族文化教育　陕甘宁开办民族学院

【新华社延安十九日电】边区政府开办民族学院，现已大致筹备就绪，最近即可开学。该院拟招收学生三百人以上，包括回、蒙、藏、满、苗、汉等族青年，以加强民族文化教育事业为宗旨，并附设民族研究室、西北文艺工作团等部分云。

（《晋察冀日报》1941年9月21日）

延安大学筹备就绪　日前举行开学典礼

【新华社延安廿二日电】延安大学经月余筹备，业已组织就绪。计大学部共设师范学院、社会科学院及法学院三院，另设俄文系、体育系两专修科。中学部、高中部、初中部及补习班，现在到校学生已五百余名，每日并在陆续增加中。中学部已于本月十九日开始上课，大学部亦准备于下周开始上课，该校已于廿一日举行开学典礼。

（《晋察冀日报》1941年9月24日）

冀鲁豫文联正式成立

【新华社冀鲁豫十五日电】自鲁西与冀鲁豫合并后，边区文教会日前成立冀鲁豫文联筹委会，并于今日召开第一届文化大会，正式成立文联。全区学生运动近亦有新开展，于（九七）国际青年节发起组织学联执委会，并因定于（一二·九）学生运动纪念日正式成立。原有之鲁西青记学会分会，已决定改组为冀鲁豫青记分会，现正着手登记会员，进行筹备，拟于十月革命节正式成立。该区现有文联之《文化建设》、行署文教处之《教育生活》先后创刊，原有之《鲁西妇女》《青年记者》《鲁西青年》《战友》现均扩大篇幅。

（《晋察冀日报》1941 年 10 月 17 日）

鲁迅先生逝世五周年　晋冀豫文化界沉痛纪念

【华北新华社晋冀鲁豫二十一日电】十月十九日，晋冀豫区文化界在太北某地举行鲁迅先生逝世五周年纪念大会，到会文联、文协、华北文艺社、鲁艺、太行诗歌社等代表，大会进行极为沉痛肃穆。最后，大会号召全区文艺工作者深入生活，克服主观主义倾向，并真正与群众打成一片，粉碎敌人的新进攻！

（《晋察冀日报》1941 年 10 月 22 日）

延安戏剧界召开二代大会

【新华社延安二十三日电】延安戏剧界于十九日在青年俱乐部召开第二次代表大会，到鲁艺戏剧部、业余杂技团、西北文艺工作团、青年艺术剧院、实验剧团、平剧团、边保剧团、部队艺术、学校戏剧部、抗战剧团、烽火剧团、陇东剧团等代表五十余人，张庚、钟敬之、姚时晓、柯仲平等均出席。开会后,由张庚代表剧协报告一年来的工作,主要者为举行各剧团联合公演、在□甘警备区及绥德分区成立支会、开办导演研究班、筹备剧作奖金、出版会刊等。其次,大会讨论提案,通过加强戏剧界团结,努力开展边区剧运,提高戏剧水平等十余件,并决议由剧协执委会会同延安工作委员会地方工作委员会筹备于明年戏剧节前,召开全边区戏剧界代表大会。最后,通过致中华全国戏剧界抗敌协会重庆总会并慰问苏联政府与人民电,号召坚持团结抗战到底,援助苏联,打倒法西斯蒂!

(《晋察冀日报》1941年10月25日)

太岳区文化运动展开　沂河文艺社正式成立

【华北新华社晋冀鲁豫二十七日电】太岳区文化运动已逐渐展开,筹备已久之沂河文艺社,已于日前成立,现各地纷纷组织文艺小组,该社于《太岳日报》辟有地位,□名为《沂河文艺》,内容有各种创作、文艺短论等。太岳文化俱乐部、沁河文艺社、青记太岳分会亦联合举行学术讲演晚会,题目为"新文学问题""怎样读报,怎样阅读文艺作品"等。

(《晋察冀日报》1941年11月1日)

纪念苏联十月革命廿四周年

告全边区文化界书

伟大的苏联十月革命二十四周年纪念节日又来到了。我们正处在这样一个新的时期：

英勇的苏联红军击破了德国法西斯的几次疯狂攻势以后，希特勒匪徒企图孤注一掷，向莫斯科猛扑。苏德战争与国际反法西斯斗争达到了极度紧张、空前剧烈的局面。日寇近卫倒台，东条组阁更露骨地表现其内部矛盾、困难及其对于南进北进的彷徨与解决"中国事件"的棘手，而我中华民族仍以坚忍不拔的意志团结抗战，予敌军在华中、华北、湖北、鄂西以极大的打击。在这一新的国内外情况下，我晋察冀边区在中国共产党及聂司令员英明的领导与指挥下，击退了寇兵七万之众，基本上获得了反"扫荡"的巨大胜利。

今天我们来纪念这一伟大的革命节日，不用说，是具有莫大的意义，同时也给予了我们重大的任务。

首先，全边区文化战士们应战斗动员起来，以彻底粉碎敌人"扫荡"，巩固与扩大边区的实际斗争来声援为世界和平正义而战的社会主义祖国，坚决拥护苏联抵抗法西斯魔鬼的侵略，保卫革命的首都莫斯科。我们向全边区文化工作者号召：把苏联人民在内战时期最艰苦的条件下反对帝国主义者武装干涉以及今天抗击疯狂的希特勒为首的法西斯侵略，所显示给我们的英勇奋斗的光辉战绩传播到群众里去，让群众深刻地了解苏维埃政权及红军伟大的力量，进一步提高群众对苏联和中国抗战胜利的信心和决心，我们更号召：全边区文化界以下列的实际工作来纪念十月革命节。

（一）全边区文化工作者应深入地检讨这次反"扫荡"中的工作。在反"扫荡"中，边区文化工作者都深入部队战士和乡村群众里去了，进行了不少工作，但我们的成绩是不够大。工作的坚持性与深入性还差得很，同时我们的工作还不能完全适合战斗的需要，因此：今后工作上应该怎样做，下层组织应如何巩固，方式、方法上应如何改进等问题，是值得我们详细研究和讨论的一件大事。今后，我们文化工作者要以新的真正战斗的姿态出现。

（二）全边区的文化工作者要加强在工作与学习上理论与实践的一致，首先要掌握和运用马列主义辩证法唯物论的思想方法，反对唯心论、形而上学，反对思想上的主观主义，也就是反对不愿和不去研究、认识今天的现实情况和具体特点，主观地夸张片面，把现象绝对化、一般化的绝对主义，理论工作上的教条主义、形式主义，组织上的宗派主义和工作方式上的官僚主义，这些在我们文化人知识分子中间特别严重地存在着的，需要我们加紧克服。

（三）把文化真正深入群众中去，使文化成为群众的必需品，同时把文化工作和群众工作密切联系起来，在任何条件下坚持我们的工作岗位，使文化工作真正成为锐利的武器。

（四）用文化工作向敌伪展开巨大的宣传攻势，向群众进行深入的宣传解释工作。艺术工作者应积极从事新的创作，反映在这次反"扫荡"战斗中边区子弟兵与人民的英勇与艰苦以及敌人的残暴，并广泛地展开艺术宣传战。

（五）全边区文化工作者对今天国际、国内、边区政治形势和环境应有足够的认识和估计，对抗战前途有坚定不移的胜利信心，文化工作者在任何战斗、任何残酷的环境里应成为坚持工作的模范，在工作里永远相信"晋察冀边区永远是我们的"！

同志们！文化战士们，正当斯大林同志号召全苏联人民、全世界无产阶级来英勇地保卫莫斯科的今天，我们纪念这社会主义祖国胜利的二十四周年，我们的文化战士们，深信吧！二十四年中苏联付出了巨大的斗争代价才建设起这样一个巨型的无产阶级祖国，二十四年中苏联已经培养起不可战胜的力量，这力量，不是法西斯梦想一下就能摧毁的，深信吧！法西斯匪徒是将要在莫斯科的脚下找到他的坟墓。

文化战士们！紧张动员起来吧，为保卫苏联，保卫中国，保卫世界自由和平,保卫边区,迎接新的更艰巨的战斗而准备一切吧!

晋察冀边区文化界抗日救国联合会

十一月七日①

(《晋察冀日报》1941年11月5日)

冀鲁豫成立剧救

【华北新华社冀鲁豫三十一日电】边区剧运近有极大发展,边区戏剧界救国联合会于十月六日正式召开成立大会。大会进行三日,曾对戏剧创作详细讨论,并举行联合公演,战线、战友、战号等十大剧团参加,情形极为热烈。最后选出魏光安、黄子华、唐筒、丁樊、鲁录贾等二十人为执委。

(《晋察冀日报》1941年11月7日)

文化线上
——忆雾重庆

高咏

冷漠了文化街

喜清静的人们爱逛国府路,青年们却另爱一条热闹的街,点缀国府路的是一些大得怕人的招牌:"中央党部""国民政府""……"而点缀着那一条街的是:"生活书店""读书生活社""新知书店"

---

① 按,此期报纸为11月5日出版,但文末落款时间为11月7日。疑因俄国十月革命发生时间为11月7日,故落款为这一时间。

"……"——这条街的旧名儿被遗忘了，今日的指路标上写的是："民生路"。

为什么呀？这条民生路变得有些像国府路起来？风吹拂着，一个漫长的冷静，生活书店的店员们在拿眼睛看街，街上，一两个青年过来了，在用眼睛向玻璃窗里瞟着，那里面躺着本最近出版的《全民抗战》，另一本是刚印好的《我是劳动人民的儿子》……瞟着的眼光，珍惜地溜走了……

又两个青年走过来，他们停留在那本书的面前，两个中间的一个，有一只手在口袋里摸索，他是在数钱□？从他的长头发看来，也许，他们是文学院里的穷大学生。但是他们像突然想起了什么似的，彼此交换了一次恐怖的眼光，匆匆地走开了……

但是，那本《我是劳动人民的儿子》又磁力似的将他们吸回来，一个手上拿了钱，一个在悄悄地说什么，他们走进了生活书店。就在这时候，两个穿黑大衣的人跟着走进了生活书店，他们的眼睛在青年们的身上蛇样地扫着。

店员不安地递给了他们一本小书，那是《我是劳动人民的儿子》，不安地再递一张发票给他，还不安地问一句：

"你不买一本《中央周刊》？"

"不。"青年摇着头，他不要那份发票，但那个店员一定要塞给他，他说："拿着吧，这对你有好处的。"店员的眼睛闪着不幸的预兆。

青年们出门了，接着青年们被抓到一条僻巷中，在他们面前，两个穿黑大衣的人睁着四只凶恶的眼睛。

"哪儿来的书？"

"买的啦！"

"发票呢？"

但发票在那人的手中撕了，那人告诉他："书给我拿走，你服不服！如果你不服的话，你可以跟我一块去见我的长官。"

青年悟到了店员的话："不买一本《中央周刊》？""发票是有用的。"他们表示了"服"。走回去，他们再不敢走进第二家书店。然而，在同一条街上，《新华日报》的营业部，突出着一对打破了的玻璃窗，警察在驱散着看热闹的人。门前，壁上贴着的一份《新华日报》只剩下了一个角，在风里飘着个"新"字。——一分钟以后，它被索性扯去了。在同一条街上，中苏文化协会静静地，没有一个人走进去，小弄堂的门口贴着张布告：

"文艺协会，今日晚会改在英法比瑞同学会举行……"

下午八点钟，电灯来得早，黄昏去得迟，街上面没有什么夜的氛围，生活书店的门却关上了，读书生活社在上门，新华营业部连门灯也熄了……

冷漠啊，这比国府路还冷漠！可是这个曾经是一条最热闹的街，这里，生活书店曾经是一天中进出着几千人的书店，中苏文化协会曾经是一天连开三四个会的场所……这里曾经是青年们爱着的街。

恐怖了文化城

前几天在街上——九十里的重庆新市区里，你常常地遇着你的朋友，不管他们的职业是教师、是作家，或是诗人、记者，他们是一股脑儿在街上走着，没有目的地，也没有事情，但他们忘了饥饿，不想饮水似的动着他们的脚。

走过来走过去，你曾一次又一次地会见他。如果你问他：

"为什么老在逛街？"

他会回答：

"家里待不住呀！"

从前是一个勤勉的作家,现在他好几天不去摸笔了,问他计划的长篇,他会摇摇头:

"你问的是《淘金记》?没心情了!只写了八千字。"

从前是一个严肃的诗人,现在他好几天忘掉了语言,问他的写了一半的长诗,他会搔着头皮:

"《溃灭》吗?谁知道是什么魔鬼断了我的诗绪!"

留住在重庆的文化人,至少百分之九十对家屋感到了窒息,街头的空气似乎好些,但是,这样的日子只有几天。以后,街头,你再也会不着你的朋友,同样也不管他们的职业是作家或者诗人。他们约好了似的,全回了家。

我曾花一天的二分之一的时间去寻觅一个作家,我终于没有找到他。第二天在一家小酒店里发现他时,我问他:

"躲在这里写小说?"

他不礼貌地吐一口痰:

"鬼知道啊,外面布置满了穿黑大衣的魂灵。"

以后,我知道了一个青年,在他主持的一个刊物的编辑室里,被两个穿黑大衣的魂灵用手巾蒙了眼睛抬上汽车"失踪"了。以后我知道了一个才二十岁的女孩子也同样地"失"了"踪",她的工作职位是全国慰劳总会重庆分会干事。以后我又知道了中苏文化协会失去了一个职员,他是主持山城俄文补习学校的……

再以后呀,我知道的,不是一个人一个人地突然失踪,而是十个八个、二十三十地被汽车装走的学生,有人说这是"被捕","已经不叫失踪"。也有人指给我看那些魂灵,他已经被叫作"特务"了。——听说他们是住在口袋里的,当他们的主人放开口袋的时候,他们就布满了市街……也有人警告我:

"别尽跑着,当心啊!"

这时候出版了一本刊物叫作《文艺阵地》，有一篇小说写得叫人更加疑神疑鬼地叫着恐怖。那篇小说叫作《老烟的故事》，全重庆的人几乎全得了"老烟"——身后好像老跟随着鬼似的，那些魂灵呀！

逃亡了文化人

重庆的一张小报在一张大报上登了条广告：

《文化新闻》今日出版

珍贵新闻要目：

陈云裳突然婚变！

宋之的全家飞港！

各大书店青年书店经售

据说，这份小报没销了几份，原因也许是广告宣传还不够生动。宋之的飞香港了，这是事实，给拿去□新闻，据说是"另有原因"。等到重庆要人们注意到了离开重庆的作家名流，他们才大吃一惊。

一月里，由"中央"社会部、政治部，市政府，国民精神总动员委员会，举行的文化界大检阅——国民月会扩大会中到的"政治花瓶"不少啊！（读者们，什么叫"政治花瓶"？那是要人们给进步文化人封的绰号）十八个团体的代表，五十家期刊的编辑，十一家报纸的主持人……

然而，这时候，人们发现重要的作家茅盾走了，重要的编辑沈志远走了，重要的新闻记者张友渔也走了，重要的出版家邹韬奋也走了……

接着海外寄回来一份又一份的通电，都是那些走了的作家□流们打来的，他们表示着在重庆表示不出来的意见，他们的意见是重庆的要人们所不曾想到的，这激怒了通电的收件人。

统制交通线，坐飞机得上戴笠将军那里去登记，还要带着你的照片,坐汽车要严密检查……

但是文化人逃走了,将军、部长们说:"这叫作文化人的大逃亡!""好吧!"将军与部长们又说,"逃亡了也干净!"于是"新"的文化人红起来了,冰心小姐(夫人!)被列在鲁迅的名下,连起来说是:"中国的伟大作家,鲁迅冰心!"于是冰心既作了女参政员,又兼任文协会总会的常务理事,华林先生也作了什么"总干事"……

生活书店不再印书,也不再印杂志,正中书店的门市部,摆出了大批新期刊:《文艺青年》《文化新闻》《文艺月刊》……他们的门口挂出的广告是:

内容充实,定价低廉;

欢迎投稿,稿费从优!

据说《文艺青年》的稿费是十五元至三十元一千字,而他的卖价是每本二角钱。只是开□冷漠了的文化街上的中国文化服务社,仍旧脱不了冷漠……没有人上门有什么办法呢?

(《晋察冀日报》1941年11月9日)

八专署布置冬学运动

文建会积极推行并发动鼓词运动

【八专区讯】八专署为了进一步提高广大人民的政治文化水平,彻底扫除文盲,已具体布置了冬校工作,指示所属,迅速开展,彻底推行。于九月二十五日至十月十五日为准备阶段,登记民校教师、准备训练人选等。十月十五日至十月底为第二阶段,县区级完成民校教师训练班,规定冬学宣传周,印发传单标语;村级统计民校学员,筹备校址用具,召开学务会议,实行分工,举行周年测验,适当分班编队，举行开学典礼等事宜。十一月一日起，即为民校正式开始阶段。

【又讯】分区文建会，顷发出通知，号召下级，配合教育科、教育助理员，积极推动冬校运动。并要编制标语口号、宣传品，组织剧团歌咏队，广泛宣传，造成民众入冬校的热潮，保证自己的会员成为入冬校的模范。最后更着重指出残酷区的冬校问题，强调越是残酷区，冬校的意义也越重大。要以灵活的教学分组方式，利用组织系统，保证冬校的彻底开展，切忌强迫命令与形式主义。

【八专区讯】八专区文建会，为了开展大鼓运动，决定各村大量吸收进步的大鼓艺人，到文建小组或救亡室剧团里来，普遍地加强其教育与领导。目前正进行调查统计，征求他们的意见，代其解决痛苦和要求，加强其对目前形势和政治任务的认识，并发动大量的创作和翻印鼓词。

(《晋察冀日报》1941年11月12日)

边区美协流动展览在冀中

田陵

边区美协于边区第二届艺术节大会结束后，即将大会美术展览品精选了一部分，计有木刻、漫画、宣传画、连环画等一百六十余幅，由美协代表田零同志带赴冀中，进行流动展览。先后在冀中军区，抗联会，文艺干训班，十、七、八、九等分区轮回举行展览二十余次，对所带去的沃渣、焰羽、秦兆阳、辛莽等同志的作品，作了普遍的介绍，使广大的参观者对于这些作品获得了深刻的认识。

在每次的展览中，没有一次不是参观者拥挤满室（和满场）的。根据不精确的统计，在这二十余次当中，参观者总不下五万人，其中干部、战士居多，一般群众较少。大体上说，那些作品大家是能够了解的,有不明白处,你只要稍加说明,就行了。参观者就那样地爱那些作品呀,有的要求赠给他,有的还挑着仿画,有的在收拾的时候还迷恋着观看,不肯离去。"这次流动展览给冀中美运打开僵局,冲破沉闷,冀中的美运将由边美协的流动美展所传播的种子,发了芽,生长,开花,结实。"①冀中文化界领导人说。的确,它给冀中广大人民一个深刻的印象。参观者有的说:"边区还有这样的美术作品呢!"有的说:"这不仅是新的美术作品,而且是有力的宣传武器!"总之,这次三个月的流动展览,不但提高了冀中一般人对美术的认识,而且提高了他们欣赏美术的能力和爱好,特别鼓舞了冀中美术工作者。在这次展览中,同时举行了多次的美术座谈会。在座谈会上,大家交换并总结了坚持敌后美术工作的经验,介绍了边区及冀中美运的概况,并讨论了一些美术创作上的特殊问题,指出了我们今后努力的方向和任务,进行了作品的观摩……那些到会的坚持冀中平原美术工作的战士们,由是而兴奋起来了,而鼓舞起来了。他们发起号召,并展开了美术创作运动,对敌寇、汉奸来了次英勇的空前大规模的歼灭战。

(《晋察冀日报》1941年11月18日)

晋西北各界召开运动大会

剧团联合出演《雷雨》

【新华社晋西北分社十九日电】晋西北各界顷召开运动大会,除各种球类比赛外,并有军事技术比赛等项目,以及各种展览会。

---

① 按,此处原文是:"这次流动展览给冀中美运打开,僵局,冲破沉闷边冀中的美运将由所美协的流动美展了传播的种子,发芽,生长,开花,结实。"殊不可解。这种状况,实际上是因排版印刷错误所致,从"览给冀中美运打开"一竖行往下四行,每行首字均错置于上一行之首,应各往下错一行排版。

展览会计第一室是美术品、文艺刊物及各部创作、墙报等，其中尤以五幅油画、连环木刻等内引人注目。第二室以本区自力更生之生产成绩为主，包括自制药品、各种纺织物、枪□、子弹、各种矿产以及其他工业品等。晚□，由战斗、战火两剧社联合公演曹禺名□《雷雨》。此次公演为晋西北空前之□，观众□千余人，布景与演出技巧□□均获极大好评。

（《晋察冀日报》1941年11月23日）

"治安强化"丑剧第三场在晋东北

吴群

以"治安强化"运动为戏名，敌寇大敲锣鼓在华北出演以来，第一场、第二场都严重地失败了。敌寇这次大举"扫荡"边区碰壁失败后，接着第三场戏牌挂出来了。这场戏的中心内容是敌寇对我大肆"经济掠夺"，再以军事、政治、文化、特务各方面一齐上台配合。现在锣鼓正敲打得怪响着呢！

舞 台 上

在"经济掠夺"一场的舞台上，敌寇首先最毒辣地进行了粮食的破坏、掠夺和控制。很明显的，于太原召开的敌伪代、崞等地经济会议内容，主要即是讨论经济的掠夺。敌寇在此次"扫荡"中所占据的石咀、柏兰镇、上下社至盂城一线上，以东、以北的所谓"无人区"中，有的即实行了大举破坏，如五台三区一带，有的地方，除敌寇任意让牲畜踏食外，并驱使由敌占区带来的民夫割倒或焚毁。而绝大部分县是进行抢夺。抢掠的花样很多，如盂县×区之敌组织收□队出来抢粮，强迫群众将秋收粮食三分之二交给"皇军"。这就是敌寇的所谓"三一政策"，同时更用所谓"屯粮保管政策""计口授粮政策"等来施行掠夺。敌人先后在五台三区等成立一个"粮食保管委员会"，说是："为了怕八路军来抢粮，所有'皇军'愿义务为老百姓'保管'，每家老百姓计算人口，除应留食短期之粮外，均限期运'粮食保管委员会'，将来需要，'皇军'可以归还。"可是实际他早就把粮拿去，晚上敌人便偷偷地一车一车运往五台城去了。另外敌人以他无耻的欺诈手段来抢掠粮食，那是更不胜枚举的。如在五台高洪口一带，敌人抢劫了群众的高粱、玉茭子、小米后，还欺骗老百姓说"将来用汽车运回大米、白面还你们"；□盂县西烟、上社等区抢来白面、小米运到御枣口，以极贱的价格诱我同胞用白洋购买，个别群众上当购买了粮食后，敌人即向购粮者勒索白洋；五台二区马家庄一带，敌人叫老百姓七天内秋收完毕，但至第六天，敌人即带数百民夫抢夺群众所有收割之粮食，运往据点中去。此外太原代、崞敌伪经济会议更决定：首先在"治安区"分□设置警卡，驻扎伪军"保护"，并企图采取逐步推进，以图"封锁"与"控制"我们，特别是对盐、菜油之类封锁，与外县公粮运输、控制，现定、襄等地已建立起"经济封锁委员会"。同时，在所谓"治安区"的敲诈与勒索那更是骇人听闻，如五台二区敌特务□□在耿镇诸财主，向大家公开地要白洋，至少也在五百元以上；北高洪口、万和堂被抢去皮箱十二个，里面都满装着珍贵物品……所以使得众日特别顽固的老财也痛哭流涕地说出了天良话："共产党四年没有把我怎样，日本人一来，两个月内就把我搞坏了……"

这第三场"戏"是毒辣的，他与对我根据地的"并村政策""三光政策"密切结合，企图掠夺我根据地粮食、财富，困迫和折断我经济命脉与破坏公粮，而达到其"就地供给和面的占领"的迷梦。

观 后 话

不管敌人怎样毒辣地在出演着第三场"戏",但我看到了晋东北人民的子弟兵在英勇地与敌斗争着,晋东北□□人民□□□□站起来对敌怒吼时,我肯定的□□□□□□的这第三场"戏",他一定又要悲惨地塌台的。

八路军在那里以他积极的活动,掩护了群众的迅速秋收,很多次敌人来抢粮食,都被他们英勇地击退了。在晋东北的党政军民到处成立了"战时工作委员会",坚强地领导了所谓"无人区"与"治安区"的工作,他们从敌人的"合并村"中救出许多群众。他们在与敌人争夺粮食,如在五台三区他们组织了以五家至七家为一组的秋收互助小组,他们组织了秋收突击队,就是晚上也忙着收割,决不让敌人抢去一点粮食。

这斗争是尖锐的、复杂的。在五台三区,敌人也狡猾地说"掩护群众秋收,替群众保管粮食"等,战委会即揭穿敌人的阴谋说:"敌人的掩护秋收,就是抢夺;保管粮食就是掠夺粮食的变相花样。"敌人强迫合并村中的老百姓每日要出去收割三十斤以上粮食回来,否则要打要杀,可是老百姓总是空手回去。敌人问粮食时,他便说:"八路军把粮抢去了……"敌人还是没有办法可想。群众是我们的,胜利永远是属于我们的!

(《晋察冀日报》1941 年 11 月 23 日)

北岳区文救会布置新工作

决定加强读报通讯等

岗契

【北岳区文救会讯】北岳文救于本月初总结反"扫荡"工作后,

布置今年十二月到明年二月的工作,这三个月的中心工作是:建立小组的经常工作,而以读报、写通讯为经常工作中的主要内容。计决定:读报工作方面,每个文救小组应首先做到:每个会员经常阅读《晋察冀日报》,并以文救小组为主,建立读报小组,经常讨论和研究报纸,然后利用一切机会,组织群众,读报给群众听。通讯工作方面,每个小组保证每一个月写一个简明通讯,每个干部一个月写两个通讯,由各县选择精彩的整理,分别寄《晋察冀日报》和北岳文救。此外决定加强调查研究工作,切实参加冬学工作和开展一般文化娱乐工作,详细布置文件早已发下,并编有《怎样读报》《怎样写通讯》等小册子,和通俗故事、歌子等冬学文娱材料,会员干部教材,均已先后发下,各县正分途布置中。

(《晋察冀日报》1941年11月23日)

郭沫若先生五十寿　延安文化界召开庆祝会

《解放日报》文艺栏特出专刊

【新华社延安十九日电】延安文化界为庆祝郭沫若先生五十寿辰,特于十六日下午二时在文化俱乐部召开大会,到有凯丰、周扬、艾思奇、萧三、草明、欧阳山、艾青、高长虹、吴奚如、柯柏年、李雷等数十人,边府林主席因公未能亲自参加,特来函庆祝。由萧三主席报告庆祝意义后,各出席人即分别就郭先生在文学上之成就和对民族民主革命事业之努力详加阐述,对郭先生年来为国事奔走辛勤,极表敬佩。并一致通过以庆祝会名义电郭先生致贺,《解放日报》文艺栏出专刊庆祝,载有李初梨作《我对于郭沫若先生的认识》、周扬作《郭沫若与他的女神》等文章。

(《晋察冀日报》1941年11月25日)

边区文联开扩干会

讨论反对敌三期"治安强化"及开展军民誓约运动等问题

【文联讯】为总结反"扫荡"边区文化工作的经验教训，加强文联今后工作，针对敌寇目前第三期"治安强化"运动的阴谋，发动全边区对敌文化艺术攻势，并为准备明年"一·二八"全华北军民誓约运动，边区文联特于本月十七日召开首次扩大干部会议，到会计文联各协会常委及工作干部三十余人。大会之第一日，先由文联主任沙可夫报告开会意义，次请文联常委常青作政治报告，对目前国际国内形势分析极为详尽。继由文联工作队罗厈、田间与赴冀中区进行流动美展的田零报告工作。最后由周韦明报告冀中文化运动近况，至下午四时休会。大会第二日由沙可夫同志报告文联今后工作方针，在报告中除对健全文联组织，加强俱乐部各学会、研究会工作，各协文救的检查工作等问题作切要叙述外，特别对于目前反对敌寇第三次"治安强化"运动，发动边区文化文艺的猛烈攻势，以及准备明年"一·二八"全华北军民誓约运动，阐发尤为缜密。报告结束后，当即引起全体到会干部之热烈讨论，除提出数项工作的具体步骤需提交各协会联席会议上讨论执行外，对报告中所示各种工作的要点，特别是对于反对敌寇第三期"治安强化"运动与开展军民誓约运动均表示一致拥护。讨论延至晚六时许，由沙可夫同志总结后，大会在兴奋中圆满闭幕。（柳荫）

（《晋察冀日报》1941年11月25日）

各协及俱乐部主任举行联席会

【又讯】文联首次扩大干部会议结束之第二日，各协及俱乐部主任举行联席会议，文协田间，音协周魏峙、卢肃，美协沃渣，剧协罗东、韩塞、崔嵬，俱乐部陈山均到会，会议由沙可夫主持。兹将重要决议摘要如下：一、关于检查工作者，由各协联合指示各文化团体及个人会员，阐明此次检查工作的基本精神与要点，全部检查工作于年底完成。二、关于创□运动者，由文联向全边区艺术工作者发出号召开征求以反对敌寇第三次"治安强化"运动及"一·二八"军民誓约运动为中心内容的各种艺术作品，请鲁迅文艺奖金委员会代行选稿给奖。三、文联、各协均出版会刊。俟各会刊出版，各协会合编的《文艺报》印行停刊。四、筹备成立文化供应社，决定该社为营业性质，以自给自足为原则。（柳）

（《晋察冀日报》1941年11月25日）

晋深极抗联会与文建会合组文化服务团

深南县举办文艺训练班

镜明

【本报冀中讯】晋深极为取得宣传战上的胜利，迎接今后的残酷局面，更进一步深入群众宣传教育工作，推动、影响、指导村剧社的发展，帮助民运工作的新开展，由抗联会、文建会组织了文化服务团，由抗联会、文建会文艺部，直接领导督促工作，除至各村各区示范及纪念日外，亦作民运工作。该团内设团长、总务、指导员各一人，导演二人，男女演员三十人，在十月十号已完全集合，最近即可出演。今后文化界对全县工作的推进，将有更大的颈□与收获。

【又讯】深南县教育科□办秋假教师训练班，分两期举办完毕后，文艺训练班又于九月二十四日开课，计到学员三十六人。所进行科目，计有乐理、唱歌实习、化装术、舞台布景、文学常识、文艺创作等。定期十二天结束，实予爱好文艺者一个很好的研究机会。

(《晋察冀日报》1941年11月25日)

为开展军民誓约运动与粉碎日寇三期"治强"阴谋

向全边区文化界的号召

中共中央北方局和十八集团军野战政治部，于十月二十日联合发表《关于开展军民誓约运动号召》，指出：在抗战四年余的今天，敌我斗争进入了更残酷、更尖锐的阶段，敌人采取了所谓三分军事、七分政治，采取所谓彻底毁灭我根据地的军事、政治、经济、特务、文化的总□战，对我进攻将一天天地更加阴险毒辣与残暴。因此在华北各地需要开展一个军民誓约运动，以提高民族气节，加强抗战信心与决心，进一步在政治上、思想上将全体军民武装起来，使能在残酷的斗争中间与困难的条件下不屈服、不动摇、不逃避、不灰心，而且日益振奋起来，英勇地打击敌人，为了保卫祖国、保卫家乡、保卫根据地，和敌人斗争到底！根据这次敌人对边区所谓"毁灭扫荡"中的情形，我们认为这个号召是十二万分的正确。我们全边区的文化界应该为这一运动的开展，贡献所有的力量！

同时,从十一月一日起,敌人对我华北各根据地又进行了所谓第三次"治安强化"运动,中心是经济封锁,这可说是敌寇占领区域经济危机益形严重的一种表现,也是对我各根据地将进行野蛮的掠夺的一种阴毒的步骤。为了加速敌寇在经济上的崩溃,为了保护我们的生命和财产,我们文化界也应该和政治、经济、军事各方面工作的同志,一致地展开反对敌寇三次"治安强化"运动的斗争。

经过本会扩大干部会上的热烈讨论,我们决定用以下的工作对敌展开文化艺术的宣传战:

第一,以开展军民誓约运动,反对敌寇三次"治安运动"为目前宣传工作的中心内容。

第二,在艺术界发动一个创作运动,主要的是大量地创作各种短小精悍、群众易懂的通俗化艺术作品(详见征稿启事),使能广泛地演出,普遍地分发,以收得最大的宣传效果。

第三,号召北岳、冀中等区的文救会、文建会,边区的各协会、各研究会以及各脱离生产的文化团体、剧社、文艺小组,于新年及誓约运动以前,在连队、乡村间多多举行各种形式的演出,散发各种宣传品以及采取其他的宣传方式来进行广泛深入的宣传工作。乡村艺术运动,也应在文救会的领导下活跃起来。乡村剧团如因病员过多或其他原因不可能立即恢复工作的,可组织各种宣传队进行宣传。

第四,所有文化工作者,应利用一切机会,将军民誓约的誓词对广大军民宣讲,务使能懂、能背而后止,并将誓词全文普遍录写于街头墙壁。

第五,应该把以上这些工作与新年文艺运动联系起来。

全边区的文化界的同志们,紧急地动员起来,拿文化艺术的武器来粉碎敌寇的第三次"治安强化"运动,采取一切方式,进行广泛

宣传，开展军民誓约运动！为边区的巩固与扩大，和敌人斗争到底！

　　　　　　晋察冀边区文化界抗日救国联合会

　　　　　　　　　　十一月十八日

（《晋察冀日报》1941年11月27日）

边区新文字协会即将成立

【文联讯】自边区新文字学会发起成立以来，积极推行新文字的学习、研究工作，并曾出版《新文字报》数期，颇引起各方注意。此次边区文联扩干会议，为了加强新文字宣传工作，有计划地编辑新文字课本与参考材料，设法培养新文字干部，以推广边区新文字运动，特决定扩大该会组织，成立边区新文字协会。现正加紧征求会员，不久即可成立云。

（《晋察冀日报》1941年11月27日）

响应文联号召　西战团加紧创作

　　　　　　　　陆

【西战团讯】西北战地服务团为了响应边区文联关于开展军民誓约运动，反对敌寇第三次"治安强化"运动，向全边区文化界号召，特即□团内发起了创作的突击。近日已创作了一些歌曲，经由边文救印发各地应用，其他各种艺术作品都在加紧写作中云。

（《晋察冀日报》1941年11月28日）

晋西北文联召开文化界联席会

检讨根据地文化工作

【新华社晋西北分社二十六日电】此间文联于廿一日在兴县召开文化界联席会,到晋西北各部门文化工作者六十余人,会中由亚马同志报告一年来晋西北文化运动。首先对晋西北文化工作的发展作□□叙述,其次对各部门文化工作进行检讨,并提出数点作为文化运动的方向,最后提出现阶段文化工作任务为:(一)巩固扩大文化运动的组织,加强文化工作者的团结;(二)充实与发展各种文化工作;(三)开展群众通俗文化运动;(四)培养文化运动干部,扩展现有基础;(五)争取根据地周围敌占区知识分子参加文教工作,使今后各抗日根据地与后方文化界取得联系;(六)反对国内反动势力,摧残压迫文教事业,旋由文协、剧协、音协、美协青记分会分别进行座谈会,检讨过去与讨论今后工作。

(《晋察冀日报》1941年11月30日)

过去、现在和将来

这个小刊物应该成为群众的一位良友,特别应该成为乡村连队艺术运动的一个小小指导者,这里,过去我们做得非常不够。大家在这方面贡献给我们的意见,我们极诚恳地接受。

至于有些同志希望这个刊物内容再精粹些(譬如要它文学性重一些,多登些创作),这个意见很好,可惜它是一个小刊物,大家都看到的,篇幅极有限,而且又是四个协会的机关志之一,所以我们只能尽可能地去做。

现在对于艺术副刊的基本任务,因为我们的能力关系,正需要大家更进一步、更进一步地伸出手来帮助它共同完成。重复一句老话:"艺术是大家的!"

《晋察冀艺术》像晋察冀人民一样生活在一个新的斗争时期里,它需要新的生活、新的胜利。它要忠实地、不屈不挠地为自己的将来而战!为人民的将来而战!

编委会
一九四一年一二月

(《晋察冀日报》1941年11月30日,《晋察冀艺术》副刊第23期)

反"扫荡"中能不能坚持歌咏工作?

巍峙

这次敌人对边区的秋季"扫荡"是空前残酷与毒辣。在反"扫荡"中,艺术工作当然不能按照日常的方式来进行,就连最容易做的教歌工作也有些时候因战斗紧张受到了影响了。有一些同志认为在这样的反"扫荡"当中,歌咏工作是没法进行的了。我觉得这种想法是不对的。

当然,我不是要战士们在打仗的时候还要学唱歌,在敌人快要来的时候还拉着教歌,也不要那些机关、团体、学校为了坚持歌咏工作而集中一部分人在一起。

那么在什么时候进行歌咏工作呢?

我想敌人的"扫荡"无论怎样残酷,但总是不平衡的,常有很大的空隙可以利用。譬如在唐县的四区、三区的一些村子,这次在敌人刚走一二天小学校就照常上课，有些同志就抓紧机会教了两个歌子。以后敌人虽然常是两三天来一次，但只要学校能上课，教歌工作就可进行。除了小学生外，青抗先自卫队方面，病号虽不少，但还有几十个人，这当中也有人教了歌子，曾有一个同志在九月初旬敌人"扫荡"的第一阶段中有时就一天教两三次歌子（一次是学生，一次是青抗先，一次是全村混合的）。

有些小规模的工厂在反"扫荡"中还坚持工作，这次有个别音乐工作者和他们一同打游击。敌人来了，一同转移，一同爬山；敌人走了，回来照常工作。这位同志，就抽暇教歌，和工友们的关系相当不坏，同时还有人给他们讲戏剧问题咧。

有些部队虽然是经常流动，而且还要进行战斗，但也常有两三天的休息，有的甚至还多些。部队的生活容易上正规，一两天的休息，如无情况，下操、上课、点名游戏等，就会照常进行，这也是教歌的好机会，并且容易鼓励情绪，指战员、政工人员都很欢迎。这次有些同志常放松这种机会，我认为是很可惜的。

政府机关、群众团体，虽然是分散工作，但总会集合少数人在一起工作。尤其是区村级的干部加上其他帮助工作的，常常有五六人之多。这些人生活、工作、行动都在一起，更容易接近，有时没法教大家，教个别人的也有可能，那么我们的目的也可达到一部分了。

这些工作不但专门音乐工作者可以进行，就连地方上（我曾看见过这种例子）的小学教员，连队里的教员、同志，甚至县区的政民干部都可以进行咧！（我曾见过这种例子。）

上面所谈的一些例子，是事实，也是坚持工作的办法。其他的办法一定还很多，如连队中分班教歌，学生及群众间的个别传授、低声教歌，以及预先把歌词教熟，然后找机会教谱，等等，都是可以进行的，最低限度也可以收集一些歌曲材料和当地歌咏运动的情形。向人谈谈歌咏工作的重要，交换一些对歌咏工作的意见，甚至抄个歌曲给别人，也都是我们的工作，难道这些工作都没法进行了吗？

这次反"扫荡"中，有些事务工作者只知"打游击"、跑路，别的什么都忘记了，有机会教歌的时候也轻轻放过，更谈不到找机会进行了。我想这应该是我们音乐界的经验教训，在此后反"扫荡"中应加以注意的。

最后，我想到，为了在反"扫荡"中能坚持歌咏工作，必须事先准备一些适当的歌曲材料（能随时创作那当然更好）。最好在脑子里记熟几个，以免歌谱遗失了，没法教人。这次就有些同志在别人要求教歌时无歌可教，有些又记不清楚了。有些同志教的歌曲常不适合当时的环境及对象的需要，因而费力不讨好，浪费宝贵的时间，提不起学习情绪，影响下次教歌机会。我想在那样的环境里最好是教雄壮、明快、短小、易唱的歌曲。

工作是不会停止的，工作经验和方法也是不断进步的，让我们的歌咏工作在今后更加艰苦的环境中一天天地健壮起来吧！

（《晋察冀日报》1941年11月30日，《晋察冀艺术》副刊第23期）

消　　息

一、大型文化艺术综合杂志《五十年代》第二期已出版，内容除重要论文外，精粹的文艺作品亦很多。各地新华书店均有代售。

二、晋察冀边区诗会机关志《诗》创刊号已发刊，内容有诗论、译诗、诗创作等。新华书店及边区文协代售。

三、边区文、音、美、剧四协会最近已决议各出大型月刊一种。过去合编之《文艺报》旬刊将于日内终刊。

四、半年前冀中各界所努力进行之集体创作《冀中一日》现已出版。该书二十五万余字，为一浩大工程。闻参加此次创作者有儿童、老太太在内，稿件曾用大□□运云。

(《晋察冀日报》1941年11月30日，《晋察冀艺术》副刊第23期)

《冀中一日》问世

转稿五百五十篇　洋洋三十余万言

【本报特讯】今年春冀中区各界首长发动了一个《冀中一日》（五月二十七日），这种工作已经完成，十月底出版，共收到稿件一万多篇，选取了五百五十篇，三十余万字，共分四辑。作者大部分是各界在职干部，但也有士绅、老太婆及小学生、战斗员、伙马夫、勤务员以及囚犯，村级作者百分之二十强，回族子弟兵和回族的作者占百分之十。冀中军区司令员吕正操同志与政委程子华同志亦亲手题词，评价甚高云。

(《晋察冀日报》1941年12月3日)

开展敌占区、游击区文化运动

专区文化人开座谈会

乡村文艺社筹备成立

十月三十日，三专区文化工作者召开座谈会，有边区文联工作团田间等同志□□□指导，推分□政治部□□□大会主席。首先，田间等同志把边区文化□□□情形向大会简要报告。其次，关于"民族形式""民间形式"的热烈讨论与许多伟大剧本的出演，尤令人有羡慕敬仰之感。接着由三专区文救会主任崔哲同志、分区政治部钱丹辉同志把三专区与分区子弟兵文化活动的概况作了简单的报告。最后，大会讨论：一、怎样开展游击区、敌占区的新文化运动。二、怎样团结游击区、敌占区的知识分子。经到会同志的热烈讨论，大家一致认为：（一）应深入地了解游击区、敌占区的文化活动情形，目前存在的具体问题，展开调查研究工作，深入了解游击区、敌占区乡村与城市知识分子的特点。（二）对敌展开思想宣传战，揭穿其反共、灭共的欺骗阴谋，并用各种方法方式，顽强地开展国民教育与社会教育，粉碎敌寇的"奴化运动"与第三次"治安强化"阴谋。（三）提高全体干部对于目前团结知识分子的特殊重要意义，纠正个别干部对待知识分子的不正确的态度。（四）加强游击区、敌占区知识分子的教育，启发与提高其民族觉悟，提出"抗日救国"为每一个有良心的中国人之光荣职责，并通过各种组织系统、各种关系，经常供给他们文化食粮，站在民族解放的正确立场上去团结他们。

在文化工作座谈会后，部队、政权、团体的几位爱好文艺□同志，□加强三专区的新民主主义的文艺运动，爱好文艺与文艺工作者□□会在写作上互相研究与讨论，更提高自己，团结□对敌斗争的文艺战线□，□用自己的武器——笔，反映出我中华民族伟大的一代斗争的事迹。政治部钱丹辉等同志发起组织乡村文艺社，团结三专区文艺工作者与爱好者，站在对敌斗争的文艺战线上，与敌寇作文化上的斗争。现在乡村文艺社正积极筹备成立中。

(《晋察冀日报》1941年12月4日)

专区文救开县主任联席会

占春

上月十二日，专区文救办事处召开第二次县主任联席会议，历时三日，总结秋季反"扫荡"中的组织宣传工作，并深入检讨了□缺点。其主要经验教训为：（一）在反"扫荡"中强调系统领导，反对混合领导，文救应及时地□出自己的特殊工作与任务。（二）对干部□战会使工□□到损失，今后要力争□文救小组□□□三个干部，不□□职，或□其□本的工作相近的工作，□今后工作决定，文联应尽一切力量帮助领导冬运，□证在战时坚持冬学；巩固组织，恢复健全各种制度，根据在反"扫荡"中的具体表现，继续审查干部及会员，加强干部、会员教育，及各种数字的统计、调查与研究；根据目前宣传工作的基本方针，对敌展开思想战、宣传战，加强群众反封锁教育，彻底粉碎敌寇三次"治安强化"运动，加强通讯读报工作，展开群众卫生教育运动。

(《晋察冀日报》1941年12月5日)

冀热察新闻事业简述

肇野

进步的新闻纸是领导人民斗争的，敌后的新闻纸更是敌后人民抗日斗争的解放的旗帜，开展敌后新闻事业应该是和其他一切抗日工作并重。

但是冀热察的新闻事业没有能跟根据地同时创造起来，没有能很早地配合、协助各种抗日工作，却是在根据地已经开始巩固，建设得快到一年的时候才创建起来的。

冀热察的地区是在辽阔的敌后方，它被敌寇几条长长的铁路分割着，因此在新闻工作的坚持上也各有不同。由于战争环境的残酷性程度上的差别，各分区新闻工作的情形也略有不同。而新闻事业的坚持与新闻记者的坚决勇敢、不畏惧困难和牺牲，这是冀热察从事新闻事业者值得骄傲的，因为他们有在最前线上的在敌寇残酷的"扫荡"下坚持工作的许多战友，有在被捕后并不屈服于敌人的残暴的酷刑而坚定不移的贾后庄与陈荻同志。

冀热察报纸创办最早的是在平西出版的《挺进报》。他开始于一九三九年春，那时是挺进军政治部的机关报，关于消息的来源，除了地方战讯，便只能依靠收一点重庆电台的语言广播，用油印发刊。但在荒漠的平西，这唯一的新闻纸却给予军政民各界抗日同志以莫大的兴奋！以后随着平西抗日根据地的扩大与巩固，这一个小型报纸就不能满足读者的要求了。因之，再继续发刊到八月里，即筹备改石印出版，且把他独立起来，成为全平西人民的代言机关。当报社整个改组以后，便号召平西的文化工作者参加报社工作，不及三月，报社的组织扩大了并逐步健全了，除了收重庆电台的广播外，还能收苏联的俄文广播，使读者对德苏互不侵犯协定后的国际局势得到正确的了解。之后并争取新华社之各电站，内容更充实起来。三日刊石印版四开纸的《挺进报》，自九月一日创刊后，除短时期的材料中断外，一直继续至现在。在反"扫荡"中也还坚持战时小报的编印。

并且从平西区的范围内又扩大成为全冀热察的报纸了,他指导着冀热察人民的抗日斗争,反映了冀热察军政民与敌伪斗争的战斗生活和全面动态。另外,他还领导冀热察的文化活动,编印几十种通俗□书和小册子,并曾建立冀热察通讯社,编印通讯集,派记者到农村去、到战场上、到敌伪腹地的□津去,写出战场上悲壮的史诗,揭发敌伪的无耻暴行。最近半年来在每个地区里普遍地组织通讯网,成立通讯小组,培养大批的通讯记者,收到很大成绩。在发行方面,这些报纸和小册子除了在根据地内普遍发行外,还运输到平津以及敌人的据点里去,这是瓦解敌军、争取伪军的有力武器。《挺进报》,他已经是中共冀热察党的机关报,宣扬中国共产党的一切主张,并推动它的实现,他领导着冀热察人民的抗日斗争,他是深远的敌后方的人民解放斗争的旗帜。

挺进报社的工作同志都是□吃苦耐劳的□决勇敢的文化工作者。由于中共的正确领导,他们在残酷的环境中坚持工作,不畏惧于一切困难与艰苦,如陆贻曾写道:"他们现在过着原始时代的简单物质生活,自己拾柴烧饭,一天只吃两顿玉米,佐以树叶野菜。"这是事实,是他们艰苦的作风。他们的工作是伟大的,陆贻又写道:"他们做的却是具有极大意义的工作,因为这张《挺进报》,每期销售于北平□□者达三百份,呻吟在敌人铁蹄下的北平同胞,当她便是晴朗的太阳。"

《挺进报》是在战斗中生长,在战斗中壮大起来了。

在平西区的各县里,曾经为工作的需要都相继出版了地方小报,如昌宛之《卢沟桥》(后改《前进报》)、涞涿之《抗战报》、涞源之《先锋报》等,它能在每个时期的动员工作中(如□□、节约献金、春耕秋收、民主选举……)起着宣传鼓动作用。所以这些浓厚的油印小报是极活跃的,并成为区村级干部在动员工作中不可分离的读物。

在平北，去年创造新根据地的过程中，随着战斗的开展，发刊了一种《新平北》不定期的油印报纸，与敌人展开了文化战与宣传战。在武装斗争的最前线上，在伪"满"与伪"蒙古国"的"国境"里，我们的文化战士带着他们的武器——纸、笔、油印机，随着战斗部队日夜奔走、搏斗。在火线上印发报纸、传单，敌人的炮弹就飞舞在他们身旁。《挺进报》特派员和《新平北报》编辑贡后生同志便在一九四一年二月龙延怀地区的战斗中不幸被捕，被敌人带到龙延城内，遭受严刑酷打，终不屈服，表现了中华民族和布尔什维克的伟大气节，为祖国的解放和革命事业，尽一生精力，流最后一滴血！

在冀东，一九三九年秋，八路军总政前线记者雷烨同志随部队东上，在那儿发刊了《救国报》。他们终日在极残酷的战争环境中进行地下工作，该报编辑陈荻同志就是这样牺牲的。冀东的《救国报》是中共冀东党的机关报，是冀东人民解放斗争的方向。

最后谈到冀中十分区，这地区由于人民文化水准较平西、平北都高，所以在这儿出版的四开纸油印的战报，虽是五日刊，但出版三日内即能送到区村的读者手里而为群众所热烈欢迎，在救亡室朗读，在街头张贴，并成为村区干部和小学教师的教材。这个报纸的最大特点是有浓厚的冀中十分区的地方性。他们还不断地编印了许多小册子，都是军政民干部的文化食粮。战报社的人不多，但工作做得多。他们由于环境残酷，还有少数警卫队，每个工作人员也都时时刻刻不离开武器，住的村庄很少有超过三天的，与敌短兵相接也是常有的事情。他们有的时候住在距敌据点五六里地就工作，有时被敌人包围，就战斗、冲锋。他们多半是单独工作与单独行动，生活和工作在战争里，昼夜呼吸着火药气息，名副其实的"□游击""战报"。

而在冀中区的各县里，也有县的地方小报，如新城之《新新报》

（后改为《新城报》）、霸县之《抗战报》、固安的《前哨报》等，这些小报因为读者的需要曾改出隔日刊。而《前哨报》印刷则最为清新爽目，博得人们很高的爱护。

在冀热察地区，挺进军政治部还发刊了纯部队性质的五日刊，近来已由油印改石印，内容也充实起来。

冀热察本来是个荒凉的地区，但现在却改变了许多，人民的文化、政治水平一天天地提高起来，他们在建设新民主主义共和国的旗帜下向前迈进！

（《晋察冀日报》1941年12月10日）

响应文联号召

文、音、美、剧四协会积极开展创作运动

【本报讯】十月二十一日上午，文协召开文学创作会第二次会议，到会者有田间、何洛、丁克辛、韦明、鲁加、蔡其矫、张自深、鲁山等十四人。首由田间报告会议意义，谓：此次文联干部会曾给予我们以新的任务，即为反对敌寇第三期"治强"运动及准备军民誓约运动而展开文艺创作运动，向敌展开宣传攻势，在此会上希大家根据总的方针而决定我们的具体行动。报告后即展开讨论，关于创作运动方面，到会者均热烈发言，韦明并有提议：为保证按期完成稿件，每人应自动承认写作篇数，全场一致赞成，田间与鲁加自认十篇以上，其他自认者三篇五篇不等，共计三十余篇，交稿日期分二次，第一次在十二月五日，第二次在十二月十日。该会对文协所筹备出版之文艺刊物及文学小丛等问题，亦作深入之讨论云。

剧　　协

【本报讯】根据最近文联关于今后工作的决定与号召，剧协特于上月一十四日召开扩大常委会，剧协全体常委及剧作研究会同志均出席参加，其主要之决议如下：一、发起广泛的创作运动，并于最近发出关于此次创作诸问题的通知。二、开展新年乡村戏剧运动。三、并在新年前刊行、出版新刊物《晋察冀戏剧》及《秧歌舞》小册子。四、历年筹划之"戏剧小丛书"亦决定会后陆续出版。五、将此次新年戏剧运动扩展至冀中，造成戏剧热潮，并发出"创造模范村剧团"口号。六、关于剧协本会会员应整理，对外应联系及检查工作等，均决于即日起执行。现该工作□为繁忙云。

音　　协

【又讯】为响应文联的号召，音协已向该会会员以及各地音乐工作者发出通知，以期普遍地展开创作热潮。联大歌曲研究会为了开展创作运动，规定每个会员至少创作歌词一首。

美　　协

【又讯】美协在文联号召发出后，当即决定动员全体会员为加强美术运动，对敌展开宣传攻□而努力。联大美术研究室在沃渣同志直接领导下，已掀起了漫画、木刻创作热潮。

（《晋察冀日报》1941年12月11日）

在华北朝鲜青联会边区支会上：访问蔡野火先生

之一

  天色已经是傍晚了，当我赶到的时候，华北朝鲜青年联合会边区支会的成立大会已开会了。我以怅然的心情，又匆匆地涉□□□山里的晚会会场，抗大二分校的文工团正在为边区的朝鲜同志演出以朝鲜人民的生活和斗争为题材的独幕□们亡国后的朝鲜人民今天在经历着怎样悲惨的生活，日本法西斯强盗无尽的压榨已使朝鲜人民一天一天走向死亡的深渊，因此推翻日本帝国主义的统治是当前朝鲜人民生存的唯一道路。会场里遇见了蔡野火先生，久别重逢，蔡先生的热情□□感到分外的亲□。

  □□□等开完会，□□□踏着暗夜迷茫的山道，返回河西村庄。经过片刻闲散的寒暄，记者便提出几个问题，关于华北朝鲜青年联合会的情形，及在边区今后的工作等询及蔡先生。

  "一句话可以概括我们朝鲜青年联合会的工作中心，即是团结全华北朝鲜青年和人民在统一的旗帜下，进行抗日的朝鲜民族解放运动！"蔡先生以朗然的声音和愉快的情调，开始了他的谈话，"这就是今年一月十日在晋东南成立联合会总会所确定的我们工作的方向。当总会成立后，即派同志分头至各个抗日根据地和大后方进行团结朝鲜人民的工作。不久，从大后方便有数百朝鲜青年越过一切困难到达晋东南地区，于是我们朝鲜义勇队华北支队便全副武装地开始成立了。他已与中国抗日军队站在一条战线上打击共同的敌人——日本法西斯强盗。接着便筹备成立朝鲜青年小学与武装宣传队，后者更深入敌占区进行广泛的宣传，出版机关杂志——《青年月刊》。我们的口号便是：团结□内朝鲜青年，发展朝鲜抗日民族统一战线，集中力量，准备打倒日本帝国主义！"

"青联会的组织,在各个抗日根据地都已经建立了吗?"记者问。

蔡先生稍歇了一会,又带着微笑地说:"是的,现在在华北几个大的根据地都已经建立了,比如陕甘宁边区、晋冀鲁豫边区、冀鲁豫边区,和现在我们的晋察冀边区都已设立了支会,并□如晋冀鲁豫和陕甘宁都已经展开了巨大的工作。"

这又使我更加关注今后边区朝鲜青联支会的工作。于是,蔡先生便又继续地讲下去:"自然,边区周围是有不少的朝鲜人员,他们在日本强盗逼迫下,背井离乡来到这里,团结这千万的朝鲜人员到抗战的阵线上来,是异常的必要的。可是这首先还必须进行艰苦的宣传工作,这尚有待边区党政军民给予我们有力的帮助。"

接着蔡先生便给我讲述日本帝国主义□□诸朝鲜人民的悲惨的亡国生活,这都可见之于他所写的那篇《关于二十七年来朝鲜革命运动》的一文内。

"百分之八十的土地被日寇强占了,人民被日寇驱逐到东北或者到关内来——冀东朝鲜的人民是相当多的。朝鲜人的姓名被改成日本人的姓名,连朝鲜这个国家都已被改成仅仅是'半岛'了。"蔡先生语言里带着强烈的仇恨,但又充满了清醒的理智,缓慢地继续着说,"然而,强盗们暴虐的统治并没有平息,朝鲜人民反日的斗争火焰从平壤等地暴动后,朝鲜人民的革命运动益发高涨成不可遏止的力量,日本帝国主义将在这□海洋里掀起的汹涌浪潮一样的解放运动里面找到他的归宿是可以预断的吧!"

他愉快地笑着,那是充满着怎样坚强信念的心情呵!又是几个朝鲜同志走进了屋内——晚会已经散会了。室内顿时呈现了更加欢欣的气象。我们谈到了太平洋的大战,这几位朝鲜同志对于这个话题显示了异常的兴奋。

"这个战争将是日本强盗最后的孤注一掷,战争的非正义的侵略性,与民主国家强大力量的团结,最后日本强盗一定会失败的。"一个朝鲜的同志说,"因此,这也将更使我们加紧工作,这将是我们朝鲜民族解放的适宜时机,我们必须更加团结朝鲜人民,站在中国的抗战战线上,共同为打倒日本法西斯强盗而斗争。"

夜已经深沉了,东山的月色已显露了一线的亮光。于是我便离开了这一群为祖国解放怀着无比热情的朝鲜的革命战士!

(《晋察冀日报》1941年12月17日)

边区文化俱乐部决定

加强学术研究等工作,组织各种讲座、展览会

俱

【本报讯】边区文化俱乐部为迎接一九四二年,最近特决定下列工作任务:(一)加强学术研究,组织各种座谈会、讲座(如最近即将开始的沙可夫同志的"艺术讲座",何幹之同志的"鲁迅讲座"……)、展览会、补习班、调查访问团等。(二)活跃文化人的生活,组织各种体育比赛、联欢会、星期日短途旅行等。(三)□设文化供应社(现已着手办理),供给各文化团体一些材料和应用物品。(四)加强对外联系,加强宣传工作。(五)改善文化俱乐部的招待工作,加强对各协会、学会等日常生活上的帮助。以上各项任务均在逐步积极推进中。

(《晋察冀日报》1941年12月17日)

一个文救小组在反"扫荡"中

康濯

唐县×××村的文救小组,是在反"扫荡"前一个半月才成立起来

的。他们对工作非常努力。就像在这次反"扫荡"当中，就能够坚持民校工作，做到敌来校散、敌退马上照常开课。拿文救小组做中心，又成立了标语队，不仅全村的墙上标语写满了，他们还写到外村去，写到大路旁、树干上去。村剧团团员发展到一百多人。因为歌咏队长能识谱、会唱歌，也会教歌，大家对于歌咏的情绪很高。今天，他们连那么复杂的《毛泽东颂》也唱得蛮漂亮了。另外还排过四个剧，还到外村去演出过。团员里有个四五十岁的老头儿，还要常常争着上台演戏。至于一般宣传工作，更是经常耐心地向全村民众宣传，不怕艰苦困难。他们在村子里建立了很好的信仰。

九月十三日夜里，情况很紧张，我们向×××村转移。可是这里距离敌人也不过十七八里地。我们还没到村，就听到村里的锣鼓声，大家吃了一惊，难道因为情况更紧张了，老百姓鸣锣要转移了吗？但不一会儿，却传出来了歌声——"粉碎敌寇'扫荡'"和其他一些歌子，□缓地和着平川地□紧急的夜风，飘散开来，我们才放了心，同时有说不出的兴奋。进了村，百十多个人还在唱，歌咏队长满头大汗在指挥，文救会员也有几个正唱得起劲，有几个却没唱，在村边静静地放哨，等候村游击小组回来。

游击小组回来了，在歌声停后，人围得更多，游击组长就报告侦察的敌情。然后，一个文救会员出来讲话了，他很有条理地告诉大家如何准备，如何认识敌人这回的企图。

双十节三十周年的下午，敌人出动，兵力相当大，七百多人，×××全村的人都转移了，村里空空的。可是文救组长和宣传委员却没跑，他们，一个提着一大桶粉，一个拿着一支大笔，很沉着地在大路旁写争取敌伪的标语，每个人的身上满挂着手榴弹。

有一个人进村了！这人，衣服很破，打扮得不像个老百姓样，写标语的两个人很疑心，就放下桶子，跑过去盘问：

"喂！你是哪儿人？上哪儿去？路条呢？"宣传委员老臧问。

"啊！到前边村去，是冀中×团二连里工作的，没开路条。"回答的人口音一听就知道是装的冀中腔。

"那还行！情况这么紧，没路条！"

"我没……没有开。"

小组长喜仁忙劈头一句："你连长是谁？"

"他叫……我……忘了！"

"那你怎么……"

村游击小组长提着枪来了，嚷着："喜仁！快走吧！鬼子到××啦！"

"知道啦！"喜仁很镇静，回声又说，"游击组长！你把这人送到区里去吧！这会儿一时还弄不清，我们还忙着！一条标语没写完咧。"

(《晋察冀日报》1941年12月18日，《老百姓》副刊第81期)

《新华日报》（华北版）定于明年元旦改日刊

【华北新华社二十一日电】《新华日报》（华北版）于一九三九年元旦创刊于晋东南，三年来坚持华北敌后抗日根据地之新闻事业，报道国内外时局动向，对华北敌后新闻事业之开展贡献颇多。唯因交通不便，物资困难，过去三年仅能隔日出版一次。顷悉该报以目前国际形势瞬息万变，敌后建设与对敌斗争日益繁复，为迅速地反映报道，定于明年元旦起改为日刊云。

(《晋察冀日报》1941年12月24日)

《诗》（介绍）

晋察冀边区诗会编辑

文化俱乐部出版

新华书店发行

远

诗会的机关志——《诗》的创刊号只是在经历了两个多月的反"扫荡"以后才和我们见面的。它集纳了边区新进的和知名的诗人的诗作。《诗》的里面沙可夫、杨朔两同志发表了他们对边区诗运的感想，字数虽然不多，然而对边区的诗运及诗作提出了值得今天边区诗工作者注意的意见。

编者在后面说《诗》愿意为发现诗的新战士及推动妇女诗歌运动而努力，在这一期便登载着新进的诗工作者王炜的《不再忧郁的小溪》以及女诗工作者任肖的《我们又少了一个》。前者是具有着清新的力的诗作，而任肖则以朴素的风格表现出农村青年妇女的新生的感情。

田间的纪事诗的一节——《村的布尔什维克们》、邵子南的《共产党员》、方冰的《在斯洛伐克的大街上》以及魏巍的《杏花盛开的季节》等诗作。对这几位诗人的作品，读者们是多少有些认识了的，这里自然不用介绍。

在译诗部分登载了《斯大林颂》以及聂维洛夫的《我要活》，登这些译诗的作用按照编者的说法："我们需要向先进者学习……"

（《晋察冀日报》1941年12月24日，《晋察冀艺术》副刊第25期）

晋冀鲁豫将出刊《华北文化》

【华北新华社晋冀鲁豫二十四日电】边区所出之《抗战生活》《华北文艺》《敌伪研究》《华北妇女》等刊物拥有广大读者,但为今后集中力量,齐一步骤,更有组织、有计划地展开对敌斗争,该四杂志决即日停刊,于明年一月起改出一种综合性刊物《华北文化》。

(《晋察冀日报》1941 年 12 月 26 日)

前卫出版社一年出书十余万册

印宣传品十五万余份

也牧

五专区前卫出版社,成立至今已一周年。在这一年中,出版刊物、书籍、图表,分销至全边区,晋西北、晋东南各地亦纷纷函购。其出版品均切合实用,故颇受各界读者赞誉。一年中出版干部教材计八种:如《共产党铁的纪律》《论青年修养》《常识》《新文字课本》等,共出二万册。民众教材共二种:《双十纲领课本》《民众识字课本》,共出十万余册。各种图表计五种:如《中国地图》《远东地图》《五专区地图》等,计出一万三千六百份。文艺读物计三种:如《马尔华》《诗建设诗选》《共产党二十周年》(连环画),计出二千四百册。其他曾出版《前卫通讯》二十一期,《前卫画报》三期,发行遍全专区。并印刷对敌伪宣传品,有传单、小册子等,计约十五万份。今年冬更致力于冬学课本之印刷,于短短一个半月内,完成任务,不仅足供五专区各冬学之用,并可供其他专区采购。现正着手印刷初小国语课本，拟大量出书，使全专区各小学儿童能人手一册。

（《晋察冀日报》1941年12月26日）

日寇摧残我国文化　沪各大书局遭封闭

数百万册书籍全被焚毁

【新华社苏北二十七日电】上海讯：昨日日寇将商务、中华、世界、开明、大东等十余家书局全部封闭，并将书籍数百万册全数焚毁。

（《晋察冀日报》1941年12月31日）